新潮文庫

新ハムレット

太宰　治著

目次

新ハムレット

古典風

——こんな小説も、私は読みたい。（作者）

A

美濃《みの》十郎は、伯爵《はくしゃく》美濃英樹《ひでき》の嗣子である。二十八歳である。

一夜、美濃が酔いしれて帰宅したところ、家の中は、ざわめいている。さして気にもとめずに、廊下を歩いていって、母の居間のまえにさしかかった時、どなた、と中から声がした。母の声である。僕です、と明確に答えて、居間の障子をあけた。部屋には、母がひとり離れて坐《すわ》っていて、それと向い合って、召使いのものが五、六人、部屋の一隅《いちぐう》にひしとかたまって、坐っていた。

「なんです。」と美濃は立ったままで尋ねた。

母は言いにくそうに、

「あなたは、私のペーパーナイフなど、お知りでないだろうね。銀のが。なくなったんだがね。」

美濃は、いやな顔をした。

「存じて居《お》ります。僕が頂戴《ちょうだい》いたしました。」

障子を閉めもせず、そのまま廊下をふらふら歩いていって、自分の寝室へはいった。ひどく酔っていた。上衣《うわぎ》を脱いだだけで、ベッドに音高くからだをたたきつけ、それなり、眠ってしまった。

水を飲みたく、目があいた。夜が明けている。枕《まくら》もとに小さい女の子がうつむいて立っていた。美濃は、だまっていた。昨夜の酔が、まだそのままに残っていた。口をきくのも、物憂《ものう》かった。女の子には見覚えがあった。このごろ新しく雇いいれたわが家の下婢《かひ》に相違なかった。名前は、記憶してなかった。

ぼんやり下婢の様を見ているうちに、むしゃくしゃして来た。

「何をしているのだ。」うす汚い気さえしたのである。

女の子は、ふっと顔を挙げた。真蒼《まつさお》である。頬《ほお》のあたりが異様な緊張で、ひきつってゆがんでいた。醜い顔ではなかったが、それでも、何だか、みじめな生き物の感じで、美濃は軽い憤怒《ふんぬ》を覚えた。

「ばかなやつだ。」と意味なく叱咤《しった》した。

「あたし、」下婢は再びうなだれ、震え声で言った。「十郎様を、いけないお方だとばかり存じていました。」そこまで言って、くたくた坐った。

「ペーパーナイフかね？」美濃は笑った。

女は黙って二度も三度もうなずいた。そうして、エプロンの下から小さい銀のペーパーナイフをちらと覗《のぞ》かせてみせた。

「ペーパーナイフを盗むなんて、へんなやつだ。でも、綺麗《きれい》だと思ったのなら仕様が無い。」

女の子は声を立てずに慟哭《どうこく》をはじめた。美濃は少し愉快になる。よい朝だと思った。

「母上がよくない。ろくに読めもしない洋書なんかを買い込んで、ただページを切って、それだけでお得意、たいへんなお道楽だ。」美濃は寝たままで思いきり大袈裟《おおげさ》に背伸びした。

「いいえ、」女は上半身を起し、髪を掻《か》きあげて、「奥様は、ご立派なお方です。あたし、親兄弟の蔭口《かげぐち》きくかた、いやです。」

美濃はのそりと起き、ベッドの上にあぐらをかいた。ひそかに苦笑している。

「君は、いくつだね？」

「十九歳になります。」素直にそう答えて、顔を伏せた。うれしそうであった。

「もうお帰り。」美濃は、下婢のとしなど尋ねた自分を下品だと思った。

女は、マットに片手をついて横坐りのまま、じっとしていた。

「誰にも言いやしない。いいから、早く出て行って呉《く》れないか。」

女の子には、何よりもナイフが欲しかった。光る手裏剣《しゅりけん》が欲しかった。流石《さすが》に、下さい。とは言い得なかった。汗でぐしょぐしょになるほど握りしめていた掌中のナイフを、力一ぱいマットに投げ捨て、脱兎《だっと》の如《ごと》く部屋から飛び出た。

B

尾上《おのえ》てるは、含羞《はにか》むような笑顔と、しなやかな四肢《しし》とを持った気性のつよい娘であった。浅草の或《あ》る町の三味線《しゃみせん》職の長女として生れた。かなりの店であったが、てるが十三の時、父は大酒のために指がふるえて仕事がうまく出来なくなり、職人をたのんでも思うようにゆかず、ほとんど店は崩壊したのである。てるは、千住《せんじゅ》の蕎麦屋《そばや》に住込みで奉公する事になった。千住に二年つとめて、それから月島のミルクホールに少しいて、さらに上野の米久《よねきゅう》に移り住んだ。ここに三年いたのである。わずかなお給金の中から、二円でも三円でも毎月かかさず親元へ仕送りをつづけた。十八になって、向島《むこうじま》の待合の下女をつとめ、そこの常客である新派の爺《じい》さん役者をだまそうとして、かえってだまされ、恥ずかしさのあまり、ナフタリンを食べて、死んだふりをして見せた。待合から、ひまを出されて、五年ぶりで生家へ帰った。生家では、三年まえに勘蔵《かんぞう》という腕のよい実直な職人を捜し当て、すべて店を任せ、どうやら恢復《かいふく》しかけていた。てるは、無理に奉公に出ずともよかった。てるは、殊勝らしく家事の手伝い、お針の稽古《けいこ》などをはじめた。てるには、弟がひとりあった。てるに似ず、無口で、弱気な子であった。勘蔵に教えられ、店の仕事に精出していた。てるの老父母は、この勘蔵にてるをめあわせ、末永く弟の後見をさせたい腹であった。てるも、勘蔵も、両親のその計画にうすうす感づいてはいたが、けれども、お互いに、いやでなかった。十九歳になった。てるも追々お嫁さんになれるとしごろになったのだから、ただ行儀見習いだけのつもりで、ひとつ立派なお屋敷に奉公してみる気はないか、と老母にすすめられ、親の言う事には素直なてるは、ほんとうに、毎日こうしてうちで遊んでいるよりは、と機嫌《きげん》よく承知した。店のお得意筋に当るさる身分ある方の御隠居の口添で、奉公先がきまった。美濃伯爵家である。

美濃家は、淋《さび》しい家であった。てるは、お寺に来たような気がした。奉公に来て二日目の朝、てるは庭先で手帖《てちょう》を一冊ひろった。それには、わけのわからぬ事が、いっぱい書かれて在った。美濃十郎の手帖である。

○あれでもない、これでもない。

○何も無い。

○FNへチップ五円わすれぬこと。薔薇《ばら》の花束、白と薄紅がよからむ。水曜日。
手渡す時の仕草が問題。
○ネロの孤独に就《つ》いて。
○どんないい人の優しい挨拶《あいさつ》にも、何か打算が在るのだと思うと、つらいね。
○誰か殺して呉れ。
○以後、洋服は月賦《げっぷ》のこと。断行せよ。
○本気になれぬ。
○ゆうべ、うらない看《み》てもらった。長生《ちょうせい》する由《よし》。子供がたくさん出来る由。
○飼いごろし。
○モオツァルト。Mozart.
○人のためになって死にたい。
○コーヒー八杯呑《の》んでみる。なんともなし。
○文化の敵、ラジオ。拡声器。
○自転車一台購入。べつに使途なし。
○もりたや女将《おかみ》に六百円手交。借銭は人生の義務か。
○駱駝《らくだ》が針の穴をくぐるとは、それや無理な。出来ませぬて。

○私を葬《ほうむ》り去る事の易《やす》き哉《かな》。
○公侯伯子男。公、侯、伯、子、男。
○銭湯よろし。
○美濃十郎。美濃十郎。美濃十郎。初号活字の名刺でも作りますか。
○H、ばか。D、低能。ゴルフのカップは、よだれ受け。S、阿呆《あほう》。学校だけは出ました。U、半死。あの若さで守銭奴《しゅせんど》とは。O君はよい。男ぶりだけでも。
○昼は消えつつものをこそ思う。
○水戸黄門《みとこうもん》、諸国漫遊は、余が一生の念願也《なり》。
○私は尊敬におびえている。
○没落ばんざい。
○パスカルを忘れず。
○芸娼妓《しょうぎ》の七割は、精神病者であるとか。「道理で話が合うと思った。」
○誰か見ている。
○みんないいひとだと私は思う。
○煙草《たばこ》をたべたら、死ぬかしら。
○机に向って端座し、十円紙幣をつくづく見つめた。不思議のものであった。

○肉親地獄。

○安い酒ほど、ききめがいい。

○鏡を覗いてみて、噴きだした。所詮《しょせん》、恋愛を語る顔でなし。

○もとをただせば、野山のすきか。

○あたりまえの人になりたい努力。

○所詮は、言葉だ。やっぱり、言葉だ。すべては、言葉だ。

○KR女史に、耳環《みみわ》を贈る約束。

○人の子には、ひとつの顔しか無かった。

○性慾《せいよく》を憎む。

○明日。

読んでいって、てるには、ひどく不思議な気がした。庭を掃き掃き、幾度も首をふって考えた。この、謂《い》わば悪魔のお経《きょう》が、てるの嫁入りまえの大事なからだに悪い宿命の影を投じた。

C

私をお笑い下さいませ、毎夜、毎夜、私は花とばかり語り合って居ります。あなたさまをも含めてみんなを、いやになりました。花は、万朶《まんだ》のさくらの花でも、一輪、一輪、おそろしいくらいの個性を持って居ります。私は、いま、ベッドに腹這《はらば》いになって、鉛筆をなめなめ、考え考えして、一字、一字、書きすすめ、もう、死ぬるばかり苦しくなって、そうして、枕元の水仙《すいせん》の花を見つめて居ります。電気スタンドの下で水仙の花が三輪、ひとつは右を向き、ひとつは左を向き、もうひとつは、うつむいたまま、それぞれ私に語ります。右を向いている真面目《まじめ》の花は、わかっているわよ。けれども、生きなければなりませぬ。左を向いている活潑《かっぱつ》の花は、どうせ、世の中って、こんなものさ。うつむいている少し萎《しお》れかけた花は、おひめさま、あなたは花ほどのこともないのね、申しました。生れながらの古典人、だまっていても歴史的な、床の間の置き物みたいな私たちの宿命を、花さえ笑って眺《なが》めて居ります。床の間の、見事な石《いし》の置き物は、富士山の形であって、人は、ただ遠くから讃歎《さんたん》の声を掛けてくださるだけで、どうやら、これは、たべるものでも、触るものでもないようでございます。富士山の置き物は、ひとり、どんなに寒くて苦しいか、誰もごぞんじないのです。滑稽の極致でございます。文化の果《はて》には、いつも大笑いのナンセンスが出現するようでございます。教養の、あらゆる道は、目的のない抱腹絶倒に通じて在るような気さえ致《いた》します。私はこの世で、いちばん不健康な、まっくらやみの女かも知れませぬけれど、また、その故《ゆえ》にこそ、最も高い、まことの健康、見せかけでない、たくましい朝を、知っているように存ぜられます。

なぜ生きていなければいけないのか、その問《とい》に思い悩んで居るうちは、私たち、朝の光を見ることが、出来ませぬ。そうして、私たちを苦しめて居るのは、ただ、この問ひとつに尽きているようでございます。ああ、溜息《ためいき》ごとに人は百歩ずつ後退する、とか。私はこのごろ、たいへん酷烈な結論を一つ発見いたしました。貴族はエゴイストだ、という動かぬ結論でございます。いいえ、なんにもおっしゃいますな。やっぱり、ご自分おひとりのことしか考えて居りませぬ。ご自分おひとりの恰好《かっこう》のためにのみ、死ぬるばかり苦しんで居ります。ご存じでございましょうけれど、私の枕元には、三輪の水仙のほかに小さい鏡台がひとつ置かれてございます。私は花を眺め、それから、この鏡のなかを覗いて、私の美しい顔に話しかけます。美しい、と申しあげました。私は、私の顔を愛して居ります。いいえ、哀惜《あいせき》して居ります。白状なさい、あなたさまも全く同じような一夜をお持ちなさいましたことを。私たちの不幸は、私たちの苦悩はみんなここから、この鏡の中から湧《わ》いて出ているのではございませぬか。ひとのため、たいへんつまらぬ、ひとりの肉親のため、自身を泥《どろ》に埋めて、こなごなにする盲動《しんこう》が、なぜ私たちに、出来ないのでございましょう。それが出来たら。ゆるがぬ信仰を以《もっ》てそれが、出来たら。きざな事ばかり言って居ります。軽蔑《けいべつ》なさいませ。私は、やぶれかぶれなの。私、いま、頰をあかくして書いて居ります。私は、あなたさまを愛しています。

鉛筆を嚙《か》んだまま、永いこと考えました。愛しています、と書いて、消そうか、けれども、これは、やっぱりこのまま消さずに置いたほうがいいのだ。とまた思い直し、ああ、もうどうでも、御勝手になさいませ、けれども、やっぱり私は、あなたさまを愛して居ります。言葉がいけないのでございましょう。愛しています、というこの言葉は、言葉にすれば、なんとまあ白々しく、きざっぽい、もどかしい言葉なのか、私は、言葉を憎みます。

愛は、愛は、捕縛できない宇宙的な、いいえ先験的なヌウメンです。どんな素晴らしいフェノメンも愛のほんの一部分の註釈《ちゅうしゃく》にすぎません。ああ、またもや甘ったるい事を言いました。お笑い下さいませ。愛は、人を無能にいたします。私は、まけました。

教養と、理智《りち》と、審美と、こんなものが私たちを、私を、懊悩《おうのう》のどん底の、そのまた底までたたき込んじゃった。十郎様。この度の、全く新しい小さな愛人のために、およろこび申し上げます。笑われても殺されてもいい、一生に一度のおねがい、お医者さまに行って来て下さい、わるい男に抱かれたことございます、と或る朝、十郎様に泣き泣きお願いしたとかいう、その愚かしい愛人のために、およろこび申上げます。おゆるし下さい。私は、それを、くだらないと存じました。そうして、そのような愚直の出来事を、有頂天の喜悦を以て、これは大地の愛情だ、とおっしゃる十郎様のお姿をさえ、あさましく滑稽なものと存じ上げます。私も、もう二十五歳になりました。一年、一年、みんな、ぞろぞろ私から離れて行きます。そうしてみんな、あの平民的とやらの群衆の中にまぎれこんで行きます。私は、せめて、此《こ》のおばあちゃんひとりを、花火のように、はかなく華麗に育ててゆきます。さようなら、おわかれの、いいえ、握手よ。私、自惚《うぬぼ》れてもいいこと？　あなたは、きっと、私のところに帰ってまいります。

お達者にお暮しなさいまし。

KR。

D

雨降る日、美濃は書斎で書きものをしていた。仔細《しさい》らしく顔をしかめて、書きものをしていた。

あそび仲間の詩人が、ひょっくりドアから首を出した。

「おい、何か悪い事をしに行こうか。も少し後悔してみたい。」

振り向きもせず、

「きょうは、いやだ。」

「おや、おや。」詩人は部屋へはいって来た。「まさか、死ぬ気じゃないだろうね。」

「いいかい？　読むぞ。」美濃は、机に向ったままで、自分の労作を大声で読みはじめた。「アグリパイナは、ロオマの王者、カリギュラの妹君として生れた。漆黒の頭髪と、小麦色の頬と、痩《や》せた鼻とを持った小柄《こがら》の婦人であった。極端に吊《つ》りあがった二つの眼《め》は、山中の湖沼の如くつめたく澄んでいた。純白のドレスを好んで着した。アグリパイナには乳房《ちぶさ》が無い、と宮廷に集う伊達男《だておとこ》たちが囁《ささや》き合った。美女ではなかった。けれどもその高慢にして悧溌《りはつ》、たとえば五月の青葉の如く、花無き清純のそそたる姿態は、当時のみやび男《お》の一、二のものに、かえって狂おしい迄《まで》の魅力を与えた。

アグリパイナは、おのれの仕合せに気がつかないくらいに仕合せであった。兄は、一点非なき賢王として、カイザアたる孤高の宿命に聡《さと》くも殉ぜむとする凄烈《せいれつ》の覚悟を有し、せめて、わがひとりの妹、アグリパイナにこそ、まことと人らしき自由を得させたいものと、無言の庇護《ひご》を怠らなかった。

アグリパイナの男性侮辱は、きわめて自然に行われ、しかも、歴史的なる見事さにまで達した。時の唇《くちびる》薄き群臣どもは、この事実を以て、アグリパイナの類《たぐい》まれなる才女たる証左となし、いよいよ、やんやの喝采《かっさい》を惜しまなかった。

アグリパイナの不幸は、アグリパイナの身体の成熟と共にはじまった。彼女の男性嘲笑《ちょうしょう》は、その結婚に依《よ》り、完膚無きまでに返報せられた。婚礼の祝宴の夜、アグリパイナは、その新郎の荒飲の果の思いつきに依り、新郎手《て》飼《がい》の数匹の老猿《ろうえん》をけしかけられ、饗筵《きょうえん》につらなれる好色の酔客たちを狂喜させた。新郎の名は、ブラゼンバート。もともと、戦慄《せんりつ》に依ってのみ生命《いのち》の在りどころを知るたちの男であった。アグリパイナは、唇を嚙んで、この凌辱《りょうじょく》に堪えた。いつの日か、この目前の男性たちすべてに、今宵《こよい》の無礼を悔いさせてやるのだ、と心ひそかに神に誓った。けれども、その雪辱の日は、なかなかに来なかった。ブラゼンバートの暴圧には、限りがなかった。こころよい愛撫《あいぶ》のかわりに、歯齦《はぐき》から血の出るほどの殴打があった。水辺のしずかな散歩のかわりに、砂塵濛々《さじんもうもう》の戦車の疾駆《しっく》があった。

相剋《そうこく》の結合は、含羞《がんしゅう》の華をひらいた。アグリパイナは、みごもった。ブラゼンバートは、この事実を知って大笑した。他意は無かった。ただ、おかしかったのである。アグリパイナは、ほとんど復讐《ふくしゅう》を断念していた。この子だけは、と弱草一すじのたのみをそこにつないだ。その子は、夏の真昼《まひる》に生れた。男子であった。膚《はだ》やわらかく、唇赤き弱々しげの男子であった。ドミチウス（ネロの幼名《な》）と呼ばれた。

父君ブラゼンバートは、嬰児《えいじ》と初の対面を為し、そのやわらかき片頬《かたほお》を、むずと抓《つね》りあげ、うむ、奇態のものじゃ、ヒッポのよい玩具《おもちゃ》が出来たわ、と言い放ち、腹をゆすって笑った。ヒッポとは、ブラゼンバートお気にいりの牝獅子《めじし》の名であった。アグリパイナは、産後のやつれた頰に冷い微笑を浮べて応答した。この子は、あなたのお子ではございませぬ。この子は、きっとヒッポの子です。

その、ヒッポの子、ネロが三歳の春を迎えて、ブラゼンバートは石榴《ざくろ》を種子《たね》ごと食って、激烈の腹痛に襲われ、呻吟転輾《しんぎんてんてん》の果死亡した。アグリパイナは折しも朝の入浴中なりしを、その死の確報に接し、ものも言わずに浴場から躍り出て、濡《ぬ》れた裸体に白布一枚をまとい、息ひきとった婿君《むこぎみ》の部屋のまえを素通りして、風の如《ごと》く駈《か》け込んでいった部屋は、ネロの部屋であった。三歳のネロをひしと抱きしめ、助かった、ドミチウスや、私たちは助かったのだよ、と呻《うめ》くがごとく囁き、涙と接吻《せっぷん》でネロの花顔《かがん》をめちゃめちゃにした。

その喜びも束《つか》の間《ま》であった。実の兄、カリギュラ王の発狂である。昨日のやさしき王は、一朝にしてロオマ史屈指の暴君たるの栄誉を担《にな》った。かつて叡智《えいち》に輝やける眉間《みけん》には、短剣で切り込まれたような無慙《むざん》に深い立皺《たてじわ》がきざまれ、細く小さい二つの眼には狐疑《こぎ》の焔《ほのお》が青く燃え、侍女たちのそよ風ほどの失笑にも、将卒たちの高すぎる廊下の足音にも、許すことなく苛酷《かこく》の刑罰を課した。陰鬱《いんうつ》の冷狤《れいとう》、吠《ほ》えずして嚙む一匹の病犬に化していた。一夜、三人の兵卒は、アグリパイナの枕頭《ちんとう》にひっそり立った。一人は、死刑の宣告書を持ち、一人は、宝石ちりばめたる毒杯を、一人は短剣の鞘《さや》を払って。

『何ごとぞ。』アグリパイナは、威厳を失わず、きっと起き直って難詰《なんきつ》した。応《こた》えは無かった。

宣告書は手交せられた。

ちらと眼をくれ、『このような、死罪を言い渡されるような、理由は、ない。そこ退《の》け、下賤《げせん》の者。』応えは無かった。

理由は、おまえに覚えがある筈《はず》、そう言ってカリギュラ王は、戸口に姿を現わした。今朝おまえは、ドミチウスめを抱いて庭園を散歩しながら、ドミチウスや、私たちは、どうしてこんなに不仕合せなのだろうね、と恨みごとを並べて居《お》った。わしは、それを聞いてしまった。隠すな。謀叛《むほん》の疑い充分。ドミチウスと二人で死ぬがよい。『ドミチウスを殺しては、いけません。』アグリパイナの必死の抗議の声は、天来のそれの如く厳粛に響き渡る。『ドミチウスは、あなたのものでない。また、私のものでもございません。ドミチウスは、神の子です。ドミチウスは、美しい子です。ドミチウスは、ロオマの子です。ドミチウスを殺しては、いけません。』

疑懼《ぎく》のカリギュラは、くすと笑った。よし、よし。罪一等を減じてあげよう。遠島じゃ。ドミチウスを大事にするがよい。

アグリパイナは、ネロと共に艦に乗せられ、南海の一孤島に流された。単調の日が続いた。ネロは、島の牛の乳を飲み、まるまると肥えふとり、猛《たけ》く美しく成長した。アグリパイナは、ネロの手をひいて孤島の渚《なぎさ》を逍遥《しょうよう》し、水平線のかなたを指さし、ドミチウスや、ロオマは、きっと、あの辺だよ。早く、ロオマへ帰りたいね、ロオマは、この世で一ばん美しい都だよ、そう教えて、涙にむせた。ネロは無心に波とたわむれていた。

その頃《ころ》、ロオマは騒動であった。蒼《あお》ざめた、カリギュラ王は、その臣下の手に依って弑《しい》せられるところとなり、彼には世嗣《よつぎ》は無く全く孤独の身の上だったし、この後、誰が位にのぼるのか、群臣万民ふるえるほどの興奮を以て私議し合っていた。後継は、さだめられた。カリギュラの叔父、クロオヂヤス。当時すでに、五十歳を越えていた。宮廷に於《お》ける諸勢力に対し、過不足ないよう、ことさらに当らずさわらずの人物が選定せられたのである。クロオヂヤスは、申し分《ぶん》なき好人物にして、その条件に適《かな》っている如く見えた。ロオマ一ばんの貝殻蒐集家《かいがらしゅうしゅうか》として知られていた。黒薔薇《くろばら》栽培にも一家言を持っていた。王位についてみても、かれには何だか居心地のわるい思いであった。恐縮であった。むやみ矢鱈《やたら》に、特赦大赦を行った。わけても孤島に流されているアグリパイナと、ネロの身の上を恐ろしきものに思い、可哀《かわい》そうでならぬから、と誰にとも無き言いわけを、頬あからめて呟《つぶや》きつつ、その二人への赦免の書状に署名を為した。

赦免状を手にした孤島のアグリパイナは狂喜した。凱旋《がいせん》の女王の如く、誇らしげに胸を張って、ドミチウスや、おまえの世の中が来た、と叫び、ネロを抱いて裸足《はだし》のまま屋外に駈け出し、花一輪無き荒磯《あらいそ》を舞うが如く歩きまわり、それから立ちどまって永いことすり泣いた。

アグリパイナはロオマへ帰って来て、もう恐ろしい人はいないぞ、とのびのびと四肢《し》をのばして、ふと、背後に痛い視線を感じた。クロオヂヤスの后《きさき》メッサライナ。メッサライナは、アグリパイナの瞳《ひとみ》をひとめ見て、これは、あぶない、と思った。烈々の、野望の焔を見てとった。メッサライナには、ブリタニカスと呼ばれる世子《せいし》があった。父のクロオヂヤスに似て、おっとりしていた。ネロの美貌《びぼう》を、盛夏の日まわりにたとえるならば、ブリタニカスは、秋のコスモスであった。ネロは、十一歳。ブリタニカスは、九歳。

奇妙な事件が起った。ネロが昼寝していたとき、誰とも知られぬやわらかき手が、ネロの鼻孔と、口とを、水に濡れた薔薇の葉二枚でもって覆《おお》い、これを窒息させ死にいたらしめむと企てた。アグリパイナは、憤怒《ふんぬ》に蒼ざめ、──」

「待て、待て。」詩人は、悲鳴に似た叫びを挙げた。「ひとの忍耐にも限りがある。一体、それは何だね。」

「ネロの伝記だ。暴君ネロ。あいつだって、そんなに悪い奴《やつ》でも無かったのさ。」不覚にも蒼ざめている。美濃は自身のその興奮に気づいて、無理に、にやにや笑いだした。「これから面白くなるのだがな。アグリパイナは、こんなに、ネロを大事に、大事に育て、ネロを王位にまで押し上げてやりたく思って、あらゆる悪計を用いる。はては、クロオヂヤスの后になりすまして、そうしてクロオヂヤスを毒殺する。それから、もっともっと悪いことをする。おかげでネロは位についた。それから、──」

「ネロも悪い事をする。」詩人は落ちついて言った。

「いや、アグリパイナは、ネロの恋を邪魔して、──」

「うむ、なるほど。」詩人、煙草《たばこ》をふかしながら、「ネロは、それゆえ、母をなくした。お母さん、おゆるし下さい、私は、あなたのものじゃない。母は、苦しい息の下から囁く。おまえ、お母さんが憎いかい？」

美濃は興覚め顔に、「まあ、そんなところさ。」椅子《いす》から立ちあがって部屋の中を歩きまわり、「追い詰められた人たちは、きっときっと血族相食をはじめる。」

「よせよ。どうも古い。大時代《おおじだい》だ。」詩人は、美濃の此のような多少の文才も愛しているし、また、こんな物語を独りでこっそり書いている美濃の身の上を、不憫《ふびん》にも思うのだが、けれども、美濃のこんどの無法な新手の恋愛には、わざと気づかぬ振りをしていようと思った。「まるで、映画物語じゃないか。」

「呑《の》むか？」美濃は、机上のウイスキイの瓶《びん》に手をかけた。

「敢《あ》えて辞さない。」詩人も立ちあがった。

これでいいのだ。「ロオマの人のために。」ふたり同時に言い、かちっとグラスを触れ合せる。「滅亡の階級のために。チェリオ。」

E

人のこころも
まこと信じてもらうには
十字架に
のぼらなければ
なるまいか

（イヴン・ゴル）

F

てるは、解雇された。美濃とのあいだが露見したからでは無い。ふたりは、ひとめを欺《あざむ》く事には巧みであった。てるは、その物腰の粗雑にして、言語もまた無礼きわまり、敬語の使用法など、めちゃめちゃのゆえを以《もっ》て解雇されたのである。

美濃は、知らぬ振りをしていた。

三日を経て、夜の九時頃、美濃十郎は、てるの家の店先にふらと立っていた。

「てるは、いますか？　僕は美濃です。」

出て来たのは、眼のするどい瘠《や》せがたの青年であった。勘蔵である。

「あ、」勘蔵は屹《き》っとなって、「てる坊！」と奥のほうへ呼びかけた。

「しつれいします。」そのまま美濃は、店先から離れて、蹌踉《そうろう》と巷《ちまた》へひきかえした。

ぞろぞろ人がとおっていた。

息せき切って、てるが追いかけて来た。美濃のからだに、右から左からまつわりつくようにして歩きながら、

「え？　なぜ、来たの？　あたしは、手癖がわるいのよ。追い出されたのよ。あたしの家、きたなくて、驚いたでしょう？　でも、おねがい、ばかにしないで、ね。家の人たち、みんなやさしいのだもの。一生懸命やっているのよ。笑っているの？　なぜ、だまっているの？」

「君には、おむこさんがあるのだね。」

「あら、あたし、こんな恰好《かっこう》して、みっとも無いのね。」急に老《ふ》けた口調でそんな事を呟《つぶや》き、顔を伏せた。「このごろ、ろくすっぽ髪も結わないのよ。」

「あの人と、わかれること、出来ないか。僕は、なんでもする。どんな苦しい事でも、こらえる。」

てるは、答えなかった。

「いいんだ、いいんだ。」美濃は、逃げるように足を早めた。「いいんだ、だいじょうぶだ。お互い死なない事だけは、約束しよう。なんて言いながら、危いのは、僕のほうなんだからなあ。」

ふたり、まっすぐを見つめたまま、せっせと歩いた。ただ、歩いた。歩いた。千里も歩いた。

G

美濃十郎は、実業家三村圭造《みむらけいぞう》の次女ひさと結婚した。帝国ホテルで華麗の披露宴《ひろうえん》を行った。その時の、新郎新婦の写真が、二、三の新聞に出ていた。十八歳の花嫁の姿は、月見草のように可憐《かれん》であった。

H

みんな幸福に暮した。

（「知性」昭和十五年六月号）

女の決闘

第一

一回十五枚ずつで、六回だけ、私がやってみることにします。こんなのは、どうだろうかと思っている。たとえば、ここに、鷗外《おうがい》の全集があります。勿論《もちろん》、よそから借りて来たものである。私には、蔵書なんて、ありやしない。私は、世の学問というものを軽蔑《けいべつ》して居《お》ります。たいてい、たかが知れている。ことに可笑《おか》しいのは、全く無学文盲の徒に限って、この世の学問にあこがれ、「あの、鷗外先生のおっしゃいますることには、」などと、おちょぼ口して、いつ鷗外から弟子《でし》のゆるしを得たのか、先生、先生を連発し、「勉強いたして居ります。」と殊勝らしく、眼《め》を伏せて、おそろしく自己を高尚《こうしょう》に装い切ったと信じ込んで、澄ましている風景のなかなかに多く見受けられることである。あさましく、かえって鷗外のほうでまごついて、赤面するにちがいない。勉強いたして居ります。というのは商人の使う言葉である。安く売る、という意味で、商人がもっぱらこの言葉を使用しているようである。なお、いまでは、役者も使うようになっている。曾我廼家《そがのや》五郎とか、また何とかいう映画女優などが、よくそんな言葉を使っている。どんなことをするのか見当もつかないけれども、とにかく、「勉強いたして居ります。」とさかんに神妙がっている様子である。彼等には、それでよいのかも知れない。すべて、生活の便法である。非難すべきではない。けれども、いやしくも作家たるものが、鷗外を読んだからと言って、急に、なんだか真面目《まじめ》くさくなって、「勉強いたして居ります。」などと、澄まし込まなくてもよさそうに思われる。それでは一体、いままで何を読んでいたのだろう。甚《はなは》だ心細い話である。

ここに鷗外の全集があります。私が、よそから借りて来たものであります。これを、これから一緒に読んでみます。きっと諸君は、「面白い、面白い、」とおっしゃるにちがいない。鷗外は、ちっとも、むずかしいことは無い。いつでも、やさしく書いて在る。かえって、漱石《そうせき》のほうが退屈である。鷗外を難解な、深遠のものとして、衆俗のむやみに触れるべからずと、いかめしい禁札を張り出したのは、れいの「勉強いたして居ります。」女史たち、あるいは、大学の時の何々教授の講義ノオトを、学校を卒業して十年のちまで後生大事に隠し持って、機会在る毎《ごと》にそれをひっぱり出し、ええと、美は醜ならず、醜は美ならず、などと他愛《たわい》ない事を呟《つぶや》き、やたらに外国人の名前ばかり多く出て、はてしなく長々しい論文をしたため、なむ学問なくては、かなうまい、としたり顔して落ちついている謂《い》わば、あの、研究科の生徒たち。そんな人たちは、窮極に於《お》いて、あさましい無学者にきまっているのであるが、世の中は彼等を、「智慧《ちえ》ある人」として、畏敬《いけい》するのであるから、奇妙である。

鷗外だって、嘲《あざけ》っている。鷗外が芝居を見に行ったら、ちょうど舞台では、色のあくまでも白い侍が、部屋の中央に端坐《たんざ》し、「どれ、書見《しょけん》なと、いたそうか。」と言ったので、鷗外も、これには驚き閉口したと笑って書いて在った。

諸君は、いま私と一緒に、鷗外全集を読むのであるが、ちっとも固くなる必要は無い。だいいち私が、諸君よりもなお数段劣る無学者である。書見など、いたしたことの無い男である。いつも寝ころんで読み散らしている、甚だ態度が悪い。だから、諸君もそのまま、寝ころんだままで、私と一緒に読むがよい。端坐されては困るのである。

ここに、鷗外の全集があります。これが、よそから借りて来たものであるということは、まえに言いました。鄭重《ていちょう》に取り扱いましょう。感激したからと言って、文章の傍に赤線ひっぱったりなんかは、しないことにしましょう。借りて来た本ですから、大事にしなければなりません。飜訳篇《ほんやくへん》、第十六巻を、ひらいてみましょう。いい短篇小説が、たくさん在ります。目次を見ましょう。

「玉を懐《いだ》いて罪あり」HOFFMANN

「地震」　KLEIST
「悪因縁《いんねん》」　KLEIST

それにつづいて、四十篇くらい、みんな面白そうな題の短篇小説ばかり、ずらりと並んでいます。巻末の解説を読むと、これは、ドイツ、オーストリア、ハンガリーの巻であることがわかります。いちども名前を聞いたことの無いような原作者が、ずいぶん多いですね。けれども、そんなことに頓着《とんじゃく》せず、めくらめっぽう読んで行っても、みんなそれぞれ面白いのです。みんな、書き出しが、うまい。書き出しの巧《うま》いというのは、その作者の「親切」であります。また、そんな親切な作者の作品ばかり選んで飜訳したのは、訳者、鷗外の親切であります。鷗外自身の小説だって、みんな書き出しが巧いですものね。すらすら読みいいように書いて在ります。ずいぶん読者に親切で、愛情持っていた人だと思います。二つ、三つ、この第十六巻から、巧い書き出しを拾ってみましょう。みんな巧いので、選出するのに困難です。四十余篇、全部の書き出しを、いま、ここに並べてみたいほどです。けれども、それよりは、諸君が鷗外全集を買うなり、または私のように、よそから借りるなりして親しくお読みになれば、それは、ちゃんとお判《わか》りになることなのですから、わざと堪《こら》えて、七つ、いや、八つだけ、おめにかけます。

「埋木《うもれぎ》」OSSIP SCHUBIN

「アルフォンス・ド・ステルニイ氏は十一月にブルクセルに来て、自ら新曲悪魔の合奏を指揮すべし」と白耳義《ベルギイ》独立新聞の紙上に出《い》でしとき、府民は目を側《そば》だてたり。

「父」WILHELM SCHAEFER

私の外には此《この》話は誰も知らぬ。それを知って居た男は関係者自身で去年の秋死んでしまった。

「黄金杯」JACOB WASSERMANN

千七百三十二年の暮に近い頃《ころ》であった。英国はジョージ第二世の政府を戴《いただ》いて居た。或《ある》晩夜廻《よまわ》りが倫敦《ロンドン》の町を廻って居ると、テンプルバアに近い所で、若い娘が途《みち》に倒れているのを見付けた。

「一人者の死」SCHNITZLER

戸を敲《たた》いた。そっとである。

「いつの日か君帰ります」ANNA CROISSANT-RUST

一群の鷗《かもめ》が丁度足許《あしもと》から立って、鋭い、貪《むさぼ》るような声で鳴きながら、忙しく湖水を超えて、よろめくように飛んで行った。

「玉を懐いて罪あり」AMADEUS HOFFMANN

路易《ルイ》第十四世の寵愛《ちょうあい》が、メントノン公爵《こうしゃく》夫人の一身に萃《あつ》まって世人の目を驚かした頃、宮中に出入をする年寄った女学士にマドレエヌ・ド・スキュデリイと云《い》う人があった。

「労働」KARL SCHOENHERR

二人共若くて丈夫である。男はカスパル、女はレジイと云う。愛し合っている。

以上、でたらめに本をひらいて、行きあたりばったり、その書き出しの一行だけを、順序不同に並べてみましたが、どうです。うまいものでしょう。あとが読みたくなるでしょう。物語を創《つく》るなら、せめて、これくらいの書き出しから説き起してみたいものですね。最後に、ひとつ、これは中でも傑出しています。

「地震」KLEIST

チリー王国の首府サンチャゴに、千六百四十七年の大地震将《まさ》に起らんとするおり、囹圄《れいぎょ》の柱に倚《よ》りて立てる一少年あり。名をゼロニモ・ルジエラと云いて、西班牙《スペイン》の産なるが、今や此世に望《のぞみ》を絶ちて自ら縊《くび》れなんとす。

いかがです。この裂帛《れっぱく》の気魄《きはく》は如何《いかん》。いかさまクライストは大天才ですね。その第一行から、すでに天にもとどく作者の太い火柱の情熱が、私たち凡俗のものにも、あきらかに感取できるように思われます。訳者、鷗外も、ここでは大童《おおわらわ》で、その訳文、弓のつるのように、ピンと張って見事であります。そうして、訳文の末に訳者としての解説を附して在りますが、曰《いわ》く、「地震の一篇は尺幅《せきふく》の間に無限の煙波を収めたる千古の傑作なり。」

けれども、私は、いま、他に語りたいものを持っているのです。この第十六巻一冊でも、以上のような、さまざまの傑作あり、宝石箱のようなものであって、まだ読まぬ人は、大急ぎで本屋に駈《か》けつけ買うがよい、一度読んだ人は、二度読むがよい、二度読んだ人は、三度読むがよい、買うのがいやなら、借りるがよい、その第十六巻の中の、「女の決闘」という、わずか十三ページの小品について、私は、これから語ろうと思っているのです。

これは、いかにも不思議な作品であります。作者は、HERBERT EULENBERG.もちろん無学の私は、その作者を存じて居りません。巻末の解説にも、その作者に就《つ》いては、何も記されて在りません。もっとも解説者は小島政二郎氏であって、小島氏は、小説家としては私たちの先輩であり、その人の「新居」という短篇集を、私が中学時代に愛読いたしました。誠実にこの鷗外全集を編纂《へんさん》なされて居られるようですが、如何《いか》にせんドイツ語ばかりは苦手の御様子で、その点では、失礼ながら私と五十歩百歩の無学者のようであります。なんにも解説して居りません。これがまた小島氏の謙《けん》遜《そん》の御態度であることは明らかで、へんに「書見いたそうか」式の学者の態度をおとりにならないところに、この編纂者のよさもあるのですが、やはり、ちょっと字典でも調べて原作者の人となりを伝えて下さったほうが、私のような不勉強家には、何かと便利なように思われます。とにかく、そんなに名高くない作者にちがいない。十九世紀、ドイツの作家。それだけ、覚えて置けばいいのでしょう。友人で、ドイツ文学の教授がありますけれど、この人に尋ねたら、知らんという。ALBERT EULENBERG ではないか、あるいは、ALBRECHT EULENBERG の間違いではないかという。いや、たしかに HERBERT だ、そんなに有名な作家でもないようだから、ちょっと人名字典か何かで調べてみて呉《く》れ、と重ねてたのみました。手紙で返事を寄こして、僕、寡聞《かぶん》にして、ヘルベルト・オイレンベルグを知りませず、恥じている。マイヤーの大字典にも出て居りませぬし、有名な作家ではないようだ。文学字典から次の事を知りました、と親切に、その人の著作年表をくわしく書いて送って下さったが、どうも、たいしたことは無い。いっこうに聞いたことも無いような作品ばかり書いている。つまり、こういうことになります。「女の決闘」の作者、HERBERT EULENBERG は、十九世紀後半のドイツの作家、あまり有名でない。日本のドイツ文学の教授も、字典を引かなければ、その名を知る能《あた》わず、むかし森鷗外が、かれの不思議の才能を愛して、その短篇、「塔の上の鶏」および「女の決闘」を訳述せり。作者に就いては、それくらいの知識でたくさんでしょう。もっとくわしく書いたって、すぐ忘れてしまうのでは、なんにもなりませんから。この作品は、鷗外に依《よ》って訳され、それから、なんという雑誌に発表されたかは、一切不明であるという。のち「蛙《かえる》」という単行本に、ひょいと顔を出して来たのである。鷗外全集の編纂者も、ずいぶん尋ねまわられた様子であるが、「どうしても分らない。御垂教を得れば幸甚《こうじん》である。」と巻末に附記して在る。私が、それを知っていると面白いのであるが、知る筈《はず》がない。君だって知るまい。笑っちゃいけない。

不思議なのは、そんなことに在るのでは無い。不思議は、作品の中に在るのである。私は、これから六回、このわずか十三ページの小品をめぐって、さまざまの試みをしてみるつもりなのであるが、これが若《も》し HOFFMANN や KLEIST ほどの大家なら、その作品に対して、どんな註釈《ちゅうしゃく》もゆるされまい。日本にも、それら大家への熱愛者が五万といるのであるから、私が、その作品を下手にいじくりまわしたならば、たちまち殴り倒されてしまうであろう。めったなことは言われぬ。それが HERBERT さんだったら、かえって私が、埋もれた天才を掘り出したなどと、ほめられるかも知れないのだから、ヘルベルトさんも気の毒である。この作家だって、当時本国に於いては、大いに流行した人にちがいない。こちらが無学で、それを知らないだけの話である。事実、作品に依れば、その描写の的確、心理の微妙、神への強烈な凝視、すべて、まさしく一流中の一流である。ただ少し、構成の投げやりな点が、かれを第二のシェクスピアにさせなかった。とにかく、これから、諸君と一緒に読んでみましょう。

女の決闘

古来例の無い、非常な、この出来事には、左の通りの短い行掛りがある。

ロシヤの医科大学の女学生が、或晩の事、何の学科やらの、高尚な講義を聞いて、下宿へ帰って見ると、卓の上にこんな手紙があった。宛名《あてな》も何も書いて無い。「あなたの御関係なすってお出《い》でになる男の事を、或る偶然の機会で承知しました。その手続はどうでも好《よ》いことだから、申しません。わたくしはその男の妻だと、只今《ただいま》まで思っていた女です。わたくしはあなたの人柄《ひとがら》を推察して、こう思います。あなたは決して自分のなすった事の成行がどうなろうと、その成行のために、前になすった事の責《せめ》を負わない方ではありますまい。又あなたは御自分に対して侮辱を加えた事の無い第三者を侮辱して置きながら、その責を逃れようとなさる方でも決してありますまい。わたくしはあなたが、たびたび拳銃《けんじゅう》で射撃をなさる事を承っています。わたくしはこれまで武器と云うものを手にした事がありませんから、あなたのお腕前がどれだけあろうとも、拳銃射撃は、わたくしよりあなたの方がお上手だと信じます。だから、わたくしはあなたに要求します。それは明日午前十時に、下に書き記してある停車場へ拳銃御持参で、お出で下されたいと申す事です。この要求を致しますのに、わたくしの方で対等以上の利益を有しているとは申されません。わたくしも立会人を連れて参りませんから、あなたもお連れにならないように希望いたします。序《つい》でながら申しますが、この事件に就いて、前以《もっ》て問題の男に打明ける必要は無いと信じます。その男にはわたくしが好い加減な事を申して、今明日の間、遠方に参っていさせるように致しました。」

この文句の次に、出会う筈の場所が明細に書いてある。名前はコンスタンチェとして、その下に書いた苗字《みょうじ》を読める位に消してある。

第二

前回は、「その下に書いた苗字を読める位に消してある。」というところ迄《まで》でした。その一句に、匂《にお》わせて在る心理の微妙を、私は、くどくどと説明したくないのですが、読者は各々《おのおの》勝手に味わい楽しむがよかろう。なかなか、ここは、いいところなのであります。また、劈頭《へきとう》の手紙の全文から立ちのぼる女の「なま」な憎悪感《ぞうおかん》に就いては、原作者の芸術的手腕に感服させるよりは、直接に現実の生《なま》ぐさい迫力を感じさせるように出来ています。このような趣向が、果して芸術の正道であるか邪道であるか、それについてはおのずから種々の論議の発生すべきところでありますが、いまはそれに触れず、この不思議な作品の、もう少しさきまで読んでみることに致しましょう。どうしても、この原作者が、目前に遂行されつつある怪事実を、新聞記者みたいな冷い心でそのまま書き写しているとしか思われなくなって来るのであります。すぐつづけて、

『この手紙を書いた女は、手紙を出してしまうと、直《す》ぐに町へ行って、銃を売る店を尋ねた。そして笑談《じょうだん》のように、軽い、好い拳銃を買いたいと云った。それから段々話し込んで、嘘《うそ》に尾鰭《おひれ》を付けて、賭《かけ》をしているのだから、拳銃の打方を教えてくれと頼んだ。そして店の主人と一しょに、裏の陰気な中庭へ出た。そのとき女は、背後から拳銃を持って付いて来る主人と同じように、笑談らしく笑っているように努力した。

中庭の側《そば》には活版所がある。それで中庭に籠《こも》っている空気は鉛の匂いがする。この辺の家の窓は、ごみで茶色に染まっていて、その奥には人影が見えぬのに、女の心では、どこの硝子《ガラス》の背後にも、物珍らしげに、好い気味だと云うような顔をして、覗《のぞ》いている人があるように感ぜられた。ふと気が付いて見れば、中庭の奥が、古木の立っている園に続いていて、そこに大きく開いた黒目のような、的が立ててある。それを見たとき女の顔は火のように赤くなったり、灰のように白くなったりした。店の主人は子供に物を言って聞かせるように、引金や、弾丸《たま》を込める所や、筒や、照尺をいちいち見せて、射撃の為方《しかた》を教えた。弾丸を込める所は、一度射撃するたびに、おもちゃのように、くるりと廻るのである。それから女に拳銃を渡して、始めての射撃をさせた。

女は主人に教えられた通りに、引金を引こうとしたが、動かない。一本の指で引けと教えられたのに、内々二本の指を掛けて、力一ぱいに引いて見た。そのとき耳が、がんと云った。弾丸は三歩ほど前の地面に中《あた》って、弾《はじ》かれて、今度は一つの窓に中った。窓が、がらがらと鳴って壊れたが、その音は女の耳には聞えなかった。どこか屋根の上に隠れて止まっていた一群の鳩《はと》が、驚いて飛び立って、唯《ただ》さえ暗い中庭を、一刹那《せつな》の間、一層暗くした。

聾《つんぼ》になったように平気で、女はそれから一時間程の間、矢張り二本の指を引金に掛けて引きながら射撃の稽古《けいこ》をした。一度打つたびに臭い煙が出て、胸が悪くなりそうなのを堪《こら》えて、その癖その匂いを好きな匂いででもあるように吸い込んだ。余り女が熱心なので、主人も吊《つ》り込まれて熱心になって、女が六発打ってしまうと、直ぐ跡の六発の弾丸を込めて渡した。

夕方であったが、夜になって、的の黒白の輪が一つの灰色に見えるようになった時、女はようよう稽古を止《や》めた。今まで逢《あ》った事も無いこの男が、女のためには古い親友のように思われた。

「この位稽古しましたら、そろそろ人間の猟をしに出掛けられますでしょうね。」と笑談のようにこの男に言ったらこの場合に適当ではないかしら、と女は考えたが、手よりは声の方が余計に顫《ふる》えそうなのでそんな事を言うのは止《よ》しにした。そこで金を払って、礼を云って店を出た。

例の出来事を発明してからは、まだ少しも眠らなかったので、女はこれで安心して寝ようと思って、六連発の拳銃を抱いて、床の中へ這入《はい》った。』

ここらで私たちも一休みしましょう。どうです。少しでも小説を読み馴《な》れている人ならば、すでに、ここまで読んだだけでこの小説の描写の、どこかしら異様なものに、気づいたことと思います。一口で言えば、「冷淡さ」であります。失敬なくらいの、「そっけなさ」であります。何に対して失敬なのであるか、と言えば、それは、「目前の事実」に対してであります。目前の事実に対して、あまりにも的確の描写は、読むものにとっては、かえって、いやなものであります。殺人、あるいはもっとけがらわしい犯罪が起り、其《そ》の現場の見取図が新聞に出ることがありますけれど、奥の六畳間のまんなかに、その殺された婦人の形《かたち》が、てるてる坊主《ぼうず》の姿で小さく描かれて在ることがあります。ご存じでしょう？　あれは、実にいやなものであります。やめてもらいたい、と言いたくなるほどであります。あのような赤裸々が、この小説の描写の、どこかに感じられませんか。この小説の描写は、はッと思うくらいに的確であります。もう、いちど読みかえして下さい。中庭の側には活版所があるのです。私の貧しい作家の勘で以てすれば、この活版所は、たしかに、そこに在ったのです。この原作者の空想でもなんでもないのです。そうして、たしかに、その辺の家の窓は、ごみで茶色に染まっているのであります。抜きさしならぬ現実であります。そうして一群の鳩が、驚いて飛び立って、唯さえ暗い中庭を、一刹那の間、一層暗くしたというのも、まさに、そのとおりで、原作者は、女のうしろに立ってちゃんと見ていたのであります。なんだか、薄気味悪いことになりました。その小説の描写が、怪《け》しからぬくらいに直《ちょく》截《せつ》である場合、人は感服と共に、一種不快な疑惑を抱くものであります。うま過ぎる。淫《いん》する。神を冒す。いろいろの言葉があります。描写に対する疑惑は、やがて、その的確すぎる描写を為《な》した作者の人柄に対する疑惑に移行いたします。そろそろ、この辺から私（DAZAI）の小説になりかけて居《お》りますから、読者も用心していて下さい。

私は、この「女の決闘」という、ほんの十頁《ペエジ》ばかりの小品をここまで読み、その、生きてびくびく動いているほどの生臭い、抜きさしならぬ描写に接し、大いに驚くと共に、なんだか我慢できぬ不愉快さを覚えた。描写に対する不愉快さは、やがて、直接に、その原作者に対する不愉快となった。この小品の原作者は、この作品を書く時、特別に悪い心境に在ったのでは無いかと、頗《すこぶ》る失礼な疑惑をさえ感じたのであります。悪い心境ということについては二つの仮説を設けることが出来ます。一つは原作者がこの小説を書くとき、たいへん疲れて居られたのではないかという臆測《おくそく》であります。人間は肉体の疲れたときには、人生に対して、また現実生活に対して、非常に不機嫌《ふきげん》に、ぶあいそになるものであります。この「女の決闘」という小説の書き出しはどんなであったでしょうか。私はここでそれを繰返すことは致しませんが、前回の分をお読みになった読者はすぐに思い出すことが出来るだろうと思います。いわば、ぶんなぐる口調で書いてあります。ふところ手をして、おめえに知らせてあげようか、とでもいうようなたいへん思いあがった書き出しでありました。だいいち、この事件の起ったとき、すなわち年号、（外国の作家はどんなささやかな事件を叙述するにあたっても必ず年号をいれる傾向があるように思われます。）それから、場所、それについても何も語っていなかったではありませんか。「ロシヤの医科大学の女学生が、或晩の事、何の学科やらの」というような頗る不親切な記述があったばかりで、他はどの頁をひっくり返してみても、地理的なことはなんにも書かれてありません。実にぶっきらぼうな態度であります。作者が肉体的に疲労しているときの描写は必ず人を叱《しか》りつけるような、場合によっては、怒鳴りつけるような趣きを呈するものでありますが、それと同時に実に辛辣《しんらつ》無残の形相をも、ふいと表白してしまうものであります。人間の本性というものは或《ある》いはもともと冷酷無残のものなのかも知れません。肉体が疲れて意志を失ってしまったときには、鎧袖《がいしゅう》一触、修辞も何もぬきにして、袈裟《けさ》がけに人を抜打ちにしてしまう場合が多いように思われます。悲しいことですね。この「女の決闘」という小品の描写に、時々はッと思うほどの、憎々しいくらいの容赦なき箇所の在ることは、慧眼《けいがん》の読者は、既にお気づきのことと思います。作者は疲れて、人生に対して、また現実のつつましい営みに対して、たしかに乱暴の感情表示をなして居るという事は、あながち私の過言でもないと思います。

もう一つ、これは甚《はなは》だロマンチックの仮説でありますけれども、この小説の描写に於《お》いて見受けられる作者の異常な憎悪感は、（的確とは、憎悪の一変形でありますから）直接に、この作中の女主人公に対する抜きさしならぬ感情から出発しているのではないか。すなわち、この小説は、徹底的に事実そのままの資料に拠《よ》ったもので、しかも原作者はその事実発生したスキャンダルに決して他人ではなかった、という興味ある仮説を引き出すことが出来るのであります。更に明確にぶちまけるならば、この小品の原作者 HERBERT EULENBERG さん御自身こそ、作中の女房コンスタンチェさんの御亭主であったという恐るべき秘密の匂いを嗅《か》ぎ出すことが出来るのであります。すれば、この作品の描写に於ける、（殊《こと》にもその女主人公のわななきの有様を描写するに当っての）冷酷きわまる、それゆえにまざまざ的確の、作者の厭《いや》な眼の説明が残りなく出来ると私は思います。

もとよりこれは嘘であります。ヘルベルト・オイレンベルグさんは、そんな愚かしい家庭のトラブルなど惹《ひ》き起したお方では無いのであります。この小品の不思議なほどに的確な描写の拠って来《きた》るところは、恐らくは第一の仮説に尽くされてあるのではないかと思います。それは間違いないのでありますが、けれども、ことさらに第二の嘘の仮説を設けたわけは、私は今のこの場合、しかつめらしい名作鑑賞を行おうとしているのではなく、ヘルベルトさんには失礼ながら眼をつぶって貰《もら》って、この「女の決闘」という小品を土台にして私が、全く別な物語を試みようとしているからでありま す。ヘルベルトさんには全く失礼な態度であるということは判《わか》っていながら、つまり「尊敬しているからこそ甘えて失礼もするのだ。」という昔から世に行われているあのくすぐったい作法のゆえに、許していただきたいと思うのであります。

さて、それでは今回は原作をもう少し先まで読んでみて、それから原作に足りないところを私が、傲慢《ごうまん》のようでありますが、たしかに傲慢のわざなのでありますが、少し補筆してゆき、いささか興味あるロマンスに組立ててみたいと思っています。この原作に於てはこれからさき少しお読みになれば判ることでありますが、女房コンスタンチェひとり、その人についての描写に終始して居り、その亭主ならびに、その亭主の浮気の相手のロシヤ医科大学の女学生については、殆《ほと》んど言及して在りません。私は、その亭主を、（乱暴な企てでありますが、）仮にこの小品の作者御自身と無理矢理きめてしまって、いわば女房コンスタンチェの私は唯一《ゆいいつ》の味方になり、原作者が女房コンスタンチェを、このように無残に冷たく描写している、その復讐《ふくしゅう》として、若輩ちから及ばぬながら、次回より能《あた》う限り意地わるい描写を、やってみるつもりなのであります。それでは今回は次に一頁ほど原作者の記述をコピイして、それからまた私の、亭主と女学生についての描写をもせいぜい細かくお目に懸けることに致しましょう。女房コンスタンチェが決闘の前夜、冷たいピストルを抱いて寝て、さてその翌朝、いよいよ前代未聞《みもん》の女の決闘が開始されるのでありますが、それについて原作者EULENBERG が、れいの心憎いまでの怜悧《れいり》無情の心で次のように述べてあります。これを少し読者に読んでいただき、次回から私（DAZAI）のばかな空想も聞いていただきたく思います。女房は、六連発の拳銃を抱いて、床の中へ這入りました。さて、その翌朝、原作は次のようになって居ります。

『翌朝約束の停車場で、汽車から出て来たのは、二人の女の外には、百姓二人だけであった。停車場は寂しく、平地に立てられている。定木で引いた線のような軌道がずっと遠くまで光って走っていて、その先の地平線のあたりで、一つになって見える。左の方の、黄いろみ掛かった畑を隔てて村が見える。停車場には、その村の名が付いているのである。右の方には沙地《すなち》に草の生えた原が、眠そうに広がっている。

二人の百姓は、町へ出て物を売った帰りと見えて、停車場に附属している料理店に坐《すわ》り込んで祝杯を挙げている。

そこで女二人だけ黙って並んで歩き出した。女房の方が道案内をする。その道筋は軌道を越して野原の方へ這入り込む。この道は暗緑色の草が殆ど土を隠す程茂っていて、その上に荷車の通った輪の跡が二本走っている。

薄ら寒い夏の朝である。空は灰色に見えている。道で見た二三本の立木は、大きく、不細工に、この陰気な平地に聳《そび》えている。丁度森が歩哨《ほしょう》を出して、それを引っ込めるのを忘れたように見える。そこここに、低い、片羽《かたわ》のような、病気らしい灌木《かんぼく》が、伸びようとして伸びずにいる。

二人の女は黙って並んで歩いている。まるきり言語の通ぜぬ外国人同士のようである。いつも女房の方が一足先に立って行く。多分そのせいで、女学生の方が、何か言ったり、問うて見たりしたいのを堪《こら》えているかと思われる。

遠くに見えている白樺《しらかば》の白けた森が、次第にゆるゆると近づいて来る。手入をせられた事の無い、銀鼠色《ぎんねずいろ》の小さい木の幹が、勝手に曲りくねって、髪の乱れた頭のような枝葉を戴《いただ》いて、一塊《ひとかたまり》になっている。そして小さい葉に風を受けて、互に囁《ささや》き合っている。』

第　三

女学生は一こと言ってみたかった。「私はあの人を愛していない。あなたはほんとに愛しているの。」それだけ言ってみたかった。腹がたってたまらなかった。ゆうべ学校から疲れて帰り、さあ、けさ冷しておいたミルクでも飲みましょう、と汗ばんだ上衣《うわぎ》を脱いで卓のうえに置いた、そのとき、あの無智《むち》な馬鹿《ばか》らしい手紙が、その卓のうえに白くひっそり載っているのを見つけたのだ。私の室《へや》に無断で入って来たのに違いない。ああ、この奥さんは狂っている。手紙を読み終えて、私はあまりの馬鹿らしさに笑い出した。まったく黙殺ときめてしまって、手紙を二つに裂き、四つに裂き、八つに裂いて紙屑《かみくず》入れに、ひらひら落した。そのとき、あの人が異様に蒼《あお》ざめて、いきなり部屋に入って来たのだ。

「どうしたの。」

「見つかった。感づかれた。」あの人は無理に笑ってみせようと努めたようだが、ひくひく右の頰《ほお》がひきつって、あの人の特徴ある犬歯がにゅっと出ただけのことである。私はあさましく思い、「あなたよりは、あなたの奥さんの方が、きっぱりして居るようです。私に決闘を申込んで来ました。」あの人は、「そうか、やっぱりそうか。」と落ちつきなく部屋をうろつき、「あいつはそんな無茶なことをやらかして、おれの声名に傷つけ、心からの復讐をしようとしている。変だと思っていたのだ。ゆうべ、おれに、いつにないやさしい口調で、あなたも今月はずいぶん、お仕事をなさいましたし、気休めにどこか田舎へ遊びにいらっしゃい。お金も今月はどっさり余分にございます。あなたのお疲れのお顔を見ると、私までなんだか苦しくなります。この頃《ごろ》、私にも少しずつ、芸術家の辛苦というものが、わかりかけてまいりました。と、そんなことをぬかすので、おれも、ははあ、これは何かあるな、と感づき、何食わぬ顔して、それに同意し、今朝、旅行に出たふりしてまた引返し、家の中庭の隅《すみ》にしゃがんで看視していたのだ。夕方あいつは家を出て、何時何処《いつどこ》で、誰から聞いて知っていたのか、お前のこの下宿へ真直《まっすぐ》にやって来て、おかみと何やら話していたが、やがて出て来て、こんどは下町へ出かけ、ある店の飾り窓の前に、ひたと吸いついて動かなんだ。その飾り窓には、野鴨《のがも》の剝製《はくせい》やら、鹿《しか》の角やら、いたちの毛皮などあり、私は遠くから見ていたのであるが、はじめは何の店やら判断がつかなかった。そのうちに、あいつはすっと店の中へ入ってしまったので、私も安心して、その店に近づいて見ることが出来たのだが、なんと驚いた、いや驚いたというのは嘘《うそ》で、ああそうか、というような合点の気持だったのかな？　野鴨の剝製やら、鹿の角やら、いたちの毛皮に飾られて、十数挺《ちょう》の猟銃が黒い銃身を鈍く光らせて、飾り窓の下に沈んで横になっていた。拳銃《けんじゅう》もある。私には皆わかるのだ。人生が、このような黒い銃身の光と、じかに結びつくなどは、ふだんはとても考えられぬことであるが、その時の私のうつろな絶望の胸には、とてもリリカルにしみて来たのだ。銃身の黒い光は、これは、いのちの最後の詩だと思った。パアンと店の裏で拳銃の音がする。つづいて、又一発。私は危く涙を落しそうになった。そっと店の扉《とびら》を開け、内を窺《うかが》っても、店はがらんとして誰もいない。私は入った。相続く銃声をたよりに、ずんずん奥へすすんだ。みると薄暮の中庭で、女房と店の主人が並んで立って、今しも女房が主人に教えられ、最初の一発を的に向ってぶっ放すところであった。女房の拳銃は火を放った。けれども弾丸《たま》は、三歩程前の地面に当り、はじかれて、窓に当った。窓ガラスはがらがらと鳴ってこわれ、どこか屋根の上に隠れて止っていた一群の鳩《はと》が驚いて飛立って、たださえ暗い中庭を、さっと一層暗くした。私は再び涙ぐむのを覚えた。あの涙は何だろう。憎《ぞう》悪《お》の涙か、恐怖の涙か。いやいや、ひょっとしたら女房への不憫《ふびん》さの涙であったかも知れないね。とにかくこれでわかった。あれはそんな女だ。いつでも冷たく忍従して、そのくせ、やるとなったら、世間を顧慮せずやりのける。ああ、おれはそれを頼もしい性格と思ったことさえある！　芋の煮付が上手でね。今は危い。お前さんが殺される。おれの生れてはじめての恋人が殺される。もうこれが、私の生涯《しょうがい》で唯一の女になるだろう、その大事な人を、その人をあれがいま殺そうとしている。おれは、そこまで見届けて、いま、お前さんのとこへ駈込《かけこ》んで来た。お前は――」「それは御苦労さまでした。生れてはじめての恋人だの、唯一の宝だの、それは一体なんのことです。所詮《しょせん》は、あなた芸術家としてのひとり合点、ひとりでほくほく享楽《きょうらく》しているだけのことではないの。気障《きざ》だねえ。お止《よ》しなさい。私はあなたを愛していない。あなたはどだい美しくないもの。私が少しでも、あなたに関心を持っているとしたら、それはあなたの特異な職業に対してであります。市民を嘲《あざけ》って芸術を売って、そうして、市民と同じ生活をしているというのは、なんだか私には、不思議な生物のように思われ、私はそれを探求してみたかったという、まあ、理窟《りくつ》を言えばそうなるのですが、でも結局なんにもならなかった。なんにも無いのね。めちゃめちゃだけが在るのね。私は科学者ですから、不可解なもの、わからないものには惹《ひ》かれるの。それを知り極めないと死んでしまうような心細さを覚えます。だから私はあなたに惹かれた。私には芸術がわからない。私には芸術家がわからない。何かあると思っていたの。あなたを愛していたんじゃないわ。私は今こそ芸術家というものを知りました。芸術家というものは弱い、てんでなっちゃいない大きな低能児ね。それだけのもの、つまり智能の未発育な、いくら年とっても、それ以上は発育しない不具者なのね。純粋とは白痴のことなの？　無垢《むく》とは泣虫のことなの？　ああ、何をまた、そんな蒼い顔をして、私を見つめるの。いやだ。帰って下さい。あなたは頼りにならないお人だ。いまそれがわかった。驚いて度を失い、ただうろうろして見せるだけで、それが芸術家の純粋な、所以《ゆえん》なのですか。おそれいりました。」と、私は自分ながら、あまり、筋の通ったこととも思えないような罵言《ばげん》をわめき散らして、あの人をむりやり、扉の外へ押し出し、ばたんと扉をしめて錠をおろした。

粗末な夕食の支度《したく》にとりかかりながら、私はしきりに味気なかった。男というもの の、のほほん顔が、腹の底から癪《しゃく》にさわった。一体なんだというのだろう。私は、たまには、あの人からお金を貰った。冬の手袋も買ってもらった。もっと恥ずかしい内輪のものをさえ買ってもらった。けれどもそれが一体どうしたというのだ。私は貧しい医学生だ。私の研究を助けてもらうために、ひとりのパトロンを見つけたというのは、これはどうしていけないことなのか。私には父も無い、母も無い。けれども、血筋は貴族の血だ。いまに叔母が死ねば遺産も貰える。私には私の誇《ほこり》があるのだ。私はあの人を愛していない。愛するとは、もっと別な、母の気持も含まれた、血のつながりを感じさせるような、特殊の感情なのではなかろうか。私は、あの人を愛していない。科学者としての私の道を、はじめからひとりで歩いていたつもりなのに、どうしてこう突然に、失敬な、いまわしい決闘の申込状やら、また四十を越した立派な男子が、泣きべそをかいて私の部屋にとびこんで来たり、まるで、私ひとりがひどい罪人であるかのように扱われている。私にはわからない。

ひとりで貧しい食事をしたため、葡萄酒《ぶどうしゅ》を二杯飲んだ。食後の倦怠《けんたい》は、人を、「どうとも勝手に」という、ふてぶてしい思いに落ちこませるものである。決闘ということが、何だか、食後の運動くらいの軽い動作のように思われて来た。やってみようかなあ。私は殺される筈《はず》がない。あの男の話によれば、先方の女は、今日はじめて、拳銃の稽古《けいこ》をしていたというではないか。私は学生倶楽部《クラブ》で、何時でも射撃の最優勝者ではなかったか。馬に乗りながらでも十発九中。殺してやろう、私は侮辱を受けたのだ。この町では決闘は、若《も》し、それが正当のものであったなら、役人から受ける刑罰もごく軽く、別に名誉を損ずるほどのことにならぬと聞いていた。私の歩いている道に、少しでも、うるさい毛虫が這《は》い寄ったら、私はそれを杖《つえ》でちょいと除去するのが当然の事だ。私は若くて美しい。いや美しくはないけれど、でも、ひとりで生き抜こうとしている若い女性は、あんな下らない芸術家に恋々とぶら下り、私に半狂乱の決闘状など突きつける女よりは、きっと美しいに相違ない。そうだ、それは瞳《ひとみ》の問題だ。いやもう、これはなかなか大変な奢《おご》りの気持になったものだ。どれ、公園を散歩して来ましょう。私の下宿のすぐ裏が、小さい公園で、亀《かめ》の子に似た怪獣が、天に向って一筋高く水を吹上げ、その噴水のまわりは池で、東洋の金魚も泳いでいる。ペエトル一世が、王女アンの結婚を祝う意味で、全国の町々に、このような小さい公園を下賜《かし》せられた。この東洋の金魚も、王女アンの貴い玩具《おもちゃ》であったそうな。私はこの小さい公園が好きだ。瓦斯燈《ガスとう》に大きい蛾《が》がひとつ、ピンで留められたようについている。ふと見ると、ベンチにあの人がいる。私の散歩の癖を知っているから、ここで待ち伏せていたのであろう。私は、いまは気楽に近寄り、「さきほどは御免なさい。大きな白痴。」お馬鹿さんなどという愛称は、私には使えない。「あした決闘を見においで。私が奥さんを殺してあげる。いやなら、あなたのお家にじっとひそんで、奥さんのお帰りを待っていなさい。見に来なければ、奥さんを無事に帰してあげるわよ。」そう言ったとき、あの人はなんと答えたか。世にもいやしい笑いを満面に湛《たた》え、ふいとその笑いをひっこめ、しらじらしい顔して、「え、なんだって？　わけの分らんことをお前さんは言ったね。」そう言い捨てて、立ち去ったのである。私にはわかっている。あの人は、私に、自分の女房を殺して貰いたいのだ。けれども、それを、すこしも口に出して言いたくなし、また私の口からも聞いたことがないというようにして置きたかった。それは、あとあと迄《まで》、あの人の名誉を守るよすがともなろう。女二人に争われて、自分は全く知らぬ間に、女房は殺され、情婦は生きた。ああ、そのことは、どんなに芸術家の白痴の虚栄を満足させる事件であろう。あの人は、生き残った私に、そうして罪人の私に、こんどは憐憫《れんびん》をもって、いたわりの手をさしのべるという形にしたいのだ。見え透いている。あんな意気地無《いくじな》しの卑屈な怠けものには、そのような醜聞が何よりの御自慢なのだ。そうして顔をしかめ、髪をかきむしって、友人の前に告白のポオズ。ああ、おれは苦しい、と。あの人の夜霧に没する痩《や》せたうしろ姿を見送り、私は両肩をしゃくって、くるりと廻れ右して、下宿に帰って来た。なにがなしに悲しい。女性とは、所詮、ある窮極点に立てば、女性同士で抱きあって泣きたくなるものなのか。私は自身を不憫なものとは思わない。けれども、あの人の女房が急に不憫になって来た。いたわり合わなければならぬ間柄《あいだがら》ではなかろうか。まだ見ぬ相手の女房への共感やら、憐憫やら、同情やら、何やらが、ばたばた、大きい鳥の翼のように、私の胸を叩《たた》くのだ。私は窓を開け放ち、星空を眺《なが》めながら、五杯も六杯も葡萄酒を飲んだ。ぐるぐる眼が廻って、ああ、星が降るようだ。そうだ。あの人はきっと決闘を見に来る。私達のうしろについて来る。見に来たらば、女房を殺してあげると私は先刻《さっき》言ったのだから。あの人は樹《き》の幹に隠れて見ているに違いない。そうして私に、ここで見ているという知らせのつもりで軽く咳《せき》ばらいなどするかも知れない。いきなり、その幹のかげの男に向って発砲しよう。愚劣な男は死ぬがよい。それにきまった。私はどさんと、ぶっ倒れるようにベッドに寝ころがった。おやすみなさい、コンスタンチェ。(コンスタンチェとは女房の名である。)

あくる日、二人の女は、陰鬱《いんうつ》な灰色の空の下に小さく寄り添って歩いている。黙って並んで歩いている。女学生はさっきから、一言聞いてみたかった。あなたはあの人を愛しているの？　ほんとうに愛しているの？　けれども、相手の女は、まるで一匹のたくましい雌馬のように、鼻孔をひろげて、荒い息を吐き吐き、せっせと歩いて、それに追いすがる女学生を振払うように、ただ急ぎに急ぐのである。女学生は、女房のスカアトの裾《すそ》から露出する骨張った脚を見ながら、次第にむかむか嫌悪《けんお》が生じる。「あさましい。理性を失った女性の姿は、どうしてこんなに動物の臭《にお》いがするのだろう。汚い。下等だ。毛虫だ。助けまい。あの男を撃つより先に、やはりこの女と、私は憎しみをもって勝敗を決しよう。あの男が此所《ここ》へ来ているか、どうか、私は知らない。見えないようだ。どうでもよい。いまは目前の、このあさはかな、取乱した下等な雌馬だけが問題だ。」二人の女は黙ってせっせと歩いている。女学生がどんなに急いで歩いても、いつも女房の方が一足先に立って行く。遠くに見えている白樺の森が次第にゆるゆると近づいて来る。あの森が、約束の地点だ。(以上　DAZAI)

すぐつづけて原作は、

『この森の直ぐ背後で、女房は突然立ち留まった。その様子が今まで人に追い掛けられていて、この時決心して自分を追い掛けて来た人に向き合うように見えた。

「お互に六発ずつ打つ事にしましょうね。あなたがお先へお打ちなさい。」

「ようございます。」

二人の交えた会話はこれだけであった。

女学生ははっきりした声で数を読みながら、十二歩歩いた。そして女房のするように、一番はずれの白樺の幹に並んで、相手と向き合って立った。

周囲の草原はひっそりと眠っている。停車場から鐸《すず》の音が、ぴんぽんぴんぽんと云うように聞える。丁度時計のセコンドのようである。セコンドや時間がどうなろうと、そんな事は、もうこの二人には用が無いのである。女学生の立っている右手の方に浅い水溜《みずたまり》があって、それに空が白く映っている。それが草原の中に牛乳をこぼしたように見える。白樺の木どもは、これから起って来る、珍らしい出来事を見ようと思うらしく、互に摩《す》り寄って、頸《くび》を長くして、声を立てずに見ている。』見ているのは、白樺の木だけではなかった。二人の女の影のように、いつのまにか、白樺の幹の蔭《かげ》にうずくまっている、れいの下等の芸術家。

ここで一休みしましょう。最後の一行は、私が附け加えました。

おそろしく不器用で、赤面しながら、とにかく私が、女学生と亭主の側からも、少し書いてみました。甚《はなは》だ概念的で、また甘ったるく、原作者オイレンベルグ氏の緊密なる写実を汚すこと、おびただしいものであることは私も承知して居《お》ります。けれども、原作は前回の結尾からすぐに、『この森の直ぐ背後で、女房は突然立ち留まった。云々《うんぬん》。』となっているのでありますが、その間に私の下手な蛇足《だそく》を挿入《そうにゅう》すると、またこの「女の決闘」という小説も、全く別な二十世紀の生々しさが出るのではないかと思い、実に大まかな通俗の言葉ばかり大胆に採用して、書いてみたわけであります。二十世紀の写実とは、あるいは概念の肉化にあるのかも知れませんし、一概に、甘い大げさな形容詞を排斥するのも当るまいと思います。人は世俗の借金で自殺することもあれば、また概念の無形の恐怖から自殺することだってあるのです。決闘の次第は次回で述べます。

第　四

決闘の勝敗の次第をお知らせする前に、この女ふたりが拳銃を構えて対峙《たいじ》した可憐《かれん》陰惨、また奇妙でもある光景を、白樺《しらかば》の幹の蔭にうずくまって見ている、れいの下等の芸術家の心懐に就《つ》いて考えてみたいと思います。私はいま仮にこの男の事を下等の芸術家と呼んでいるのでありますが、それは何も、この男ひとりを限って、下等と呼んでいるのでは無くして、芸術家全般がもとより下等のものであるから、この男も何やら著述をしているらしいその罰で、下等の仲間に無理矢理、参加させられてしまったというわけなのであります。この男は、芸術家のうちではむしろ高貴なほうかも知れません。第一に、このひとは紳士であります。服装正しく、挨拶《あいさつ》も尋常で、気弱い笑顔は魅力的であります。散髪を怠らず、学問ありげな、れいの虚無的なるぶらりぶらりの歩き方をも体得して居た筈でありますし、それに何よりも泥酔《でいすい》する程に酒を飲まぬのが、決定的にこの男を上品な紳士の部類に編入させているのであります。けれども、悲しいかな、この男もまた著述をなして居るとすれば、その外面の上品さのみを見て、油断することは出来ません。何となれば、芸術家には、殆《ほとん》ど例外なく、二つの哀れな悪徳が具《そな》わって在るものだからであります。その一つは、好色の念でありま す。この男は、よわい既に不惑を越え、文名やや高く、可憐無邪気の恋物語をも創《つく》り、市井《しせい》婦女子をうっとりさせて、汚《けが》れない清潔の性格のように思われている様子でありますが、内心はなかなか、そんなものではなかったのです。初老に近い男の、好色の念の熾烈《しれつ》さに就いて諸君は考えてみたことがおありでしょうか。或《あ》る程度の地位も得た、名声さえも得たようだ、得てみたら、つまらない、なんでもないものだ、日々の暮しに困らぬ程の財産もできた、自分のちからの限度もわかって来た、まあ、こんなところかな？　この上むりして努めてみたって、たいしたことにもなるまい、こうして段々老いてゆくのだ、と気がついたときは、人は、せめて今いちどの冒険に、あこがれるようにならぬものであろうか。ファウストは、この人情の機微に就いて、わなきつつ書斎で独語しているようであります。ことにも、それが芸術家の場合、黒煙濛々《もうもう》の地団駄《じだんだ》踏むばかりの焦躁《しょうそう》でなければなりません。芸術家というものは、例外なしに生れつきの好色人であるのでありますから、その渇望《かつぼう》も極度のものがあるのではないかと、笑いごとでは無しに考えられるのであります。殊《こと》にも、この男は紅毛人であります。紅毛人の I love you には、日本人の想像にも及ばぬ或る種の直接的な感情が含まれている様子で、「愛します」という言葉は、日本に於《お》いてこそ綺麗《きれい》な精神的なものと思われているようですが、紅毛人に於いては、もっと、せっぱつまった意味で用いられているようであります。よろずに奔放で熾烈であります。いいとしをして思慮分別も在りげな男が、内実は、中学生みたいな甘い詠歎《えいたん》にひたっていることもあるのだし、たかが女学生の生意気なのに惹かれて、家も地位も投げ出し、狂乱の姿態を示すことだってあるのです。それは、日本でも、西欧でも同じことであるのですが、ことにも紅毛人に於いては、それが甚だしいように思われます。この哀れな、なんだか共感を誘う弱点に依《よ》って、いまこの男は、二人の女の後《うしろ》についてやって来て、そうして、白樺の幹の蔭に身をかくし、息を殺して、二人の女の決闘のなりゆきを見つめていなければならなくなった。もう一つ、この男の、芸術家の通弊として避けられぬ弱点、すなわち好奇心、言葉を換えて言えば、誰も知らぬものを知ろうという虚栄、その珍らしいものを見事に表現してやろうという功名心、そんなものが、この男を、ふらふら此《こ》の決闘の現場まで引きずり込んで来たものと思われます。どうしても一匹、死なない虫がある。自身、愛慾《あいよく》に狂乱していながら、その狂乱の様をさえ描写しようと努めているのが、これら芸術家の宿命であります。本能であります。諸君は、藤十郎《とうじゅうろう》の恋、というお話をご存じでしょうか。あれは、坂田藤十郎が、芸の工夫のため、いつわって人妻に恋を仕掛けた、ということになっていますが、果して全部が偽りの口説《くぜつ》であったかどうか、それは、わかったものじゃ無いと私は思って居ります。本当の恋を囁《ささや》いている間に自身の芸術家の虫が、そろそろ頭をもたげて来て、次第にその虫の喜びのほうが増大して、満場の喝采《かっさい》が眼《め》のまえにちらつき、はては、愛慾も興覚めた、という解釈も成立し得ると思います。まことに芸術家の、表現に対する貪婪《どんらん》、虚栄、喝采への渇望は、始末に困って、あわれなものであります。今、この白樺の幹の蔭に、雀《すずめ》を狙《ねら》う黒い猫《ねこ》みたいに全身緊張させて構えている男の心境も、所詮《しょせん》は、初老の甘ったるい割り切れない「恋情」と、身中の虫、芸術家としての「虚栄」との葛《かっ》藤《とう》である、と私には考えられるのであります。

ああ、決闘やめろ。拳銃《けんじゅう》からりと投げ出して二人で笑え。止《よ》したら、なんでも無いことだ。ささやかなトラブルの思い出として残るだけのことだ。誰にも知られずにすむのだ。私は二人を愛している。おんなじように愛している。可愛《かわい》い。怪我《けが》しては、いけない。やめて欲しい、とも思うのだが、さて、この男には幹の蔭から身を躍らせて二人の間に飛び込むほどの決断もつかぬのです。もう少し、なりゆきを見たいのです。男は更に考える。

発砲したからといっても、必ず、どちらかが死ぬるとはきまっていない。死ぬるどころか、双方かすり疵《きず》一つ受けないことだって在り得る。たいてい、そんなところだろう。死ぬるなんて、並たいていの事ではない。どうして私は、事態の最悪の場合ばかり考えたがるのだろう。ああ、けさは女房も美しい。ふびんな奴《やつ》だ。あいつは、私を信じすぎていたのだ。私も悪い。女房を、だましすぎていた。だますより他《ほか》はなかったのだ。家庭の幸福なんて、お互い嘘《うそ》の上でも無けれあ成り立たない。いままで私は、それを信じていた。女房なんて、謂《い》わば、家の道具だと信じていた。いちいち真実を吐露し合っていたんじゃ、やり切れない。私は、いつもだましていた。それだから女房は、いつも私を好いてくれた。真実は、家庭の幸福の花だ、嘘こそ家庭の敵。と私は信じていた。この確信に間違い無いか。私は、なんだか、ひどい思いちがいしていたのでは無いか。このとしになるまで、知らずにいた厳粛な事実が在ったのでは無いか。女房は、あれは、道具にちがいないけれど、でも、女房にとって、私は道具でなかったのかも知れぬ。もっと、いじらしい、懸命な思いで私の傍《そば》にいてくれたのかも知れない。女房は私を、だましていなかった。私は悪い。けれども、それだけの話だ。私は女房に、どんな応答をしたらいいのか。私はおまえを愛していない。けれども、それは素知らぬ振りして、一生おまえとは離れまい決心だった。平和に一緒に暮して行ける確信が私に在ったのだが、もう、今は、だめかも知れない。決闘なんて、なんという無智なことを考えたものだ！　やめろ！　と男は、白樺の蔭から一歩踏み出し、あやうく声を出しかけて、見ると、今しも二人の女が、拳銃持つ手を徐々に挙げて、発砲一瞬まえの姿勢に移りつつあったので、はっと声を呑《の》んでしまいました。もとより、この男もただものでない。当時流行の作家であります。謂わば、眼から鼻に抜けるほどの才智を持った男であります。普通、好人物の如《ごと》く醜く動転、とり乱すようなことは致しません。やるなら、やれ、と糞《くそ》度胸を据《す》え、また白樺の蔭にひたと身を隠して、事のなりゆきを凝視しました。

やるならやれ。私の知った事でない。もうこうなれば、どっちが死んだって同じ事だ。二人死んだら尚更《なおさら》いい。ああ、あの子は殺される。私の、可愛い不思議な生きもの。私はおまえを、女房の千倍も愛している。たのむ、女房を殺せ！　あいつは邪魔だ！　賢夫人だ。賢夫人のままで死なせてやれ。ああ、もうどうでもいい。私の知ったことか。せいぜい華やかにやるがいい、と今は全く道義を越えて、目前の異様な戦《せん》慄《りつ》の光景をむさぼるように見つめていました。誰も見た事の無いものを私はいま見ている、このプライド。やがてこれを如実に描写できる、この仕合せ。ああ、この男は、恐怖よりも歓喜を、五体しびれる程の強烈な歓喜を感じている様子であります。神を恐れぬこの傲慢《ごうまん》、痴夢、我執、人間侮辱。芸術とは、そんなに狂気じみた冷酷を必要とするものであったでしょうか。男は、冷静な写真師になりました。芸術家は、やっぱり人ではありません。その胸に、奇妙な、臭い一匹の虫がいます。その虫を、サタン、と人は呼んでいます。

発砲せられた。いまは、あさましい芸術家の下等な眼だけが動く。男の眼は、その決闘のすえ始終を見とどけました。そうして後日、高い誇りを以《もっ》て、わが見たところを誤またず描写しました。以下は、その原文であります。流石《さすが》に、古今の名描写であります。背後の男の、貪婪《どんらん》な観察の眼をお忘れなさらぬようにして、ゆっくり読んでみて下さい。

女学生が最初に打った。自分の技倆《ぎりよう》に信用を置いて相談に乗ったのだと云《い》う風で、落ち著《つ》いてゆっくり発射した。弾丸《たま》は女房の立っている側《そば》の白樺の幹をかすって力が無くなって地に落ちて、どこか草の間に隠れた。

その次に女房が打ったが、矢張り中《あた》らなかった。

それから二人で交《かわ》る代《がわ》る、熱心に打ち合った。銃の音は木精《こだま》のように続いて鳴り渡った。そのうち女学生の方が先に逆《のぼ》せて来た。そして弾丸が始終高い所ばかりを飛ぶようになった。

女房も矢張り気がぼうっとして来て、なんでももう百発も打ったような気がしている。その目には遠方に女学生の白いカラが見える。それをきのう的を狙ったように狙って打っている。その白いカラの外には、なんにも目に見えない。消えてしまったようである。自分の踏んでいる足下の土地さえ、あるか無いか覚えない。

突然、今自分は打ったか打たぬか知らぬのに、前に目に見えた白いカラが地に落ちた。そして外国語で何か一言云うのが聞えた。

その刹那《せつな》に周囲のものが皆一塊《ひとかたまり》になって見えて来た。灰色の、じっとして動かぬ大空の下の暗い草原、それから白い水潦《みずたまり》、それから側のひょろひょろした白樺の木などである。白樺の木の葉は、この出来事をこわがっているように、風を受けて囁き始めた。

女房は夢の醒《さ》めたように、堅い拳銃を地に投げて、著物《きもの》の裾をまくって、その場を逃げ出した。

女房は人げの無い草原を、夢中になって駆けている。唯《ただ》自分の殺した女学生のいる場所から成《なる》たけ遠く逃げようとしているのである。跡には草原の中には赤い泉が湧《わ》き出したように、血を流して、女学生の体が横《よこた》わっている。

女房は走れるだけ走って、草臥《くたび》れ切って草原のはずれの草の上に倒れた。余り駆けたので、体中の脈がぴんぴん打っている。そして耳には異様な囁きが聞える。「今血が出てしまって死ぬるのだ」と云うようである。

こんな事を考えている内に、女房は段段に、しかも余程手間取って、落ち著いて来た。それと同時に草原を物狂わしく走っていた間感じていた、旨《うま》く復讐《ふくしゅう》を為遂げたと云う喜《よろこび》も、次第につまらぬものになって来た。丁度向うで女学生の頸の創《きず》から血が流れて出るように、胸に満ちていた喜が逃げてしまうのである。「これで敵《かたき》を討った」と思って、物に追われて途方に暮れた獣のように、夢中で草原を駆けた時の喜は、いつか消えてしまって、自分の上を吹いて通る、これまで覚えた事のない、冷たい風がそれに代ったのである。なんだか女学生が、今死んでいるあたりから、冷たい息が通って来て、自分を凍えさせるようである。たった今まで、草原の中をよろめきながら飛んでいる野の蜜蜂《みつばち》が止まったら、羽を焦《こが》してしまっただろうと思われる程、赤く燃えていた女房の顳顬《こめかみ》が、大理石のように冷たくなった。大きい為事《しごと》をして、ほてっていた小さい手からも、血が皆どこかへ逃げて行ってしまった。

「復讐と云うものはこんなに苦い味のものか知ら」と、女房は土の上に倒れていながら考えた。そして無意識に唇《くちびる》を動かして、何か渋いものを味わったように頬《ほお》をすぼめた。併《しか》し此《この》場を立ち上がって、あの倒れている女学生の所へ行って見るとか、それを介抱して遣《や》るとか云う事は、どうしても遣りたくない。女房はこの出来事に体を縛り付けられて、手足も動かされなくなっているように、冷淡な心持をして時の立つのを待っていた。そして此間に相手の女学生の体からは血が流れて出てしまう筈《はず》だと思っていた。

夕方になって女房は草原で起き上がった。体の節節が狂っていて、骨と骨とが旨く食い合わないような気がする。草臥れ切った頭の中では、まだ絶えず拳銃を打つ音がする。頭の狭い中で、決闘が又しても繰返されているようである。此辺の景物が低い草から高い木まで皆黒く染まっているように見える。そう思って見ている内に、突然自分の影が自分の体を離れて、飛んで出たように、目の前を歩いて行く女が見えて来た。黒い著物を著て、茶色な髪をして白く光る顔をして歩いている。女房はその自分の姿を見て、丁度他人を気の毒に思うように、その自分の影を気の毒に思って、声を立てて泣き出した。

きょうまで暮して来た自分の生涯《しょうがい》は、ばったり断ち切られてしまって、もう自分となんの関係も無い、白木の板のようになって自分の背後から浮いて流れて来る。そしてその上に乗る事も、それを拾い上げる事も出来ぬのである。そしてこれから先き生きているなら、どんなにして生きていられるだろうかと想像して見ると、その生活状態の目の前に建設せられて来たのが、如何《いか》にもこれまでとは違った形をしているので、女房はそれを見ておののき恐れた。譬《たと》えば移住民が船に乗って故郷の港を出る時、急に他郷がこわくなって、これから知らぬ新しい境へ引き摩《ず》られて行くよりは、寧《むし》ろ此海の沈黙の中へ身を投げようかと思うようなものである。

そこで女房は死のうと決心して、起《た》ち上がって元気好《よ》く、項《うなじ》を反《そら》せて一番近い村をさして歩き出した。

女房は真《ま》っ直《すぐ》に村役場に這入《はい》って行ってこう云った。「あの、どうぞわたくしを縛って下さいまし、わたくしは決闘を致しまして、人を一人殺しました。」

第五

決闘の次第は、前回に於いて述べ尽しました。けれども物語は、それで終っているのではありません。火事は一夜で燃え尽しても、火事場の騒ぎは、一夜で終るどころか、人と人との間の疑心、悪罵《あくば》、奔走、駈引《かけひ》きは、そののち永く、ごたついて尾を引き、人の心を、生涯とりかえしつかぬ程に歪曲《わいきょく》させてしまうものであります。この、前代未聞の女同士の決闘も、とにかく済んだ。意外にも、女房が勝って、女学生が殺された。その有様を、ずるい、悪徳の芸術家が、一つあまさず見とどけて、的確の描写を為《な》し、成功して写実の妙手と称《たた》えられた。さて、それから事件は、どうなったのでしょう。まず、原文を読んでみましょう。原文も、この辺から、調子が落ちて、決闘の場面の描写ほど、張りが無いようであります。それは、その訳です。今迄《いままで》は、かの流行作家も、女房の行く跡を、飢餓の狼《おおかみ》のようについて歩いて、女房が走ると自分も走り、女房が立ちどまると、自分も踞《かが》み、女房の姿態と顔色と、心の動きを、見つめ切りに見つめていたので、従ってその描写も、どきりとするほどの迫真の力を持つことが出来たのでありますが、いま決闘も終結し、女房は真っ直に村役場に這入って行ってしまったので、もはや観察の手段が無くなりました。下手《へた》に村役場のまわりに、うろついていたら、人に見られて、まずい事になります。この芸術家は、神の審判よりも、人の審判を恐れているたちの男でありますから、女房につづいて村役場に飛び込み、自分の心の一切を告白する勇気など持ち合せが無かったのであります。正義よりも、名声を愛して居《お》ります。致《いた》しかたの無い事かも知れません。敢《あ》えて責めるべき事で無いかも知れない。人間は、もともとそんな、くだらないものであります。この利巧な芸術家も、村役場に這入って行く女房の姿を見て、ちょっと立ちどまり、それから、ばかな事はしたくない、という頗《すこぶ》る当り前の考えから、くるりと廻れ右して、もと来た道をさっさと引き返し、汽車に乗り、何食わぬ顔してわが家に帰り、ごろりとソファに寝ころがった。それから、いろいろ人から聞いて、女房のその後の様子を、次の如《ごと》く知ることが出来たのであります。以下は、勿論《もちろん》、芸術家が直接に見て知ったことでは無く、さまざまの人達から少しずつ聞いたところのものを綜合《そうごう》して、それに自分の空想をもたくみに案配して綴《つづ》った、謂わば説明の文章であります。描写の文章では無いようであります。すなわち、女房が村役場に這入って行って、人を一人殺しました、と自首する。

「それを聞いて役場の書記二人はこれまで話に聞いた事も無い出来事なので、女房の顔を見て微笑《ほほえ》んだ。少し取り乱しているが、上流の奥さんらしく見える人が変な事を言うと思ったのである。書記等は多分これはどこかから逃げて来た女気違だろうと思った。

女房は是非縛って貰《もら》いたいと云って、相手を殺したと云う場所を精《くわ》しく話した。それから人を遣って調べさせて見ると、相手の女学生はおおよそ一時間前に、頸《くび》の銃創から出血して死んだものらしかった。それから二本の白樺《しらかば》の木の下の、寂しい所に、物を言わぬ証拠人として拳銃が二つ棄ててあるのを見出《みいだ》した。拳銃は二つ共、込めただけの弾丸を皆打ってしまってあった。そうして見ると、女房の持っていた拳銃の最後の一弾が気まぐれに相手の体に中《あた》ろうと思って、とうとうその強情を張り通したものと見える。

女房は是非この儘《まま》抑留して置いて貰いたいと請求した。役場では、その決闘と云うものが正当な決闘であったなら、女房の受ける処分は禁獄に過ぎぬから、別に名誉を損ずるものではないと、説明して聞かせたけれど、女房は飽くまで留めて置いて貰おうとした。

女房は自分の名誉を保存しようとは思っておらぬらしい。たったさっきまで、その名誉のために一命を賭《と》したのでありながら、今はその名誉を有している生活と云うものが、そこに住う事も、そこで呼吸をする事も出来ぬ、雰囲気《ふんいき》の無い空間になったように、どこへか押し除《の》けられてしまったように思われるらしい。丁度死んでしまったものが、もう用が無くなったので、これまで骨を折って覚えた言語その外の一切の物を忘れてしまうように、女房は過去の生活を忘れてしまったものらしい。

女房は市へ護送せられて予審に掛かった。そこで未決檻《みけつかん》に入れられてから、女房は監獄長や、判事や、警察医や僧侶《そうりょ》に、繰り返して、切に頼み込んで、これまで夫としていた男に衝《つ》き合せずに置いて貰う事にした。それぱかりでは無い。その男の面会に来ぬようにして貰った。それから色色な秘密らしい口供をしたり、又わざと矛盾する口供をしたりして、予審を二三週間長引かせた。その口供が故意にしたのであったと云う事は、後になって分かった。

或る夕方、女房は檻房の床の上に倒れて死んでいた。それを見附けて、女の押丁《おうてい》が抱いて寝台の上に寝かした。その時女房の体が、著物だけの目方しかないのに驚いた。女房は小鳥が羽の生えた儘で死ぬように、その著物を著た儘で死んだのである。跡から取調べたり、周囲の人を訊問《じんもん》して見たりすると、女房は檻房に入れられてから、絶食して死んだのであった。渡された食物を食わぬと思われたり、又無理に食わせられたりすまいと思って、人の見る前では呑《の》み込んで、直ぐそれを吐き出したこともあったらしい。丁度相手の女学生が、頸の創から血を出して萎《しな》びて死んだように絶食して、次第に体を萎びさせて死んだのである。」

女房も死んでしまいました。はじめから死ぬるつもりで、女学生に決闘を申込んだ様子で、その辺の女房のいじらしい、また一筋の心理に就《つ》いては、次回に於いて精細に述べることにして、今は専《もっぱ》ら、女房の亭主すなわち此の短いが的確の「女の決闘」の筆者、卑怯千万《ひきょうせんばん》の芸術家の、その後の身の上に就いて申し上げる事に致します。女学生は、何やら外国語を一言叫んで、死んでいった。女房も、ほとんど自殺に等しい死にかたをして、この世から去っていった。けれども、三人の中で最も罪の深い、この芸術家だけは、死にもせずペンを握って、「小鳥が羽の生えた儘で死ぬように、その著物を著た儘で死んだのである。」などと、自分の女房のみじめな死を、よそごとのように美しく形容し、その棺に花束一つ投入してやったくらいの慈善を感じてすましている。これは、いかにも不思議であります。果して、芸術家というものは、そのように冷淡、心の奥底まで一個の写真機に化しているものでしょうか。私は、否《いな》、と答えたいのでありますが、とにかく今、諸君と共に、この難問に就いて、尚《なお》しばらく考えてみることに致しましょう。この悪徳の芸術家は、女房の取調べと同時に、勿論、市の裁判所に召喚され、予審検事の皮肉極まる訊問を受けた筈であります。

――どうも、とんだ災難でございましたね。（と検事は芸術家に椅子《いす》を薦めて言いました。）奥さんのおっしゃる事は、ちっとも筋道がとおりませんので、私ども困って居ります。一体、どういう原因に拠《よ》る決闘だか、あなたは、ご存じなんですね。

――存じません。

――私の言いかたが下手だったのかしら。失礼いたしました。何か、お心当りは在る筈なんですね。

――心当り？

――相手の女学生を、ご存じなんですね。

――相手の？

――いいえ、奥さんの相手です。失礼いたしました。奥さんの決闘の相手です。お互い紳士ですものね。

――存じて居ります。

――え？　何をご存じなんです。煙草《たばこ》はいかがです。ずいぶん煙草を、おやりのようですね。煙草は、思索の翼と言われていますからね。あなたの作品を、うちの女房と娘が奪い合いで読んでいますよ。「法師の結婚」という小説です。私も、そのうち読ませていただくつもりですけれど、天才の在るおかたは羨《うら》やましいですね。この部屋は、少し暑過ぎますね。私はこの部屋がきらいなんですよ。窓を開けましょう。さぞ、おいやでしょうね。

――何を申し上げればいいのでしょう。

――いいえ、そういうわけじゃ無いんです。私は、そんな、失礼な事は考えて居りません。お互い、このとしになると、世の中が馬鹿げて見えて来ますね。どうだっていいんです。お互い、弱い者同士ですものね。馬鹿げていますよ。私は、この裁判所と自宅との間を往復して、ただ並木路《なみきみち》を往復して歩いて、ふと気がついたら二十年経《た》っていました。いちどは冒険を。いいえ、あなたのことじゃ無いんです。いろいろの事がありましたものね。おや、聞えますね。囚人たちの唱歌ですよ。シオンのむすめ、……

――語れかし！

――わが愛の君に。私は讃美歌《さんびか》をさえ忘れてしまいました。いいえ、そういう謎《なぞ》のつもりでは無かったのです。あなたから、何もお伺いしようと思いません。そんなに気を廻さないで下さい。どうも、私も、きょうはなんだか、いやになりました。もう、止《よ》しにしましょうか。

――そうお願いできれば、……

――ふん。あなたを罰する法律が無いので、いやになったのですよ。お帰りなさい。

――ありがとう存じます。

――あ、ちょっと。一つだけ、お伺いします。奥さんが殺されて、女学生が勝った場合は、どうなりますか？

――どうもこうもなりません。そいつは残った弾丸で、私をも撃ち殺したでしょう。

――ご存じですね。奥さんは、すると、あなたの命の恩人ということになりますね。

――女房は、可愛《かわい》げの無い女です。好んで犠牲になったのです。エゴイストです。

――もう一つお伺いします。あなたは、どちらの死を望みましたか？　あなたは、隠れて見ていましたね。旅行していたというのは嘘《うそ》ですね。あの前夜も、女学生の下宿に訪ねて行きましたね。あなたは、どちらの死を望んでいたのですか？　奥さんでしょうね。

――いいえ、私は、（と芸術家は威厳のある声で言いました。）どちらも生きてくれ、と念じていました。

――そうです。それでいいのです。私はあなたの、今の言葉だけを信頼します。（と検事は、はじめて白い歯を出して微笑み、芸術家の肩をそっと叩《たた》いて、）そうで無ければ、私は今すぐあなたを、未決檻に送るつもりでいたのですよ。殺人幇助《ほうじょ》という立派な罪名があります。

以上は、かの芸術家と、いやらしく老獪《ろうかい》な検事との一問一答の内容でありますが、ただ、これだけでは私も諸君も不満であります。「いいえ、私は、どちらも生きてくれ、と念じていました。」という一言を信じて、検事は、この男を無罪放免という事にした様子でありますが、私たちの心の中に住んでいる小さい検事は、なかなか疑い深くて、とてもこの男を易々《やすやす》と放免することが出来ないのであります。この男は、予審の検事を、だましたのではないでしょうか。「どちらも生きてくれ、と念じていました。」というのは、嘘ではないか。この男は、あの決闘のとき、白樺の木の蔭《かげ》に隠れて、ああ、どっちも死ね！　両方死ね、いやいや、女房だけ死ね！　女房を殺してくれ、と全身に油汗を流して念じていた瞬間が、在ったじゃないか。確かに在った。

この男は、あれを忘れているのであろうか。或《ある》いはちゃんと覚えている癖に、成長した社会人特有の厚顔無恥の、謂《い》わば世馴《よな》れた心から、けろりと忘れた振りして、平気で嘘を言い、それを取調べる検事も亦《また》、そこのところを見抜いていながら、その追究を大人気《おとなげ》ないものとして放棄し、とにかく話の筋が通って居れば、それで役所の書類作成に支障は無し、自分の勤めも大過無し、正義よりも真実よりも自分の職業の無事安泰が第一だと、そこは芸術家も検事も、世馴れた大人同士の暗黙の裏の了解ができて、そこで、「どちらも生きてくれと念じていました。」「よろしい、信頼しましょう。」ということになったのでは無いでしょうか。けれども、その疑惑は、間違っています。私は、それに就いて、いま諸君に、僭越《せんえつ》ながら教えなければなりません。その時の、男の答弁は正しいのです。また、その一言を信頼し、無罪放免した検事の態度も正しいのです。決してお互い妥協しているのではありません。男は、あの決闘の時、女房を殺せ！　と願いました。と同時に、決闘やめろ！　拳銃《けんじゅう》からりと投げ出して二人で笑え、と危く叫ぼうとしたのであります。人は、念々と動く心の像すべてを真実と見做《みな》してはいけません。自分のものでも無い或る卑《いや》しい想念を、自分の生れつきの本性の如く誤って思い込み、悶々《もんもん》している気弱い人が、ずいぶん多い様子であります。卑しい願望が、ちらと胸に浮ぶことは、誰にだってあります。時々刻々、美醜さまざまの想念が、胸に浮んでは消え、浮んでは消えて、そうして人は生きています。その場合に、醜いものだけを正体として信じ、美しい願望も人間には在るという事を忘れているのは、間違いであります。念々と動く心の像は、すべて「事実」として存在はしても、けれども、それを「真実」として指摘するのは、間違いなのであります。真実は、常に一つではありませんか。他は、すべて信じなくていいのです。忘れていていいのです。多くの浮遊の事実の中から、たった一つの真実を拾い出して、あの芸術家は、権威を以《もっ》て答えたのです。検事も、それを信じました。二人共に、真実を愛し、真実を触知し得る程の立派な人物であったのでしょう。あの、あわれな、卑屈な男も、こうして段々考えて行くに連れて、少しずつ人間の位置を持ち直して来た様子であります。悪いと思っていた人が、だんだん善くなって来るのを見る事ほど楽しいことはありません。弁護のしついでに、この男の、身中の虫、「芸術家」としての非情に就いても、ちょっと考えてみることに致しましょう。この男ひとりに限らず、芸術家というものは、その腹中に、どうしても死なぬ虫を一匹持っていて、最大の悲劇をも冷酷の眼で平気で観察しているものだ、と前回に於《お》いても、前々回に於いても非難して来た筈《はず》でありますが、その非難をも、ちょっとついでに取り消してお目に掛けたくなりました。何も、人助けの為であります。慈善は、私の本性かも知れません。「醜いものだけを正体として信じ、美しい願望も人間には在るということを忘れているのは、間違いであります。」とD先生が教えて居ります。何事も、自分を、善いほうに解釈して置くのがいいようだ。さて、芸術家には、人で無い部分が在る、芸術家の本性は、サタンである、という私の以前の仮説に対して、私は、もう一つの反立法を持ち合せているのであります。それを、いま、お知らせ致します。

――リュシエンヌよ、私は或る声楽家を知っていた。彼が許嫁《いいなずけ》の死の床に侍して、その臨終に立会った時、傍《かたわ》らに、彼の許嫁の妹が身を慄《ふる》わせ、声をあげて泣きむせぶのを聴きつつ、彼は心から許嫁の死を悲しみながらも、許嫁の妹の涕泣《ていきゅう》に発声法上の欠陥のある事に気づいて、その涕泣に迫力を添えるには適度の訓練を必要とするのではなかろうか。と不図考えたのであった。而《しか》もこの声楽家は、許嫁との死別の悲しみに堪えずしてその後間もなく死んでしまったが、許嫁の妹は、世間の掟《おきて》に従って、忌《き》の果てには、心置きなく喪服を脱いだのであった。

これは、私の文章ではありません。辰野隆《たつのゆたか》先生訳、仏人リイル・アダン氏の小話《こばなし》であります。この短い実話を、もう一度繰りかえして読んでみて下さい。ゆっくり読んでみて下さい。薄情なのは、世間の涙もろい人たちの間にかえって多いのであります。芸術家は、めったに泣かないけれども、ひそかに心臓を破って居ります。人の悲劇を目前にして、目が、耳が、手が冷いけれども、胸中の血は、再び旧《もと》にかえらぬ程に激しく騒いでいます。芸術家は、決してサタンではありません。かの女房の卑劣な亭主も、こう考えて来ると、あながち非難するにも及ばなくなったようであります。眼は冷く、女房の殺人の現場を眺《なが》め、手は平然とそれを描写しながらも、心は、なかなか悲愁断腸のものが在ったのではないでしょうか。次回に於いて、すべてを述べます。

第六

いよいよ、今回で終りであります。一回、十五、六枚ずつにて半箇年間、つまらぬ事ばかり書いて来たような気が致します。私にとっては、その間に様々の思い出もあり、また自身の体験としての感懐も、あらわにそれと読者に気づかれ無いように、こっそり物語の奥底に流し込んで置いた事でもありますから、私一個人にとっては、之《これ》は、のちのちも愛著深い作品になるのではないかと思って居ります。読者には、あまり面白くなかったかも知れませんが、私としては、少し新しい試みをしてみたような気もしているので、もう、この回、一回で読者とおわかれするのは、お名残り惜しい思いであります。所詮《しょせん》、作者の、愚かな感傷ではありますが、殺された女学生の亡霊、絶食して次第に体を萎びさせて死んだ女房の死顔、ひとり生き残った悪徳の夫の懊悩《おうのう》の姿などが、この二、三日、私の背後に影法師のように無言で執拗《しつよう》に、つき従っていたことも事実であります。

さて、今回は、原文を、おしまいまで全部、読んでしまいましょう。説明は、その後でする事に致します。

――遺物を取り調べて見たが、別に書物も無かった。夫としていた男に別《わかれ》を告げる手紙も無く、子供等に暇乞《いとまごい》をする手紙も無かった。唯《ただ》一度檻房《かんぼう》へ来た事のある牧師に当てて、書き掛けた短い手紙が一通あった。牧師は誠実に女房の霊を救おうと思って来たのか、物珍らしく思って来て見たのか、それは分からぬが、兎《と》に角《かく》一度来たのである。この手紙は牧師の二度と来ぬように、謂わば牧師を避けるために書く積りで書き始めたものらしい。煩悶《はんもん》して、こんな手紙を書き掛けた女の心を、その文句が幽《かす》かに照しているのである。

「先日お出《い》でになった時、大層御尊信なすってお出での様子で、お話になった、あのイエス・クリストのお名に掛けて、お願《ねがい》致します。どうぞ二度とお尋《たずね》下さいますな。わたくしの申す事を御信用下さい。わたくしの考《かんがえ》では若《も》しイエスがまだ生きてお出でなされたなら、あなたがわたくしの所へお出でなさるのを、お遮《さえぎ》りなさる事でしょう。昔天国の門に立たせて置かれた、あの天使のように、イエスは燃える抜身を手にお持《もち》になって、わたくしのいる檻房へ這入《はい》ろうとする人をお留《とめ》なさると存じます。わたくしはこの檻房から、わたくしの逃げ出して来た、元の天国へ帰りたくありません。よしや天使が薔薇《ばら》の綱をわたくしの体に巻いて引入れようとしたとて、わたくしは帰ろうとは思いません。なぜと申しますのに、わたくしがそこで流した血は、決闘でわたくしの殺した、あの女学生の創から流れて出た血のようにもう元へは帰らぬのでございます。わたくしはもう人の妻でも無ければ人の母でもありません。もうそんなものには決してなられません。永遠になられません。ほんにこの永遠と云う、たっぷり涙を含んだ二字を、あなた方どなたでも理解して尊敬して下されば好いと存じます。」

「わたくしはあの陰気な中庭に入り込んで、生れてから初めて、拳銃と云うものを打って見ました時、自分が死ぬる覚悟で致しまして、それと同時に自分の狙《ねら》っている的は、即《すなわ》ち自分の心《しん》の臓だと云う事が分かりました。それから一発一発と打ったびに、わたくしは自分で自分を引き裂くような愉快を味《あじわ》いました。この心の臓は、もとは夫や子供の側《そば》で、セコンドのように打っていて、時を過ごして来たものでございます。それが今は数知れぬ弾丸《たま》に打ち抜かれています。こんなになった心の臓を、どうして元の場所へ持って行かれましょう。よしやあなたが主御自身であっても、わたくしを元へお帰しなさる事はお出来になりますまい。神様でも、鳥よ虫になれとは仰《おっし》ゃる事が出来ますまい。先にその鳥の命をお断ちになってからでも、そう仰ゃる事は出来ますまい。わたくしを生きながら元の道へお帰らせなさることのお出来にならないのも、同じ道理でございます。幾らあなたでも人間のお詞《ことば》で、そんな事を出来《でか》そうとは思召《おぼしめ》しますまい。」

「わたくしは、あなたの教《おしえ》で禁じてある程、自分の意志の儘《まま》に進んで参って、跡を振り返っても見ませんでした。それはわたくし好く存じています。併《しか》しどなただって、わたくしに、お前の愛しようは違うから、別な愛しようをしろと仰ゃる事は出来ますまい。あなたの心の臓はわたくしの胸には嵌《は》まりますまい。又わたくしのはあなたのお胸には嵌まりますまい。あなたはわたくしを、謙遜《けんそん》を知らぬ、我慾《がよく》の強いものだと仰ゃるかも知れませんが、それと同じ権利で、わたくしはあなたを、気の狭い卑屈な方だと申す事も出来ましょう。あなたの尺度でわたくしをお測りになって、その尺度が足らぬからと言って、わたくしを度はずれだと仰ゃる訳には行きますまい。あなたとわたくしとの間には、対等の決闘は成り立ちません。お互に手に持っている武器が違います。どうぞもうわたくしの所へ御出で下さいますな。切にお断《ことわり》申します。」

「わたくしの為には自分の恋愛が、丁度自分の身を包んでいる皮のようなものでございました。若しその皮の上に一寸《ちょっと》した染《しみ》が出来るとか、一寸した創《きず》が付くとかしますと、わたくしはどんなにしてでも、それを癒《い》やしてしまわずには置かれませんでした。わたくしはその恋愛が非常に傷《きずつ》けられたと存じました時、その為に、長煩《ながわずら》いで腐って行くように死なずに、意識して、真っ直ぐに立った儘で死のうと思いました。わたくしは相手の女学生の手で殺して貰《もら》おうと思いました。そうしてわたくしの恋愛を潔《いさぎよ》く、公然と相手に奪われてしまおうと存じました。」

「それが反対になって、わたくしが勝ってしまいました時、わたくしは唯名誉を救っただけで、恋愛を救う事が出来なかったのに気が付きました。総《すべ》ての不治の創の通りに、恋愛の創も死ななくては癒えません。それはどの恋愛でも傷けられると、恋愛の神が侮辱せられて、その報いに犠牲を求めるからでございます。決闘の結果は予期とは相違していましたが、兎に角わたくしは自分の恋愛を相手に渡すのに、身を屈《かが》めて、余儀なくせられて渡すのでは無く、名誉を以て渡そうとしたのだと云うだけの誇《ほこり》を持っています。」

「どうぞ聖者の毫光《ごうこう》を御尊敬なさると同じお心持で、勝利を得たものの額の月桂冠《げっけいかん》を御尊敬なすって下さいまし。」

「どうぞわたくしの心の臓をお労《いた》わりなすって下さいまし。あなたの御尊信なさる神様と同じように、わたくしを大胆に、偉大に死なせて下さいまし。わたくしは自分の致《いた》した事を、一人で神様の前へ持って参ろうと存じます。名誉ある人妻として持って参ろうと存じます。わたくしは十字架に釘付《くぎづ》けにせられたように、自分の恋愛に釘付けにせられて、数多《あまた》の創から血を流しています。こんな恋愛がこの世界で、この世界にいる人妻のために、正当な恋愛でありましたか、どうでしたか、それはこれから先の第三期の生活に入ったなら、分かるだろうと存じます。わたくしが、この世に生れる前と、生れてからとで経験しました、第一期、第二期の生活では、それが教えられずにしまいました。」

ここまで書いて来て、かの罪深き芸術家は、筆を投じてしまいました。女房の遺書の、強烈な言葉を、ひとつひとつ書き写している間に、異様な恐怖に襲われた。背骨を雷に撃たれたような気が致しました。実人生の、暴力的な真剣さを、興覚めする程に明確に見せつけられたのであります。たかが女、と多少は軽蔑《けいべつ》を以て接して来た、あの女房が、こんなにも恐ろしい、無茶なくらいの燃える祈念で生きていたとは、思いも及ばぬ事でした。女性にとって、現世の恋情が、こんなにも焼き焦《こ》げる程ひとすじなものとは、とても考えられぬ事でした。命も要らぬ、神も要らぬ、ただ、ひとりの男に対する恋情の完成だけを祈って、半狂乱で生きている女の姿を、彼は、いまはじめて明瞭《めいりょう》に知る事が出来たのでした。彼は、もともと女性軽蔑者でありました。女性の浅間しさを知悉《ちしつ》しているつもりでありました。女性は男に愛撫《あいぶ》されたくて生きている。称讃《しょうさん》されたくて生きている。我利我利。淫蕩《いんとう》。無智。虚栄。死ぬまで怪しい空想に身悶《みもだ》えしている。貪慾《どんよく》。無思慮。ひとり合点。意識せぬ冷酷。無恥厚顔。吝嗇《りんしょく》。打算。相手かまわぬ媚態《びたい》。ばかな自惚《うぬぼ》れ。その他、女性のあらゆる悪徳を心得ているつもりでいたのであります。女で無ければわからぬ気持、そんなものは在り得ない。ばかばかしい。女は、決して神秘でない。ちゃんとわかっている。あれだ。猫《ねこ》だ。と此《こ》の芸術家は、心の奥底に、そのゆるがぬ断定を蔵していて、表面は素知らぬ振りしてわが女房にも、また他の女にも、当らず触らずの愛想のいい態度で接していました。また、この不幸の芸術家は、女の芸術家というものをさえ、てんで認めていませんでした。当時の甘い批評家たちが、女の作家の二、三の著書に就《つ》いて、女性特有の感覚、女で無ければ出来ぬ表現、男にはとてもわからぬ此の心理、などと驚歎の言辞を献上するのを見て、彼はいつでも内心、せせら笑って居《お》りました。みんな男の真似《まね》ではないか。男の作家たちが空想に拠《よ》って創造した女性を見て、女は、これこそ真の私たちの姿だ、と愚かしく夢中になって、その嘘の女性の型に、むりやり自分を押し込めようとするのだが、悲しい哉《かな》、自分は胴が長すぎて、脚が短い。要らない脂肪が多過ぎる。それでも、自分は、ご存じ無い。実に滑稽《こっけい》奇怪の形で、しゃなりしゃなりと歩いている。男の作家の創造した女性は、所詮、その作家の不思議な女装の姿である。女では無いのだ。どこかに男の「精神」が在る。ところが女は、かえってその不自然な女装の姿に憧《あこが》れて、その毛臑《けずね》の女性の真似をしている。滑稽の極である。もともと女であるのに、その姿態と声を捨て、わざわざ男の粗暴の動作を学び、その太い音声、文章を「勉強」いたし、さてそれから、男の「女音」の真似をして、「わたくしは女でございます。」とわざと嗄《しわが》れた声を作って言い出すのだから、実に、どうにも浅間しく複雑で、何が何だか、わからなくなるのである。女の癖に口髭《くちひげ》を生やし、それをひねりながら、「そもそも女というものは、」と言い出すのだから、ややこしく、不潔に濁って、聞く方にとっては、やり切れぬ。所謂《いわゆる》、女特有の感覚は、そこには何も無い。女で無ければ出来ぬ表現も、何も無い。男にはとてもわからぬ心理なぞは勿論《もちろん》、在るわけは無い。もともと男の真似なのだ。女は、やっぱり駄目《だめ》なものだ、というのが此の中年の芸術家の動かぬ想念であったのであります。けれども、いま、自身の女房の愚かではあるが、強烈のそれこそ火を吐くほどの恋の主張を、一字一字書き写しているうちに、彼は、これまで全く知らずにいた女の心理を、いや、女の生理、と言い直したほうがいいかも知れぬくらいに、なまぐさく、また可憐《かれん》な一筋の思いを、一糸纏《まと》わぬ素はだかの姿で見てしまったような気がして来たのであります。知らなかった。女というものは、こんなにも、せっぱつまった祈念を以て生きているものなのか。愚かには違い無いが、けれども、此の熱狂的に一直線の希求には、何か笑えないものが在る。恐ろしいものが在る。女は玩具《おもちゃ》、アスパラガス、花園、そんな安易なものでは無かった。この愚直の強さは、かえって神と同列だ。人間でない部分が在る、と彼は、真実、驚倒した。筆を投じて、ソファに寝ころび、彼は、女房とのこれ迄《まで》の生活を、また、決闘のいきさつを、順序も無くちらちら思い返してみたのでした。あ、あ、といちいち合点がゆくのです。私は女房を道具と思っていたが、女房にとっては、私は道具で無かった。生きる目あての全部であった、という事が、その時、その時の女房の姿態、無言の行動ではっきりわかるような気がして来たのであります。女は愚かだ。けれども、なんだか懸命だ。とてもロマンスにならない程、むき出しに懸命だ。女の真実というものは、とても、これは小説にならぬ。書いてはならぬ。神への侮辱だ。なるほど、女の芸術家たちが、いちど男に変装して、それからまた女に変装して、女の振りをする、というややこしい手段を採用するのも、無理もない話だ。女の、そのままの実体を、いつわらずぶちまけたら、芸術も何も無い、愚かな懸命の虫一匹だ。人は、息を呑《の》んでそれを凝視するばかりだ。愛も無い、歓《よろこ》びも無い、ただしらじらしく、興覚めるばかりだ。私はこの短篇《たんぺん》小説に於いて、女の実体を、あやまち無く活写しようと努めたが、もう止《よ》そう。まんまと私は、失敗した。女の実体は、小説になら ぬ。書いては、いけないものなのだ。いや、書くに忍びぬものが在る。止そう。この小説は、失敗だ。女というものが、こんなにも愚かな、盲目の、それゆえに半狂乱の、あわれな生き物だとは知らなかった。まるっきり違うものだ。女は、みんな、――いや、言うまい。ああ、真実とは、なんて興覚めなものだろう。男は、ふいと死にたく思いました。なんの感激も無しに立って、「卓に向い、その時たまたま記憶に甦《よみがえ》って来た曾遊《そうゆう》のスコットランドの風景を偲《しの》ぶ詩を二三行書くともなく書きとどめ、新刊の書物の数頁《ペエジ》を読むともなく読み終ると、『いやに胸騒ぎがするな』と呟《つぶや》きながら、小机の抽斗《ひきだし》から拳銃を取り出したが、傍のソファに悠然《ゆうぜん》と腰を卸してから、胸に銃口を当てて引金を引いた。」之《これ》が、かの悪徳の夫の最後でありました、と言えば、かのリイル・アダン氏の有名なる短篇小説の結末にそっくりで、多少はロマンチックな匂《にお》いも発して来るのでありますが、現実は、決して、そんなに都合よく割り切れず、此の興覚めの強力な実体を見た芸術家は立って、ふらふら外へ出て、そこらを暫《しばら》く散歩し、やがてまた家へ帰り、部屋を閉め切って、さてソファにごろりと寝ころび、部屋の隅《すみ》の菖蒲《しょうぶ》の花を、ぼんやり眺め、また徐《おもむ》ろに立ち上り菖蒲の鉢《はち》に水差しの水をかけてやり、それから、いや、別に変った事も無く、翌《あく》る日も、その翌る日も、少くとも表面は静かな作家の生活をつづけていっただけの事でありました。失敗の短篇「女の決闘」をも、平気を装って、その後間も無く新聞に発表しました。批評家たちは、その作品の構成の不備を指摘しながらも、その描写の生々しさを、賞讃することを忘れませんでした。どうやら、佳作、という事に落ちついた様子であります。けれども芸術家は、その批評にも、まるで無関心のように、ぼんやりしていました。それから、驚くべきことには、実にくだらぬ通俗小説ばかりを書くようになりました。いちど、いやな恐るべき実体を見てしまった芸術家は、それに拠っていよいよ人生観察も深くなり、その作品も、所謂、底光りして来るようにも思われますが、現実は、必ずしもそうでは無いらしく、かえって、怒りも、憧れも、歓びも失い、どうでもいいという白痴の生きかたを選ぶものらしく、この芸術家も、あれ以来というものは、全く、ふやけた浅墓な通俗小説ばかりを書くようになりました。かつて世の批評家たちに最上級の言葉で賞讃せられた、あの精密の描写は、それ以後の小説の片隅にさえ、見つからぬようになりました。次第に財産も殖え、体重も以前の倍ちかくなって、町内の人たちの尊敬も集り、知事、政治家、将軍とも互角の交際をして、六十八歳で大往生いたしました。その葬儀の華やかさは、五年のちまで町内の人たちの語り草になりました。再び、妻はめとらなかったのであります。

というのが、私（DAZAI）の小説の全貌《ぜんぼう》なのでありますが、もとより之は、HERBERT EULENBERG 氏の原作の、許しがたい冒瀆《ぼうとく》であります。原作者オイレンベルグ氏は、決して私のこれまで述べて来たような、悪徳の芸術家では、ありません。それは、前にも、くどく断って置いた筈《はず》であります。必ず、よい御家庭の、佳《よ》き夫であり、佳き父であり、つつましい市民としての生活を忍んで、一生涯《しょうがい》をきびしい芸術精進にささげたお方であると、私は信じて居ります。前にも、それは申しましたが、「尊敬して居ればこそ、安心して甘えるのだ。」という日本の無名の貧しい作家の、頗《すこぶ》る我儘な言い訳に拠って、いまは、ゆるしていただきます。冗談にもせよ、人の作品を踏台にして、そうして何やら作者の人柄《ひとがら》に傷つけるようなスキャンダルまで捏造《ねつぞう》した罪は、決して軽くはありません。けれども、相手が、一八七六年生《な》れ、一昔まえの、しかも外国の大作家であるからこそ、私も甘えて、こんな試みを為したので、日本の現代の作家には、いくら何でも、決してゆるされる事ではありません。それに、この原作は、第二回に於いて、くわしく申して置きましたように、原作者の肉体疲労のせいか、たいへん投げやりの点が多く、単に素材をほうり出したという感じで、私の考えている「小説」というものとは、甚《はなは》だ遠いのであります。もっとも、このごろ日本でも、素材そのままの作品が、「小説」として大いに流行している様子でありますが、私は時たま、そんな作品を読み、いつも、ああ惜しい、と思うのであります。口はばったい言い方でありますが、私に、こんな素材を与えたら、いい小説が書けるのに、と思う事があります。素材は、小説でありません。素材は、空想を支えてくれるだけであります。私は、今まで六回、たいへん下手で赤面しながらも努めて来たのは、私のその愚かな思念の実証を、読者にお目にかけたかったが為でもあります。私は、間違っているでしょうか。

これは非常に、こんぐらかった小説であります。私が、わざとそのように努めたのであります。その為にいろいろ、仕掛もして置いたつもりでありますから、ひまな読者は、ゆっくりお調べを願います。ほんとうの作者が一体どこにいるのか、わからなくしてしまおうとさえ思いましたが、調子に乗って浮薄な才能を振り廻していると、とんでも無い目に遭います。神に罰せられます。私は、それに就いては、節度を保ったつもりであります。とにかく、この私の「女の決闘」をお読みになって、原作の、女房、女学生、亭主の三人の思いが、原作に在るよりも、もっと身近かに生臭く共感せられたら、成功であります。果して成功しているかどうか、それは読者諸君が、各々《おのおの》おきめになって下さい。

私の知合いの中に、四十歳の牧師さんがひとり居ります。生れつき優しい人で、聖書に就いての研究も、かなり深いようであります。みだりに神の名を口にせず、私のような悪徳者のところへも度々たずねて来てくれて、私が、その人の前で酒を呑み、大いに酔っても、べつに叱《しか》りも致しません。私は教会は、きらいでありますが、でも、この人のお説教は、度々聞きにまいります。先日、その牧師さんが、苺《いちご》の苗をどっさり持って来てくれて、私の家の狭い庭に、ご自身でさっさと植えてしまいました。その後で、私は、この牧師さんに、れいの女房の遺書を読ませて、その感想を問いただしました。

「あなたなら、この女房に、なんと答えますか。この牧師さんは、たいへん軽蔑されてやっつけられているようですが、これは、これでいいのでしょうか。あなたは、この遺書をどう思います。」

牧師さんは顔を赤くして笑い、やがて笑いを収め、澄んだ眼で私をまっすぐに見ながら、

「女は、恋をすれば、それっきりです。ただ、見ているより他《ほか》はありません。」

私たちは、きまり悪げに微笑《ほほえ》みました。

（「月刊文章」昭和十五年一月〜六月号）

乞《こ》食《じき》学生

大貧に、大正義、望むべからず

――フランソワ・ヴィヨン

第一回

一つの作品を、ひどく恥ずかしく思いながらも、この世の中に生きてゆく義務として、雑誌社に送ってしまった後の、作家の苦悶《くもん》に就《つ》いては、聡明《そうめい》な諸君にも、あまり、おわかりになっていない筈《はず》である。その原稿在中の重い封筒を、うむと決意して、投《とう》函《かん》する。ポストの底に、ことり、と幽《かす》かな音がする。それっきりである。まずい作品であったのだ。表面は、どうにか気取って正直の身振りを示しながらも、その底には卑屈な妥協の汚い虫が、うじゃうじゃ住んでいるのが自分にもよく判《わか》って、やりきれない作品であったのだ。それに、あの、甘ったれた、女の描写。わあと叫んで、そこらをくるくると走り狂いたいほど、恥ずかしい。下手くそなのだ。私には、まるで作家の資格が無いのだ。無智なのだ。私には、深い思索が何も無い。ひらめく直感が何も無い。十九世紀の、巴里《パリ》の文人たちの間に、愚鈍の作家を「天候居士《てんこうこじ》」と呼んで唾《だ》棄《き》する習慣が在ったという。その気の毒な、愚かな作家は、私同様に、サロンに於《お》いて気のきいた会話が何一つ出来ず、ただ、ひたすらに、昨今の天候に就いてのみ語っている、という意味なのであろうが、いかさま、頭のわるい愚物の話題は、精一ぱいのところで、そんなものらしい。何も言えない。私の、たったいま投函したばかりの作品も、まず、そんなところだ。昨日雪降る。実に、どうにも、驚きました。どうにも、その、驚いたです。雨戸をあけたら、こう、その、まあ一種の、銀世界、とでも、等と汗を拭《ふ》き拭き申し上げるのであるが、一種も二種もない、実に、愚劣な意見である。どもってばかりいて、颯爽《さっそう》たる断案が何一つ、出て来ない。私とて、恥を知る男子である。ままになる事なら、その下手くその作品を破り捨て、飄然《ひょうぜん》どこか山の中にでも雲隠れしたいものだ、と思うのである。けれども、小心卑屈の私には、それが出来ない。きょう、この作品を雑誌社に送らなければ、私は編輯者《へんしゅうしゃ》に嘘《うそ》をついたことになる。私は、きょうまでには必ずお送り致《いた》します、といやに明確にお約束してしまっているのである。編輯者は、私のこんな下手な作品に対しても、わざわざペエジを空けて置いて、今か今かと、その到来を待ってくれているのである。私はそれを知っているので、いかに愚劣な作品と雖《いえど》も、みだりにそれを破棄することが出来ない。義務の遂行と言えば、聞えもいいが、そうではない。小心非力の私は、ただ唯《ただ》、編輯者の腕力を恐れているのである。約束を破ったからには、私は、ぶん殴られても仕方が無いのだと思えば、生きた心地もせず、もはや芸術家としての誇りも何もふっ飛んで、目をつぶって、その醜態の作品を投函してしまうのである。よほど意気地《いくじ》の無い男である。投函してしまえば、それっきりである。いかに悔いても、及ばない。原稿は、そのまますると編輯者の机上に送り込まれ、それを素早く一読した編輯者を、だいいちばんに失望させ、とにかく印刷所へ送られる。印刷所では、鷹《たか》のような眼をした熟練工が、なんの表情も無く、さっさと拙稿の活字を拾う。あの眼が、こわい。なんて下手くそな文章だ。嘘字だらけじゃないか、と思っているに違いない。ああ、印刷所では、私の無智の作品は、使い走りの小僧にまで、せせら笑われているのだ。ついに貴重な紙を、どっさり汚して印刷され、私の愚作は天《あめ》が下《した》かくれも無きものとして店頭にさらされる。批評家は之《これ》を読んで嘲笑《ちょうしょう》し、読者は呆《あき》れる。愚作家その襤褸《らんる》の上に、更に一篇《いっぺん》の醜作を附加し得た、というわけである。へまより出《い》でて、へまに入るとは、まさに之の謂《い》いである。一つとしてよいところが無い。それを知っていながら、私は編輯者の腕力を恐れるあまりに、わななきつつ原稿在中の重い封筒を、うむと決意して、投函するのだ。ポストの底に、ことり、と幽かな音がする。それっきりである。その後の、悲惨な気持は、比類が無い。

私はその日も、私の見事な一篇の醜作を、駅の前のポストに投函し、急に生きている事がいやになり、懐手《ふところで》して首をうなだれ、足もとの石ころを蹴《け》ころがし蹴ころがしして歩いた。まっすぐに家へ帰る気力も無い。私の家は、この三鷹《みたか》駅から、三曲りも四曲りもして歩いて二十分以上かかる畑地のまん中に在るのだが、そこには訪ねて来る客も無し、私は仕事でもない限りは、一日いっぱい毛布にくるまって縁側に寝ころんでいて、読書にも疲れて、あくびばかりを連発し、新聞を取り上げ、こども欄の考えもの、亀《かめ》、鯨、兎《うさぎ》、蛙《かえる》、あざらし、蟻《あり》、ペリカン、この七つの中で、卵から生まれるものは何々でしょう、という問題に就いて、ちょっと頭をひねってみたり、それもつまらなくなり、あくびの涙がつつと頬《ほお》を走って流れても、それにかまわず、ぼんやり庭の向うの麦畑を眺《なが》めて、やがて日が暮れるというような、半病人みたいな生活をしているのだから、いま、ただちに勇んで、たのしい我が家に引き返そうという気力も出て来ない。私は、家の方角とは反対の、玉川上水《たまがわじょうすい》の土堤《どて》のほうへ歩いていった。四月なかば、ひるごろの事である。頭を挙げて見ると、玉川上水は深くゆるゆると流れて、両岸の桜は、もう葉桜になっていて真青に茂り合い、青い枝葉が両側から覆《おお》いかぶさり、青葉のトンネルのようである。ひっそりしている。ああ、こんな小説が書きたい。こんな作品がいいのだ。なんの作意も無い。私は立ちどまって、なお、よく見ていたい誘惑を感じたが、自分の、だらしない感傷を恥ずかしく思い、その光るばかりの緑のトンネルを、ちらと見たばかりで、流れに沿うて土堤の上を、のろのろ歩きつづけた。だんだん歩調が早くなる。流れが、私をひきずるのだ。水は幽かに濁りながら、点々と、薄よごれた花びらを浮かべ、音も無く滑り流れている。私は、流れてゆく桜の花びらを、いつのまにか、追いかけているのだ。ばかのように、せっせと歩きつづけているのだ。その一群の花弁《はなびら》は、のろくなったり、早くなったり、けれども停滞せず、狡猾《こうかつ》に身軽くするする流れてゆく。万助橋《まんすけばし》を過ぎ、もう、ここは井の頭《いかしら》公園の裏である。私は、なおも流れに沿うて、一心不乱に歩きつづける。この辺で、むかし松本訓導という優しい先生が、教え子を救おうとして、かえって自分が溺死《できし》なされた。川幅は、こんなに狭いが、ひどく深く、流れの力も強いという話である。この土地の人は、この川を、人喰《ひとく》い川と呼んで、恐怖している。私は、少し疲れた。花びらを追う事を、あきらめて、ゆっくり歩いた。たちまち一群の花びらは、流れて遠のき、きらと陽《ひ》に白く小さく光って見えなくなった。私は、意味の無い溜息《ためいき》を、ほっと吐《つ》いて、手のひらで額の汗を拭《ぬぐ》い払った時、すぐ足もとで、わあ寒い！という叫び声が。

私は、もちろん驚いた。尻餅《しりもち》をつかんばかりに、驚いた。人喰い川を、真白い全裸の少年が泳いでいる。いや、押し流されている。頭を水面に、すっと高く出し、にこにこ笑いながら、わあ寒い、寒いなあ、と言い私のほうを振り向き振り向き、みるみる下流に押し流されて行った。私は、わけもわからず走り出した。大事件だ。あれは、溺死するにきまっている。私は、泳げないが、でも、見ているわけにはいかぬ。私は、いつ死んだって、惜しくないからだである。救えないまでも飛び込み、共に死ななければならぬ。死所を得たというものかも知れぬ、などと、非論理的な愚鈍の事を、きれぎれに考えながら、なりも振りもかまわずに走った。一言でいえば、私は極度に狼狽《ろうばい》していたのである。木の根に躓《つまず》いて顚倒《てんとう》しそうになっても、にこりともせず、そのまま、つんのめるような姿勢のままで、走りつづけた。いつもは、こんな草原は、蛇《へび》がいそうな故《ゆえ》を以《もっ》て、絶対に避けて通ることにしているのであるが、いまは蛇に食い附かれたって構わぬ、どうせ直ぐに死ななければならぬからだである、ぜいたくを言って居《お》られぬ。私は人命救助のために、雑草を踏みわけ踏みわけ一直線に走っていると、

「あいたたた、」と突然背後に悲鳴が起り、「君、ひどいじゃないか。僕のおなかを、いやというほど踏んでいったぞ。」

聞き覚えのある声である。力あまって二三歩よろめき前進してから、やっと踏みとどまり、振り向いて見ると、少年が、草原の中に全裸のままで仰向けに寝ている。私は急に憤怒《ふんぬ》を覚えて、

「あぶないんだ。この川は。危険なんだ。」と、この場合あまり適切とは思えない叱《しっ》咤《た》の言を叫び威厳を取りつくろう為《ため》に、着物の裾《すそ》の乱れを調整し、「僕は、君を救助しに来たんだ。」

　少年は上半身を起し、まつげの長い、うるんだ眼を、ずるそうに細めて私を見上げ、

「君は、ばかだね。僕がここに寝ているのも知らずに、顔色かえて駈《か》けて行きやがる。見たまえ。僕のおなかの、ここんとこに君の下《げ》駄《た》の跡が、くっきり附いてるじゃないか。君が、ここんとこを、踏んづけて行ったのだぞ。見たまえ。」

「見たくない。けがらわしい。早く着物を着たらどうだ。君は、子供でもないじゃないか。失敬なやつだ。」

　少年は素早くズボンをはき、立ち上って、

「君は、この公園の番人かい？」

　私は、聞えない振りをした。あまりの愚問である。少年は白い歯を出して笑い、

「何も、そんなに怒ること無いじゃないか。」

と落ちついた口調で言い、ズボンのポケットに両手をつっ込み、ぶらぶら私のほうへ歩み寄って来た。裸体の右肩に、桜の花弁が一つ、へばりついている。

「あぶないんだ。この川は。泳いじゃ、いけない。」私は、やはり同じ言葉を、けれ

ども前よりはずっと低く、ほとんど呟《つぶや》くようにして言った。「人喰い川、と言われているのだ。それに、この川の水は、東京市の水道に使用されているんだ。清浄にして置かなくちゃ、いけない。」

「知ってるよ、そんなこと。」少年は、すこし卑屈な笑いを鼻の両側に浮かべた。近くで見ると、よほどとしとった顔である。鼻が高くとがって、ちょっと上を向いている。眉《まゆ》は薄く、眼は丸く大きい。口は小さく、顎《あご》も短い。色が白いから、それでも可成りの美少年に見える。身長骨骼《こっかく》も尋常である。頭は丸刈りにして、鬚《ひげ》も無いが、でも狭い額には深い皺《しわ》が三本も、くっきり刻まれて在り、鼻翼の両側にも、皺が重くたるんで、黒い陰影を作っている。どうかすると、猿《さる》のように見える。もう少年でないのかも知れない。私の足もとに、どっかり腰をおろして、私の顔を下から覗《のぞ》き、「坐《すわ》らないかね、君も。そんなに、ふくれていると、君の顔は、さむらいみたいに見えるね。むかしの人の顔だ。足利《あしかが》時代と、桃山時代と、どっちがさきか、知ってるか？」

「知らないよ。」私は、形がつかぬので、腕をうしろに組み、その辺を歩きまわり、ぶっきらぼうな答えかたをしていた。

「じゃ、徳川十代将軍は、誰だか知ってるかい？」

「知らん！」ほんとうに知らないのである。

「なんにも知らないんだなあ。君は、学校の先生じゃないのかい？」

「そんなもんじゃない。僕は、」と言いかけて、少し躊躇《ちゅうちょ》したが、ええ、悪びれず言ってしまえと勇をふるって、「小説を書いているんだ。小説家、というもんだ。」言ってしまってから、ひどく尾籠《びろう》なことを言ったような気がした。

「そうかね。」相手は一向に感動せず、「小説家って、頭がわるいんだね。君は、ガロアを知ってるかい？　エヴァリスト・ガロア。」

「聞いた事があるような、気がする。」

「ちぇっ、外国人の名前だと、みんな一緒くたに、聞いたような気がするんだろう？　なんにも知らない証拠だ。ガロアは、数学者だよ。君には、わかるまいが、なかなか頭がよかったんだ。二十歳で殺されちゃった。君も、も少し本を読んだら、どうかね。なんにも知らないじゃないか。可哀《かわい》そうなアベルの話を知ってるかい？　ニイルス・ヘンリク・アベルさ。」

「そいつも、数学者かい？」

「ふん、知っていやがる。ガウスよりも、頭がよかったんだよ。二十六で死んじゃったのさ。」

私は、自分でも醜いと思われるほど急に悲しく気弱くなり、少年から、よほど離れた草原に腰をおろし、やがて長々と寝そべってしまった。眼をつぶると、ひばりの声が聞える。

若き頃《ころ》、世にも興ある驕児《きょうじ》たり
いまごろは、人喜ばす片言隻句《せっく》だも言えず
さながら、老猿《ろうえん》
愛らしさ一つも無し
人の気に逆らうまじと黙し居れば
老いぼれの敗北者よと指さされ
もの言えば
黙れ、これ、恥を知れよと袖《そで》をひかれる。（ヴィヨン）

「自信がないんだよ、僕は。」眼をあいて、私は少年に呼びかけた。
「へん。自信がないなんて、言える柄《がら》かよ。」少年も寝ころんでいて、大声で、侮蔑《ぶべつ》の言葉を返却して寄こした。「せめて、ガロアくらいでなくちゃ、そんないい言葉が言えないんだよ。」

何を言っても、だめである。私にも、この少年の一時期が、あったような気がする。けさの知識は、けさ情熱を打ち込んで実行しなければ死ぬるほど苦しいのである。おそらくは、この少年も昨夜か、けさ、若くして死んだ大数学者の伝記を走り読みしたのに違いない。そのガロアなる少年天才も、あるいは、素裸で激流を泳ぎまくった事実があるのかも知れない。

「ガロアが、四月に、まっぱだかで川を泳いだ、とその本に書いていたかね。」私はお小手《こて》をとるつもりで、そう言ってやった。

「何を言ってやがる。頭が悪いなあ。そんなことで、おさえた気でいやがる。それだから、大人はいやなんだ。僕は君に、親切で教えてやっているんじゃないか。先輩としての利己主義を、暗黙のうちに正義に化す。」

私は、いやな気がした。こんどは、本心から、この少年に敵意を感じた。

第二回

決意したのである。この少年の傲慢《ごうまん》無礼を、打擲《ちょうちゃく》してしまおうと決意した。そうと決意すれば、私もかなりに兇悪《きょうあく》酷冷の男になり得るつもりであった。私は馬鹿に似ているが、けれども、根からの低能でも無かった筈《はず》である。自信が無いとは言っても、それはまた別な尺度から言っている事で、何もこんな一面識も無い年少の者から、これ程までにみそくそに言われる覚えは無いのである。

私は立って着物の裾の塵《ちり》をぱっぱっと払い、それから、ぐいと顎をしゃくって、

「おい、君。タンタリゼーションってのは、どうせ、たかの知れてるものだ。かえって今じゃ、通俗だ。本当に頭のいい奴《やつ》は、君みたいな気取った言いかたは、しないものだ。君こそ、ずいぶん頭が悪い。様子ぶってるだけじゃ無いか。先輩が一体どうしたというのだ。誰も君を、後輩だなんて思ってやしない。君が、ひとりで勝手に卑屈になっているだけじゃないか。」

少年は草原に寝ころび眼をつぶったまま、薄笑いして聞いていたが、やがて眼を細くあけて私の顔を横眼で見て、

「君は、誰に言っているんだい。僕にそんなこと言ったって、わかりゃしない。弱るね。」

「そうか。失敬した。」思わず軽く頭をさげて、それから、しまった！　と気附いた。かりそめにも目前の論敵に頭をさげるとは、容易ならぬ失態である。喧嘩《けんか》に礼儀は、禁物である。どうも私には、大人《たいじん》の風格がありすぎて困るのである。ちっとも余裕な

んて無いくせに、ともすると余裕を見せたがって困るのである。勝敗の結果よりも、余裕の有無のほうを、とかく問題にしたがる傾向がある。それだから、必ず試合には負けるのである。ほめた事ではない。私は気を取り直し、

「とにかく立たないか。君に、言いたい事があるんだ。」

胸に、或る計画が浮かんだ。

「怒ったのかね。仕様がねえなあ。弱い者いじめを始めるんじゃないだろうね。」

言う事がいちいち不愉快である。

「僕のほうが、弱い者かも知れない。どっちが、どうだか判《わか》ったものじゃない。とにかく起きて上衣《うわぎ》を着たまえ。」

「へん、本当に怒っていやがる。どっこいしょ。」と小声で言って少年は起き上り、

「上衣なんて、ありゃしない。」

「嘘《うそ》をつけ。貧を衒《てら》う。安価なヒロイズムだ。さっさと靴《くつ》をはいて、僕と一緒に来たまえ。」

「靴なんて、ありゃしない。売っちゃったんだよ。」立ちつくし、私の顔を見上げて笑っている。

私は、異様な恐怖に襲われた。この目前の少年を、まるっきりの狂人ではないかと

疑ったのである。

「君は、まさか、」と言いかけて、どもってしまった。あまりにも失礼な、恐しい質問なので、言いかけた当の私が、べそをかいた。

「きのう迄《まで》は、あったんだよ。要らなくなったから、売っちゃった。シャツなら、あるさ。」と無邪気な口調で言って、足もとの草原から、かなり上等らしい駱駝色《らくだいろ》のアンダアシャツを拾い上げ、「はだかで、ここまで来られるものか。僕の下宿は本郷《ほんごう》だよ。ばかだね、君は。」

「はだしで来たわけじゃ、ないだろうね。」私は尚《なお》も、しつこく狐疑《こぎ》した。甚《はなは》だ不安なのである。

「ああ、陸の上は不便だ。」少年はアンダアシャツを頭からかぶって着おわり、「バイロンは、水泳している間だけは、自分の跛《びっこ》を意識しなくてよかったんだ。だから水の中に居ることを好んだのさ。本当に、本当に、水の中では靴も要らない。上衣も要らない。貴賤《きせん》貧富の別が無いんだ。」と声に気取った抑揚をつけて言った。

「君はバイロンかい。」私は努めて興醒《きょうざ》めの言葉を選んで言った。少年の相変らずの思わせぶりが、次第に鼻持ちならなく感ぜられて来たのである。「君は跛でもないじゃないか。それに、人間は、水の中にばかり居られるものじゃない。」自分で言いながら、ぞっとした程狂暴な、味気ない言葉であった。毒を以《もっ》て毒を制するのだ。かまう事は無い、と胸の奥でこっそり自己弁解した。

「嫉妬《しっと》さ。妬《や》けているんだよ、君は。」少年は下唇《したくちびる》をちろと舐《な》めて口早に応じた。「老いぼれのぼんくらは、若い才能に遭うと、いたたまらなくなるものさ。否定し尽すまでは、堪忍《かんにん》できないんだ。ヒステリイを起しちゃうんだから仕様が無い。話があるんなら、話を聞くよ。だらしが無いねえ、君は。僕を、どこかへ引っぱって行こうというのか？」

見ると、彼は、いつのまにやら、ちゃんと下駄をはいている。買って間も無いものらしく、一見したところは私の下駄より、はるかに立派である。私は、なぜだか、ほっとした。救われた気持であった。浅間しい神経ではあるが、私も、やはり、あまりに突飛な服装の人間には、どうしても多少の警戒心を抱いてしまうのである。服装なんか、どうでもいいものだとは、昔から一流詩人の常識になっていて、私自身も、服装に就《つ》いては何の趣味も無し、家の者の着せる物を黙って着ていて、人の服装にも、まるで無関心なのであるが、けれども、やはり、それにも程度があって、ズボン一つで、上衣も無し、靴も無しという服装には流石《さすが》に恐怖せざるを得なかったのである。所詮《しょせん》は、私の浅間しい俗人根性なのであろう。いまこの少年が、かなり上等のシャツを着込み、私のものより立派な下駄をはいて、しゃんと立っているのを見て、私は非常に安心したのである。まずまず普通の服装である。狂人では、あるまい。さっき胸に浮かんだ計画を、実行しても差支《さしつか》え無い。相手は尋常の男である。膝《ひざ》を交えて一論戦しても、私の不名誉にはなるまい。

「ゆっくり話をして、みたいんだがね。」私は技巧的な微笑を頬に浮かべて、「君は、さっきから僕を無学だの低能だのと称しているが、僕だって多少は、名の有る男だ。事実、無学であり低能ではあるが、けれども、君よりは、ましだと思っている。君には、僕を侮辱する資格は無いのだ。君の不当の暴言に対して、僕も返礼しなければならぬ。」なかなか荘重な出来《でき》である。それにも拘《かかわ》らず、少年は噴き出した。

「なあんだ、僕と遊びたがっていやがる。君も、よっぽどひまなんだね。何か、おごれよ。おなかが、すいた。」

私も危く大笑いするところであったが、懸命に努めて渋面を作り、

「ごまかしては、いかん。君は今、或《あ》る種の恐怖を感じていなければならぬところだ。とにかく、僕と一緒に来《き》給《たま》え。」ともすると笑い出しそうになって困るので、私は多少狼狽《ろうばい》して後をも振り向かず急いで歩き出した。

私の計画とは、計画という言葉さえ大袈裟《おおげさ》な程の、ほんのささやかな思いつきに過

ぎないのである。井の頭公園の池のほとりに、老夫婦二人きりで営んでいる小さい茶店が一軒ある。私は、私の三鷹の家に、ほんのたまに訪れて来る友人たちを、その茶店に案内する事にしているのである。私は、どういうわけだか、家に在る時には頗《すこぶ》る口が重い。ただ、まごまごしている。たまに私の家に訪れて来る友人は、すべて才あり学あり、巧まずして華麗高潔の芸論を展開するのであるが、私は、れいの「天候居士」ゆえ、いたずらに、あの、あの、とばかり申して膝をゆすり、稀《まれ》には、へえ、などの平伏の返事まで飛び出す始末で、われながら、みっともない。かくては、襖《ふすま》の蔭《かげ》で縫いものをしている家の者に迄あなどられる結果になるやも知れぬという、けち臭い打算から、私は友人を屋外に誘い出し、とにもかくにも散策を試み、それでもやはり私の旗色は呆《あき》れる程に悪く、やりきれず、遂《つい》には、その井の頭公園の池のほとりの茶店に案内するという段取りになるのであった。この茶店の床几《しょうぎ》の上に、あぐらをかけば、私は不思議に蘇生《そせい》するのである。その床几の上に、あぐらをかいて池の面を、ぼんやり眺《なが》め、一杯のおしるこ、或《あるい》は甘酒をすするならば、私の舌端は、おもむろにほどけて、さて、おのれの思念開陳は、自由闊達《かったつ》、ふだん思ってもいない事まで、まことしやかに述べ来《きた》り、説き去り、とどまるところを知らぬ状態に立ち到《いた》ってしまうのである。この不思議の原因は、私も友人も、共に池の面を眺めながら話を交すというところに在るらしい。すなわち、談話の相手と顔を合わせずに、視線を平行に池の面に放射しているところに在るらしいのである。諸君も一度こころみるがよい。両者共に、相手の顔を意識せず、ソファに並んで坐って一つの煖炉《だんろ》の火を見つめながら、その火焰《かえん》に向って交互に話し掛けるような形式を執るならば、諸君は、低能のマダムと三時間話し合っても、疲れる事は無いであろう。一度でも、顔を見合わせてはいけない。私は、そこの茶店では、頑強《がんきょう》に池の面ばかりを眺めて、辛《かろ》うじて私の弁舌の糸口を摘出することに成功するのである。その茶店の床几は、謂《い》わば私のホオムコオトである。このコオトに敵を迎えて戦うならば、私は、ディドロ、サント・ブウヴほどの毒舌の大家にも、それほど醜い惨敗《ざんぱい》はしないだろうとも思われるけれど、私には学問が無いから、やっぱり負けるかも知れない。私には、あの人たちほどフランス語が話せない。そこに、その茶店の床几に、私は、この少年を連れていって、さっきの悪《あく》罵《ば》の返礼をしようと、たくらんでいたのである。私を、あまりにも愚弄《ぐろう》した。少し、たしなめてやらなければならぬ。

若い才能と自称する浅墓《あさはか》な少年を背後に従え、公園の森の中をゆったり歩きながら、私は大いに自信があった。果して私が、老いぼれのぼんくらであるかどうか、今に見せてあげる。少年は、私について歩いているうちに次第に不安になって来た様子で、ひとりで何かと呟《つぶや》きはじめた。

「僕の母はね、死んだのだよ。僕の父はね、恥ずかしい商売をしているんだよ。聞いたら驚くよ。僕は、田舎者だよ。モラルなんて無いんだ。ピストルが欲しいな。パンパンと電線をねらって撃つと、電線は一本ずつプツンプツンと切れるんだ。日本は、せまいな。かなしい時には、素はだかで泳ぎまくるのが一番いいんだ。どうして悪いんだろう。なんにも出来やしないじゃないか。めったな事は言われねえ。説教なんて、まっぴらだ。本を読めば書いてあらあ。放《ほ》って置いてくれたって、いいじゃないか。僕はね、さえき五一郎って言うんだよ。数学は、あまり得意じゃないんだ。怪談が、一ばん好きだ。でもね、おばけの出方には、十三とおりしか無いんだ。待てよ、提《ちよう》燈《ちん》ヒュウのモシモシがあるから、十四種類だ。つまらないよ。」

わけの判らぬような事を、次から次と言いつづけるのであるが私は一切之《これ》を黙殺した。聞えない振りをして森を通り抜け、石段を降り、弁天様の境内《けいだい》を横切り、動物園の前を通って池に出た。池をめぐって半町ほど歩けば目的の茶店である。私は残忍な気持で、ほくそ笑んだ。さっきこの少年が、なあんだ遊びたがっていやがる、と言ったけれど、私の心の奥底には、たしかにそんな軽はずみな虫も動いていたようである。それから、もう一つ。次の時代の少年心理を、さぐってみたいという、けちな作家意識も、たしかに働いて、自分から進んでこの少年に近づいていったところもあったのである。ばかな事をしたものだ。おかげで私はそれから、不幸、戦慄《せんりつ》、醜態の連続の憂目《うきめ》を見なければならなくなったのである。

茶店に到着して、すなわち床几にあぐらをかいて、静かに池の面に視線を放ち、これでよし、と再び残忍な気持でほくそ笑んだところ迄は上出来であったが、それからが、いけなかった。私がおしるこ二つ、と茶店の老婆《ろうば》に命じたところ、少年は、「親子どんぶりがあるかね？」と私の傍に大きなあぐらをかいて、落ちついて言い出したので、私は狼狽した。私の袂《たもと》には、五十銭紙幣一枚しか無いのである。これは先刻、家を出る時、散髪せよと家の者に言われて、手渡されたものなのである。けれども私は、悪質の小説の原稿を投函《とうかん》して、たちまち友人知己の嘲笑《ちょうしょう》が、はっきり耳に聞え、いたたまらなくなってその散髪の義務をも怠ってしまったのである。「待て、待て。」と私は老婆を呼びとめた。全身かっと熱くなった。「親子どんぶりは、いくらだね。」下等な質問であった。

「五十銭でございます。」

「それでは、親子どんぶり一つだ。一つでいい。それから、番茶を一ぱい下さい。」

「ちぇっ、」少年は躊躇《ちゅうちょ》なく私をせせら笑った。「ちゃっかりしていやがら。」

私は、溜息《ためいき》をついた。なんと言われても、致《いた》しかたの無いことである。私は急に、いやになった。こんなに誇りを傷つけられて、この上なにを少年に説いてやろうとするのか。私は何も言いたくなくなった。

「君は、学生かい？」と私は、実に優しい口調で、甚だ月並な質問を発してしまった。眼は、それでもやはり習慣的に池の面を眺めている。二尺ちかい緋鯉《ひごい》がゆらゆら私たちの床几の下に泳ぎ寄って来た。

「きのうまでは、学生だったんだ。きょうからは、ちがうんだ。どうでもいいじゃないか、そんな事は。」少年は、元気よく答える。

「そうだね。僕もあまり人の身の上に立ちいることは好まない。深く立ちいって聞いてみたって、僕には何も世話の出来ない事が、わかっているんだから。」

「俗物だね、君は。申しわけばかり言ってやがる。目茶苦茶や。」

「ああ、目茶苦茶なんだ。たくさん言いたい事も、あったんだけれど、いやになった。だまって景色でも見ているほうがいいね。」

「そんな身分になりたいよ。僕なんて、だまっていたくても、だまって居《お》れない。心にもない道化でも言っていなけれゃ、生きて行けないんだ。」大人びた、誠実のこもった声であった。私は思わず振り向いて、少年の顔を見直した。

「それは、誰の事を言っているんだ。」

少年は、不機嫌《ふきげん》に顔をしかめて、

「僕の事じゃないか。僕は、きのう迄、良家の家庭教師だったんだぜ。低能のひとり娘に代数を教えていたんだ。僕だって、教えるほど知ってやしない。教えながら覚えるという奴さ。そこは、ごまかしが、きくんだけども、幇間《ほうかん》の役までさせられて、」

ふっと口を噤《つぐ》んだ。

第　三　回

茶店の老婆が、親子どんぶりを一つ、盆に捧《ささ》げて持って来た。

「食べたら、どうかね。」

少年は、急に顔を真赤にして、「君は？　食べないの？」と人が変ったようなおどした口調で言って、私の顔を覗《のぞ》き込む。

「僕は、要らない。」私は、出来るだけ自然の風を装って番茶を飲み、池の向うの森を眺めた。

「いただきます。」と少年の、つつましい小さい声が聞えた。

「どうぞ。」と私は、少年をてれさせないように努めて淡泊の返事をして、また、ゆっくりと番茶を啜《すす》り、少年の事になど全く無関心であるかのように池の向うの森ばかりを眺めていた。あの森の中には、動物園が在る。きあっと、裂帛《れっぱく》の悲鳴が聞えた。「孔雀《くじゃく》だよ。いま鳴いたのは孔雀だよ。」私はそう言って、ちょっと少年のほうを振り向いてみると、少年は、あぐらの中に、どんぶりを置き、顔を伏せて、箸《はし》を持った右手の甲で矢鱈《やたら》に両方の眼をこすっている。泣いている。

その時には、私は、ただ困った。何事も知らぬ顔して、池のほうへ、そっと視線を返し、自分の心を落ちつかせる為に袂から煙草《たばこ》を取出して一服吸った。

「僕の名はね、」あきらかに泣きじゃくりの声で、少年は、とぎれとぎれに言い出した。「僕の名はね、佐伯《さえき》五一郎って言うんだよ。覚えて置いてね。僕は、きっと御恩返しをしてやるよ。君は、いい人だね。泣いたりなんかして、僕は、だらしがないなあ。僕はごはんを食べていると、時々むしょうに侘《わび》しくなるんだ。悲しい事ばかり、一度にどっと思い出しちゃうんだ。僕の父はね、恥ずかしい商売をしているんだ。田舎の小学校の先生だよ。二十年以上も勤めて、それでも校長になれないんだ。頭が悪いんだよ。息子の僕にさえ、恥ずかしがっているんだよ。生徒も、みんな、ばかにしているんだ。マンケという綽名《あだな》だよ。だから、僕は、偉くならなくちゃいけないんだ。」

「小学校の先生が、なぜそんなに恥ずかしい商売なんだ。」私は、思わず大声になり、口を尖《とが》らせて言った。「僕だって、小説が書けなくなったら、田舎の小学校の先生になろうと思っている。本当に良心をもって、情熱をぶち込める仕事は、この二つしか世の中に無いと思っている。」

「知らないんだよ、君は。」少年の声も、すこし大きくなった。「知らないんだよ。村の金持の子供には、先生のほうから御機嫌をとらなくちゃいけないんだ。校長や、村長との関係も、それや、ややこしいんだぜ。言いたくもねえや。僕は、先生なんていやだ。僕は、本気に勉強したかったんだ。」

「勉強したら、いいじゃないか。」根が、狭量の私は、先刻この少年から受けた侮辱を未《ま》だ忘れかねて、やはり意地悪い言いかたをしていた。「さっきの元気は、どうしたんだい。だらしの無い奴だ。男は、泣くものじゃないよ。そら、鼻でもかんで、しゃんとし給え。」私は、やはり池の面を眺めたままで、懐中の一帖《いちじょう》の鼻紙を、少年の膝のほうに、ぽんと抛《ほう》ってやった。

少年は、くすと笑って、それから素直に鼻をかんで、

「なんと言ったらいいのかなあ。へんな気持なんだよ。親爺《おやじ》を喜ばせようと思って勉

強していても、なんだか落ちつかないんだよ。五次方程式が代数的に解けるものだか、どうだか、発散級数の和が、有ろうと無かろうと、今は、そんな迂遠《うえん》な事をこね廻している時じゃないって、誰かに言われているような気がするのだ。個人の事情を捨てろって、こないだも、上級の生徒に言われたよ。でも、そんな事を言う生徒は、たいてい頭の悪い、不勉強な奴にきまっているんだ。だから、なんだか、へんな気持になっちゃうんだよ。迂遠な学問なんかを、している時じゃ無い。肉体を、ぶっつけて行く練習だけの時代なのかしら。考えると、とても心細くなるんだよ。」

「君はそれを怠惰のいい口実にして、学校をよしちゃったんだな。事大主義というんだよ。大地震でも起って、世界がひっくりかえったら、なんて事ばかり夢想している奴なんだね、君は。」私は、多少いい気持でお説教をはじめた。「たった一日だけの不安を、生涯《しょうがい》の不安と、すり変えて騒ぎまわっているのだ。君は秩序のネセシティを信じないかね。ヴァレリイの言葉だけれどもね、」と私は軽く眼をつぶり、あれこれと考えをまとめる振りして、やがて眼をひらき、中々きざな口調で、「法律も制度も風俗も、昔から、ちっとは気のきいた思想家に、いつでも攻撃され、軽蔑《けいべつ》されて来たものだ。事実また、それを揶揄《やゆ》し皮肉るのは、いい気持のものさ。けれども、その皮肉は、どんなに安易な、危険な遊戯であるか知らなければならぬ。なんの責任も無いんだからね。法律、制度、風俗、それがどんなに、くだらなく見えても、それが無いところには、知識も自由も考えられない。大船に乗っていながら、大船の悪口を言っているようなものさ。海に飛び込んだら、死ぬばかりだ。知識も、自由思想も、断じて自然の産物じゃない。自然は自由でもなく自然は知識の味方をするものでもないと言うんだ。知識は、自然と戦って自然を克服し、人為を建設する力だ。謂わば、人工の秩序への努力だ。だから、どうしても、秩序とは、反自然的な企画なんだが、それでも、人は秩序に拠《よ》らなければ、生き伸びて行く事が出来なくなっている、というんだがね。君が時代に素直で、勉強を放擲《ほうてき》しようとする気持もわかるけれど、秩序の必然性を信じて、静かに勉強を続けて行くのも亦《また》、この際、勇気のある態度じゃないのかね。発散級数の和でも、楕円函数《だえんかんすう》でも、大いに研究するんだね。」私は、やや得意であった。言い終って、少年の方を、ちらと伺って見ると、少年は、私のお説教を半分も聞いていなかったらしく、無心に、ごはんを食べていた。「どうかね。わかったかね。」私は、しつこく賛意を求めた。少年は顔を挙げ、ごはんを呑《の》み込んでから言った。

「ヴァレリイってのは、フランスの人でしょう？」

「そうだ。一流の文明批評家だ。」

「フランスの人だったら、だめだ。」

「なぜ？」

「戦敗国じゃないか。」少年の大きな黒い眼には、もう涙の跡も無く、涼しげに笑っている。「亡国の言辞ですよ。君は、人がいいから、だめだなあ。そいつの言ってる秩序ってのは、古い昔の秩序の事なんだ。古典擁護に違いない。フランスの伝統を誇っているだけなんですよ。うっかり、だまされるところだった。」

「いや、いや、」私は狼狽《ろうばい》して、あぐらを組み直した。「そういう事は無い。」

「秩序って言葉は、素晴しいからなあ。」少年は、私の拒否を無視して、どんぶりを片手に持ったまま、ひとりで詠嘆の言葉を発し、うっとりした眼つきをして見せた。

「僕は、フランス人の秩序なんて信じないけれど、強い軍隊の秩序だけは信じているんだ。僕には、ぎりぎりに苛酷《かこく》の秩序が欲しいのだ。うんと自分を、しばってもらいたいのだ。僕たちは、みんな、戦争に行きたくてならないのだよ。生ぬるい自由なんて、飼い殺しと同じだ。何も出来やしないじゃないか。卑屈になるばかりだ。銃後はややこしくて、むずかしいねえ。」

「何を言ってやがる。君は、一ばん骨の折れるところから、のがれようとしているだけなんだ。千の主張よりも、一つの忍耐。」

「いや、千の知識よりも、一つの行動。」

「そうして君に出来る唯一《ゆいいつ》の行動は、まっぱだかで人喰《ひとく》い川を泳ぐだけのものじゃないか。ぶんを知らなくちゃいけない。」私は、勝ったと思った。

「さっきは、あれは、特別なんだよ。」少年は、大人のような老いた苦笑をもらした。

「どうも、ごちそうさま。」と神妙にお辞儀して、どんぶりを傍に片附け、「事情があったんだよ。聞いてくれるかね？」

「言ってみ給え。」騎虎《きこ》の勢《いきおい》である。

「言ってみたって、どうにもならんけど、このごろ僕は、目茶苦茶なんだよ。中学だけは、家のお金で卒業できたのだけれど、あとが続かなかったんだ。貧乏なんだよ。僕は数学を、もっと勉強したかったから、父に無断で高等学校に受けて、はいったんだ。葉山さんを知ってるかい？　葉山圭造《けいぞう》。いつか、鉄道の参与官か何かやっていた。代議士だよ。」

「知らないね。」私は、なぜだか、いらいらして来た。どうも私は、人の身の上話を聞く事は、下手である。われに何の関《かかわ》りあらんや、という気がして来るのである。黙って聞いているうちに、自分の肩にだんだん不慮の責任が覆《おお》いかぶさって来るようで、不安なやら、不愉快なやら、たまらぬのである。その人を、気の毒と思っても、自分には何も出来ぬという興醒《きょうざ》めな現実が、はっきりわかっているので、なおさら、いやになるのだ。「代議士なんてのは、知らないね。金持なのかい？」

「まあ、そうだ。」少年は、ひどく落ちついた口調である。「僕の郷土の先輩なんだ。郷土の先輩なんて、可笑《おか》しなものさ。同じお国訛《なまり》があるだけさ。僕は、その人からお金をもらって、いや、ただもらっていたわけじゃ無いんだ。僕は、教えていたんだ。」

「教えながら教わっていたのかね。」私は、早くこの話を、やめてもらいたかった。少しも興味が無い。

「女学校三年の娘がひとりいるんだ。団子《だんご》みたいだ。なっちゃいない。」

「ほのかな恋愛かね。」私は、いい加減な事ばかり言っていた。

「ばか言っちゃいけない。」少年は、むきになった。「僕には、プライドがあるんだ。このごろ、だんだんそいつが、僕を小使みたいに扱って来たんだよ。奥さんも、いけないんだがね。とうとう、きのう我慢出来なくなっちゃって、――」

「僕は、つまらないんだよ、そういう話は。世の中の概念でしか無い。歩けば疲れる、という話と同じ事だ。」私は、この少年と共に今まで時を費したのを後悔していた。

「君は、お坊ちゃん育ちだな。人から金をもらう、つらさを知らないんだ。」少年は、負けていなかった。「概念的だっていい。そんな、平凡な苦しさを君は知らないんだ。」

「僕だって、それゃ知っているつもりだがね。わかり切った事だ。胸に畳んで、言わないだけだ。」

「それじゃ君は、映画の説明が出来るかね？」少年と私とは、先刻から、視線を平行に池の面に放って、並んで坐《すわ》ったままなのである。

「映画の説明？」

「そうさ。娘が、この春休みに北海道へ旅行に行って、そうして、十六ミリというのかね、北海道の風景を、どっさり撮影して来たというわけさ。おそろしく長いフィルムだ。僕も、ちょっと見せてもらったがね。しどろもどろの実写だよ。こんどそれを葉山さんのサロンで公開するんだそうだ。所謂《いわゆる》、お友達、を集めてね。ところが、その愚劣な映画の弁士を勤めて、お客の御機嫌を取り結ぶのが、僕の役目なんだそうだ。」

「それあいい。」私は、大声で笑ってしまった。「いいじゃないか。北海道の春は、いまだ浅くして、――」

「本気で言ってるのかね？」少年の声は、怒りに震えているようであった。

私は、あわてて頬《ほお》を固くし、真面目《まじめ》な口調に返り、

「僕なら、平気でやってのけるね。自己優越を感じている者だけが、真の道化をやれるんだ。そんな事で憤慨して、制服をたたき売るなんて、意味ないよ。ヒステリズムだ。どうにも仕様がないものだから、川へ飛びこんで泳ぎまわったりして、センチメンタルみたいじゃないか。」

「傍観者は、なんとでも言えるさ。僕には、出来ない。君は、嘘《うそ》つきだ。」

私は、むっとした。

「じゃ、これから君は、どうするつもりなんだい。わかり切った事じゃないか。いつまでも、川で泳いでいるつもりなのか。帰るより他《ほか》は無いんだ。元の生活に帰り給え。僕は忠告する。君は、自分の幼い正義感に甘えているんだ。映画説明を、やるんだね。なんだい、たった一晩の屈辱じゃないか。堂々と、やるがいい。僕が代ってやってもいいくらいだ。」最後の一言がいけなかった。とんでも無い事になったのである。私は少年から、嘘つき、と言われ、奇妙に痛くて逆上し、あらぬ事まで口走り、のっぴきならなくなったのである。

「君に、出来るものか。」少年は、力弱く笑った。

「出来るとも。出来るよ。」とむきになって言い切った。

それから一時間のち、私は少年と共に、渋谷の神宮通りを歩いていた。ばかばかしい行為である。私は、ことし三十二歳である。自重しなければならぬ。けれども私は、この少年に、口さきばかり、と思われたくないばかりに、こうして共に歩いている。所詮《しょせん》は私も、自分の幼い潔癖に甘えていたのかも知れない。私は自分の不安な此《こ》の行動に、少年救済という美名を附して、わずかに自分で救われていた。溺《おぼ》れかけている少年を目前に見た時は、よし自分が泳げなくとも、救助に飛び込まなければならぬ。それが市民としての義務だ、と無理矢理自分に思い込ませるように努力していた。全く、単に話の行きがかりから、私は少年の代りに一夜だけ、高等学校の制服制帽で、葉山家に出かけて行かなければならなくなったのである。佐伯五一郎の友人として、きょうは佐伯が病気ゆえ、代りに僕が参りましたと挨拶《あいさつ》して、「早春の北海道」というその愚にもつかぬ映画を面白おかしく説明しなければならなくなった。

私には、もとより制服も制帽も無い。佐伯にも無い。きのう迄《まで》は、あったんだけれど、靴《くつ》もろとも売ってしまったというのである。借りに行かなければならぬ。佐伯は私の実行力を疑い、この企画に躊躇《ちゅうちょ》していたようであったが、私は、少年の逡巡《しゅんじゅん》の様《い》を見て、かえって猛《たけ》りたち、佐伯の手を引かんばかりにして井の頭の茶店を立ち出で、途中三鷹の私の家に寄って素早く鬚《ひげ》を剃《そ》り大いに若がえって、こんどは可成りの額の小遣銭を懐中して、さて、君の友人はどこにいるか、制服制帽を貸してくれるような親しい友人はいないか、と少年に問い、渋谷に、ひとりいるという答を得て、ただちに吉祥寺駅《きちじょうじ》から、帝都電鉄に乗り、渋谷に着いた。私は少し狂っていたようである。神宮通りをすたこら歩いた。葉山家、映画の会は、今夜だという。急がなければならぬ。

「ここです。」少年は立ちどまった。

古い板塀《いたべい》の上から、こぶしの白い花が覗《のぞ》いていた。

「くまもとう！」と少年は、二階の障子に向って叫んだ。素人《しろうと》下宿らしい。

「くまもと、くん。」と私も、いつしか学生になったつもりで、心易《こころやす》く大声で呼びたてた。

第四回

ワグネル君、
正直に叫んで、
成功し給《たま》え。
しんに言いたい事があるならば、

それをそのまま言えばよい。（ファウスト）

「はい。」という女のように優しい素直な返事が二階の障子の奥から聞えて来たので、私は奇妙に拍子抜《ひょうしぬ》けがした。いやしくも熊本君ともあろうものが、こんな優しい返事をするとは思わなかった。青本女之助とでも改名すべきだと思った。

「佐伯だあ。あがってもいいかあ。」少年佐伯のほうが、よっぽど熊本らしい粗暴な大声で、叫ぶのである。

「どうぞ。」

実に優しかった。

私は呆《あき》れて噴き出した。佐伯も、私の気持を敏感に察知したらしく、

「ディリッタンティなんだ。」と低い声で言って狡猾《こうかつ》そうに片眼《かため》をつぶってみせた。

「ブルジョアさ。」

私たちは躊躇せず下宿の門をくぐり、玄関から、どかどか二階へ駈《か》けあがった。佐伯が部屋の障子をあけようとすると、

「待って下さい。」と懸命の震え声が聞えた。やはり、女のように甲高い細い声であったが、せっぱつまったものの如《ごと》く、多少は凜《りん》としていた。「おひとり？　お二人？」

「お二人だ。」うっかり私が答えてしまった。

「どなた？ 佐伯君、一緒の人は、誰ですか？」

「知らない。」佐伯は、当惑の様子であった。

私は、まだ佐伯に私の名前を教えていなかったのである。

「木村武雄、木村武雄。」と私は、小声で佐伯に教えた。太宰というのは、謂わばペンネエムであって、私の生まれた時からの名は、その木村武雄なのである。なんとも、この名前が恥ずかしく、私は痩《や》せている癖に太宰なぞという喧嘩《けんか》の強そうな名前を選んで用いているわけであるが、それでも、こんなに気持のせいている時には、思わずふっと、親から貰《もら》った名前のほうを言い出してしまうのである。「僕を木村武雄と呼んでくれ給え。」と言い足してみたが、私は、やはりなんだか恥ずかしかった。

「木村たけお。」佐伯は、うなずいて、「木村武雄くんと一緒に来たんだがね。」

「木村たけお？ 木村、武雄くんですか？」障子の中でも、不審そうに呟《つぶや》いている。

私は、たまらなくなって来た。木村武雄という名は、世界で一ばん愚劣なもののように思われた。

「木村武雄という者ですが。」私は、やぶれかぶれに早口で言って、「お願いがあって、やって来たんですけど。」

「おゆるし下さい。」意外の返事であった。「初対面のおかたとは、お逢《あ》いするのが苦しいのです。」

「何を言ってやがる。相変らず鼻持ちならねえ。」と佐伯が小声で呟いたのを、障子のかなたから聞き取った様子で、

「その鼻のことです。私は鼻を虫に刺されました。こんな見苦しい有様で、初対面のおかたと逢うのは、何より、つらい事です。人間は、第一印象が大事ですから。」

私たちは、爆笑した。

「ばかばかしい。」佐伯は、障子をがらりと開けて転げ込むようにして部屋へはいった。私も、おなかを抑えて笑い咽《むせ》びよろよろ部屋へ、はいってしまった。

薄暗い八畳間の片隅《かたすみ》に、紺絣《こんがすり》を着た丸坊主の少年がひとりきちんと膝《ひざ》を折って坐っていた。顔を見ると、やはり、青本女之助に違いなかった。熊本という逞《たくま》しい名前の感じは全然、無かったのである。白くまんまるい顔で、ロイド眼鏡の奥の眼は小さくしょぼしょぼして、問題の鼻は、そういえば少し薄赤いようであったが、けれども格別、悲惨な事もなかった。からだは、ひどく、でっぷり太っている。脊《せ》丈《たけ》は、佐伯よりも、さらに少し低いくらいである。おしゃれの様子で、襟元《えりもと》をやたらに気にして直しながら、

「佐伯君、少し乱暴じゃありませんか。」と真面目な口調で言って、「僕は、親にさえ、こういう醜い顔を見せた事はないのですからね。」つんとして見せた。

佐伯は、すぐに笑いを鎮《しず》めて、熊本君のほうに歩み寄り、

「読書かね？」と、からかうような口調で言い熊本君の傍にある机の、下を手さぐりして、一冊の文庫本を拾い上げた。机の上には、大形の何やら横文字の洋書が、ひろげられていたのであるが、佐伯はそれには一瞥《いちべつ》もくれなかった。「里見八犬伝か。面白そうだね。」と呟き、つっ立ったまま、その小さい文庫本のペエジをぱらぱら繰ってみて、「君は、いつでも読まない本を机の上にひろげて置いて、読んでる本は必ず机の下に隠して置くんだね。妙な癖があるんだね。」笑いもせずに、そう言い放って、その文庫本を熊本君の膝の上にぽんと投げてやった。

熊本君は、気の毒なほど露《あら》わに狼狽《ろうばい》し、顔を真赤にして膝の上のその本を両手で抑え、

「軽蔑《けいべつ》し給うな。」と、ほとんど聞えぬくらいの低い声で言い、いかにも怨《うら》めしそうに佐伯の顔を横目で見上げた。

私は部屋の隅にあぐらをかいて坐って、二人の様を笑いながら眺《なが》めていたが、なんだかひどく熊本君が可哀想《かわいそう》になって来て、

「里見八犬伝は、立派な古典ですね。日本的ロマンの、」鼻祖と言いかけて、熊本君のいまの憂鬱《ゆううつ》要因に気がつき、「元祖ですね。」と言い直した。

熊本君は、救われた様子であった。急にまた、すまし返って、

「たしかに、そんなところもありますね。」赤い唇《くちびる》を、きゅっと引き締めた。「僕は最近また、ぼちぼち読み直してみているんですけれども。」

「へへ、」佐伯は、机の傍にごろりと仰向きに寝ころび、へんな笑いかたをした。「君は、どうしてそんな、ぼちぼち読み直しているなんて嘘ばかり言うんだね？ いつでも、必ずそう言うじゃないか。読みはじめた、と言ったっていいと思うがね。」

「軽蔑し給うな。」と再び熊本君は、その紳士的な上品な言葉を、まえよりいくぶん高い声で言って抗議したのであるが、顔は、ほとんど泣いていた。

「里見八犬伝を、はじめて読む人なんか無いよ。読み直しているのに違いない。」私は、仲裁してやった。この二少年の戦いの有様を眺めているのも楽しかったが、それよりも、今の私には、もっと重大な仕事があった。

「熊本君。」と語調を改めて呼びかけ、甚《はなは》だ唐突なお願いではあるが、制服と帽子を、こんや一晩だけ貸して下さるまいか、と真面目に頼み込んだのである。

「制服と帽子？ あの、僕の制服と帽子ですか？」熊本君は不機嫌《ふきげん》そうに眉《まゆ》をひそめ、

それから、寝ころんでいる佐伯のほうに向き直って、「佐伯君、僕は不愉快ですよ。僕を、あまり軽蔑しないで下さい。いったい、この人は、なんですか？」

「いやなら、よせ。」佐伯は寝ころんだままで呶鳴《どな》った。「無理に頼むわけじゃないんだ。君こそ失礼だぞ。そこにいる人は、いい人なんだ。君みたいなエゴイストじゃないんだ。」

「いや、いや。」私は佐伯に、いい人と言われて狼狽した。「僕だって、エゴイストです。佐伯君がいやだというのを僕が無理を言って、ここへ連れて来てもらったのですから。事情を申し上げてもいいんだけど、とにかく、僕から頼むのです。一晩だけ貸して下さい。あしたの朝早く、必ずお返し致《いた》します。」

「勝手にお使い下さい。僕は、存じません。」と泣き声で言って、くるりと、私の方に背を向け、机の上の洋書を、むやみにぱっぱっとめくった。

「よそうよ。僕は、どうなったって、いいんだ。」佐伯は上半身を起して、私に言った。

「それあ、いかん。」私は、断然首を横に振った。「君は、今になって、そんな事を言い出すのは、卑怯《ひきょう》だ。それじゃ、まるで、僕が君にからかわれて、ここまでやって来たようなものだ。」

「なんですか。」熊本君は、私たちが言い争いをはじめたら、奇妙に喜びを感じた様子で、くるりと、またこちらに向き直り、「佐伯君が、また何か、はじめたのですか？　深い事情があるようですね。」と、ひどく尊大な口調で言い、さも、分別ありげに腕組みをした。

「もういいんだ。僕は、熊本なんかに、ものを頼みたくないんだ。」佐伯は、急に立ちあがった。「僕は、帰るぞ。」

「待て、待て。」私も立ち上って、佐伯を引きとめた。「君には、帰るところは無い筈《はず》だ。熊本君だって、制服を貸さないとは言ってないんだ。君は、だだっ子と言われても仕様が無いよ。」

熊本君は、私が佐伯をやり込めると、どういうわけか、実に嬉《うれ》しい様子であった。いよいよ得意顔して立ち上り、

「そうですとも。だだっ子と言われても仕様が無いですとも。僕は、お貸ししないとは言ってないんですからね。僕はエゴイストじゃありません。」壁に掛けてある制服と制帽を颯《さ》っとはずして、百万円でも貸与する時のように、もったいぶった手つきで私のほうに差し出した。「お気に召しますか、どうですか。」

「いや、結構です。」私は思わず、ぺこりとお辞儀をして、「ここで失礼して、着換

えさせていただきます。」

着換えが終った。結構ではなかった。結構どころか、奇態であった。袖口《そでぐち》からは腕が五寸も、はみ出している。ズボンは、やたらに太く、しかも短い。膝が、やっと隠れるくらいで、毛臑《けずね》が無残に露出している。ゴルフパンツのようである。私は流石《さすが》に苦笑した。

「よせよ。」佐伯は、早速嘲笑《ちょうしょう》した。「なってないじゃないか。」

「そうですね。」熊本君も、腕をうしろに組んで、私の姿をつくづく見上げ、見下し、「どういう御身分のおかたか存じませんけれど、これでは、私の洋服の評判まで悪くなります。」と言って念入りに溜息《ためいき》まで吐《つ》いてみせた。

「かまわない。大丈夫だ。」私は頑張《がんば》った。「こんな学生を、僕は、前に本郷で見た事があるよ。秀才は、たいてい、こんな恰好《かっこう》をしているようだ。」

「帽子が、てんで頭にはいらんじゃないか。」佐伯は、またしても私にけちを附けた。

「いっそ、まっぱだかで歩いたほうが、いいくらいだ。」

「僕の帽子は、決して小さいほうでは、ありません。」熊本君はもっぱら自分の品物にばかり、こだわっている。「僕の頭のサイズは、普通です。ソクラテスと同じなんです。」

熊本君の意外の主張には、私も佐伯も共に、噴き出してしまった。熊本君も、つい吊《つ》り込まれて笑ってしまった。部屋の空気は期せずして和やかになり、私たち三人、なんだか互に親しさを感じ合った。私は、このまま三人一緒に外出して、渋谷のまちを少し歩いてみたいと思った。日が暮れる迄には、まだ、だいぶ間が在る。私は熊本君から風呂敷《ふろしき》を借りて、それに脱ぎ捨てた着物を包み、佐伯に持たせて、

「さあ行こう。熊本君も、そこまで、どうです。一緒にお茶でも、飲みましょう。」

「熊本は勉強中なんだ。」佐伯は、なぜだか、熊本君を誘うのに反対の様子を示した。

「これから、また、ぼちぼち八犬伝を読み直すのだから。」

「僕は、かまいません。」熊本君も、私たちと一緒に外出したいらしいのである。

「なんだか、面白くなりそうですね。あなたは青春を恢復《かいふく》したファウスト博士のようです。」

「すると、メフィストフェレスは、この佐伯君という事になりますね。」私は、年齢を忘れて多少はしゃいでいた。「これが、むく犬の正体か。旅の学生か。滑稽至極《こっけいしごく》じゃ。」

たわむれて佐伯の顔を覗《のぞ》くと、佐伯の眼のふちが赤かった。涙ぐんでいるのである。今夜の事が急に心配になって来たのだろうと、私は察した。黙って少年佐伯の肩を、

どんと叩《たた》いて私は部屋から出た。必ず救ってやろうと、ひそかに決意を固くしたのである。

三人は、下宿を出て渋谷駅のほうへ、だらだら下りていった。路《みち》ですれちがう男女も、そんなに私の姿を怪しまないようである。熊本君は、紺絣の袷《あわせ》にフェルト草履、ステッキを持っていた。なかなか気取ったものであった。佐伯は、れいの服装に、私の着物在中の風呂敷包みを持ち、私は小さすぎる制服制帽に下駄《げた》ばきという苦学生の恰好で、陽春の午後の暖い日ざしを浴び、ぶらぶら歩いていたのである。

「どこかで、お茶でも飲みましょう。」私は、熊本君に伺った。

「そうですねえ。せっかく、お近づきになったのですし。」と熊本君は、もったいぶり、「しかし、女の子のいるところは、割愛しましょう。きょうは、鼻が、こんなに赤いのですから。人間の第一印象は、重大ですよ。僕をはじめて見た女の子なら、僕が生まれた時からこんなに鼻が赤くて、しかもこの後も永久に赤いのだと独断するにきまっています。」真剣に主張している。

私は、ばかばかしく思ったが、懸命に笑いを怺《こら》えて、

「じゃ、ミルクホールは、どうでしょう。」

「どこだって、いいじゃないか。」佐伯は、先刻から意気銷沈《しょうちん》している。まるで無意

志の犬のように、ぶらりぶらり、だらしない歩きかたをして、私たちから少し離れて、ついて来る。「お茶に誘うなんてのは、お互、早く別れたい時に用いる手なんだ。僕は、人から追っぱらわれる前には、いつでもお茶を飲まされた。」

「それは、どういう意味なんですか。」熊本君は、くるりと背後の佐伯に向き直って詰め寄った。「へんな事を言い給うな。僕と、このかたとお茶を飲むのは、お互の親和力の結果です。純粋なんだ。僕たちは、里見八犬伝に於《おい》て共鳴し合ったのです。」

往来で喧嘩が、はじまりそうなので、私は閉口した。

「止《よ》し給え。止し給え。どうして君たちは、そんなに仲が悪いんだ。佐伯の態度も、よくないぞ。熊本君は、紳士なんだ。懸命なんだよ。人の懸命な生きかたを、嘲笑するのは、間違いだ。」

「君こそ嘲笑している癖に。」佐伯は、私にかかって来た。「君は、老獪《ろうかい》なだけなんだ。」

言い合っていると際限が無かった。私は、小さい食堂を前方に見つけて、

「はいろう。あそこで、ゆっくり話そう。」興奮して蒼《あお》ざめ、ぶるぶる震えている熊本君の片腕をつかんで、とっとと歩き出した。佐伯も私たちの後から、のろのろ、ついて来た。

「佐伯君は、いけません。悪魔です。」熊本君は、泣くような声で訴えた。「ご存じですか？　きのう留置場から出たばかりなんですよ。」

私は仰天した。

「知りません。全然、知りません。」

私たちは、もう、その薄暗い食堂にはいっていた。

第五回

私は暫《しばら》く何も、ものが言えなかった。裏切られ、ばかにされている事を知った刹那《せつな》の、あの、つんのめされるような苦い墜落の味を御馳走《ごちそう》された気持で、食堂の隅《すみ》の椅《い》子《す》に、どかりと坐《すわ》った。私と向い合って、熊本君も坐った。やや後れて少年佐伯が食堂の入口に姿を現したと思うと、いきなり、私のほうに風呂敷包みを投げつけ、身を飜《ひるがえ》して逃げた。私は立ち上って食堂から飛び出し、二、三歩追って、すぐに佐伯の左腕をとらえた。そのまま、ずるずる引きずって食堂へはいった。こんな奴《やつ》に、ばかにされてたまるか、という野蛮な、動物的な格闘意識が勃然《ぼつぜん》と目ざめ、とかく怯弱《きょうじゃく》な私を、そんなにも敏捷《びんしょう》に、ほとんど奇蹟《きせき》的なくらい頑強に行動させた。佐伯は尚《なお》も、のがれようとして踠《もが》いた。

「坐り給え。」私は彼を無理矢理、椅子に坐らせようとした。

佐伯は、一言も発せず、ぶるんと大きく全身をゆすぶって私の手から、のがれた。のがれて直《す》ぐにポケットから、きらりと光るものを取り出し、

「刺すぞ。」と、人が変ったような、かすれた声で言った。私は、流石《さすが》に、ぎょっとした。殺されるかも知れぬ、と一瞬思った。恐怖の絶頂まで追いつめられると、おのずから空虚な馬鹿笑いを発する癖が、私に在る。なんだか、ぞくぞく可笑《おか》しくて、たまらなくなるのだ。胆《きも》が太いせいでは無くて、極度の小心者ゆえ、こんな場合ただちに発狂状態に到達してしまうのであるという解釈のほうが、より正しいようである。

「はははは。」と私は空虚な笑声を発した。「恥ずかしくて、きりきり舞いした揚句の果には、そんな殺伐なポオズをとりたがるものさ。覚えがあるよ。ナイフでも、振り上げないことには、どうにも、形がつかなくなったのだろう？」

佐伯は、黙って一歩、私に近寄った。私は、さらに大いに笑った。佐伯は、ナイフを持ち直した。その時、熊本君は、佐伯の背後からむずと組み附いて、

「待って下さい。」と懸命の金切り声を挙げ、「そのナイフは、僕のナイフです。」と又しても意外な主張をしたのである。「佐伯君、君はひどいじゃないか。そのナイフ

は、僕の机の左の引出しにはいっていたんでしょう？　君は、さっき僕に無断で借用したのに、ちがいありません。僕は、人間の名誉というものを重んずる方針なのだから、敢《あ》えて、盗んだとは言いません。早く返して下さい。僕は、大事にしていたんだ。僕は、この人に帽子と制服とだけは、お貸ししたけれど、君にナイフまでは、お貸しした覚えが無いのです。返して下さい。僕は、お姉さんから、もらったんだ。大事にしていたんですよ。返して下さい。そんなに乱暴に扱われちゃ困りますよ。そのナイフには、小さい鋏《はさみ》も、缶切《かんき》りも、その他三種類の小道具が附いているんですよ。デリケエトなんですよ。ごしょうだから返して下さい。」と、れいの泣き声で、わめき散らしたのである。

悪漢佐伯も、この必死の抗議には参ったらしく、急に力が抜けた様子で、だらりと両腕を下げ、蒼白《そうはく》の顔に苦笑を浮かべ、

「返すよ。返すよ。返してやるよ。」と自嘲の口調で言って、熊本君の顔を見ずにナイフを手渡し、どたりと椅子に腰を下した。

「さあ、何とでも言うがいい。」と佐伯は、ほんものの悪党みたいな、下品な口をきいたので、私は興醒《きょうざ》めして、しきりに悲しかった。佐伯の隣りの椅子に、腰をおろして、

「五一郎君、」とはじめて佐伯の名を、溜息と共に言い、「そんなふてくされたものの言いかたをするものじゃないよ。君らしくも無いじゃないか。」

「猫撫《ねこな》で声は、よしてくれ。げろが出そうだ。はっきり負けた奴に、そんなに優しくお説教をはじめるのは、いい気持のものらしいね。」佐伯は、顔を不機嫌にしかめて、強く、吐き出すように言い、両腕をぐったりテエブルの上に投げ出した。手が附けられぬくらいに、ふてくされてしまっている。私は、いよいよ味気ない思いであった。

「君はくだらない奴だね。」と私は、思ったままを、つい言ってしまった。

「ああ、そうさ。」すぐに、はね返して寄こすのである。「だから、はじめから、言ってるじゃねえか。説教なんか、まっぴらだって言ったじゃないか。放《ほ》って置いてくれたっていいんだ。」まっすぐに、食堂の壁を見ながら言っているのであるが、その眼は薄く涙ぐんでいた。私は、その様を見て何だか、ものを言うのが再び、いやになった。熊本君は、ちゃんと私たちと向い合って坐っていて、いましがた死力を尽して奪い返したデリケエトのナイフが、損傷していないかどうか、たんねんに調べ、無事である事を見とどけてから、ハンケチに包んで右の袂《たもと》の中にしまい込み、やっと、ほっとしたような顔になり、私たち二人を改めてきょろきょろ見比べ、

「なんですか？　さて、どうしたのですか。あなたのおっしゃる事にも、また、佐伯

君の申す事にも、一応は首肯できるような気がするのですけれど、もっと、つき進めた話を伺わないことには。」と、あくまで真面目《まじめ》くさった顔で言い、「コオヒイにしますか。それとも何か食べますか。とにかく何か、注文いたしましょう。ゆっくり話し合ってみたら、或《あるい》は一致点に到達できるかも知れませんからね。」熊本君は、私たち二人に更に大いに喧嘩《けんか》させて、それを傍で分別顔して聞きながら双方に等分に相槌《あいづち》を打つという、あの、たまらぬ楽しみを味わうつもりでいるらしかった。佐伯は逸早《いちはや》く、熊本君の、そのずるい期待を見破った様子で、

「君は、もう帰ったらどうだい。ナイフも返してやったし、制服と帽子も今すぐ、この人が返してあげるそうだ。ステッキを忘れないようにしろよ。」にこりともせず、落ちついた口調で言ったのである。

熊本君は、もう既に泣きべそを搔《か》いて、

「そんなに軽蔑《けいべつ》しなくてもいいじゃないですか。僕だって、君の力になってやろうと思っているのですよ。」

私は、熊本君のその懸命の様子を、可愛《かわい》く思った。

「そうだ、そうだ。熊本君は、このとおり僕に制服やら帽子やらを貸してくれたし、謂《い》わば大事な人だ。ここにいてもらったほうがいい。コオヒイ、三つだ。」私は、食

堂の奥のほうに向って大声でコオヒイを命じた。薄暗い、その食堂の奥に先刻《さつき》から、十三、四歳の男の子が、ぼんやり立って私たちのほうを眺《なが》めていたのである。「母ちゃん、お風呂へ行った。」その、まだ小学校に通っているらしい男の子は、のろい口調で答えるのである。「もうすぐ、帰って来るよ。」

「ああ、そうか。」私は瞬間、当惑した。「どうしましょう。」と小声で熊本君に相談した。

「待っていましょう。」熊本君は、泰然としていた。「ここは、女の子がいないから、気がとても楽です。」やはり、自分の鼻に、こだわっている。

「ビイルを飲めば、いいじゃないか。」佐伯は、突然、言い出した。「そこに、ずらりと並んである。」

見ると、奥の棚《たな》にビイルの瓶《びん》が、成程《なるほど》ずらりと並んである。私は、誘惑を感じた。ビイルでも一ぱい飲めば、今の、この何だかいらいらした不快な気持を鎮静させることが出来るかも知れぬと思った。

「おい、」と店番の男の子を呼び、「ビイルだったら、お母さんがいなくても出来るわけだね。栓抜《せんぬ》きと、コップを三つ持って来ればいいんだから。」

男の子は、不承不承に首肯《うなず》いた。

「僕は、飲みませんよ。」熊本君は、またしても、つんと気取った。「アルコオルは、罪悪です。僕は、アカデミックな態度を、とろうと思います。」

「誰も君に、」佐伯は、やや口を尖《とが》らせて言った。「飲めと言ってやしないよ。へんな事を言わないで、お姉さんに叱《しか》られますと言ったほうが、早わかりだ。」

「君は、飲むつもりですか?」熊本君も、こんどは、なかなか負けない。「止し給え。僕は、忠告します。君は、おとといもビイルを飲んだそうじゃないですか。留置場にとめられたって、学校じゃ評判なんですよ。」

男の子が、ビイルを持って来て、三人の前に順々にコップを置くが早いか熊本君は、一つのコップを手に取って憤然、ぱたりと卓の上に伏せた。私は内心、閉口した。

「よし、佐伯も飲んじゃいかん。僕が、ひとりで飲もう。アルコオルは、本当に、罪悪なんだ。なるべくは、飲まぬほうがいいのだ。」言いながら、私はビイル瓶の栓を抜き、ひとりで自分のコップに注《つ》いで、ぐっと一息で飲みほした。うまかった。「あ、まずいな。」とてれ隠しの嘘《うそ》をついて、「僕も、アルコオルは、きらいなんだ。でも、ビイルは、そんなに酔わないからいいんだ。」何かと自己弁解ばかりして、「アカデミックな態度ばかりは、失いたくありませんからね。」と熊本君にまで卑《いや》しいお追従《ついしょう》を言ったのである。

「そうですとも。」熊本君は、御機嫌《ごきげん》を直して、尊大な口調で相槌打った。「私たちは、パルナシヤンです。」

「パルナシヤン。」佐伯は、低い声でそっと呟《つぶや》いていた。「象牙《ぞうげ》の塔か。」

佐伯の、その、ふっと呟いた二言には、へんにせつない響きがあった。私の胸に、きりきり痛く喰《く》いいった。私は、更に一ぱいビイルを飲みほした。

「五一郎君、」と私は親愛の情をこめて呼んだ。「僕には、なんでも皆わかっているのだよ。さっき君が僕に風呂敷包みを投げつけて、逃げ出そうとした時、はっと皆わかってしまったのだ。君は、僕をだましたね。いや、責めるのじゃない。人を責めるなんて、むずかしい事だ。僕は、わかったけれども、何も言えなかったのだ。言うのが、つらくて、いっそ知らん振りしていようかとさえ思ったのだが、いまビイルの酔いを借りて、とうとう言い出したわけだ。いや、考えてみると、君が僕に言わせるようにしむけてくれたのかも知れないね。ビイルを見つけてくれたのは、君なんだから。」

「なるほど、」と熊本君は小声で呟き、「佐伯君には、そんな遠大な思いやりがあって、ビイルのことを言い出したというわけですね。なるほど。」としきりに首肯いて腕組みした。

「そんな、ばかな思いやりって、あるものか。」佐伯は少し笑って、「僕は、ただ、その、ほら、――」と言い澱《よど》んで、両手でやたらに卓の上を撫で廻した。

「わかってるよ。僕の機嫌を取ろうとしたのだ。いやそう言っちゃいけない。この場の空気を、明るくしようと努めてくれたのさ。佐伯は、これまで生活の苦労をして来たから、そんな事には敏感なんだ。よく気が附く。熊本君は、それと反対で、いつでも、自分の事ばかり考えている。」ビイルの酔いに乗じて、私は、ちくりと熊本君を攻撃してやった。

「いや、それは、」熊本君は、思いがけぬ攻撃に面くらって、「そんなことは、主観の問題です。」と言って、それからまた、下を向いてぶつぶつ二言、三言つぶやいていたが、私には、ちっとも聞きとれなかった。

私は次第に愉快になった。謂わば、気が晴れて来たのである。ビイルを、更に、もう一本、注文した。

「五一郎君、」と又、佐伯のほうに向き直り、「僕は、君を、責めるんじゃないよ。人を責める資格は、僕には無いんだ。」

「責めたっていいじゃないか。」佐伯も、だんだん元気を恢復《かいふく》して来た様子で、「君は、いつでも自己弁解ばかりしているね。僕たちは、もう、大人の自己弁解には聞き厭《あ》きてるんだ。誰もかれも、おっかなびっくりじゃないか。一も二も無く、僕たちを叱りとばせば、それでいいんだ。大人の癖に、愛だの、理解だのって、甘ったるい事ばかり言って子供の機嫌をとっているじゃないか。いやらしいぞ。」と言い放って、ぷいと顔をそむけた。

「それあ、まあ、そうだがね。」と私は、醜く笑って、内心しまった！　と狼狽《ろうばい》していたのだが、それを狡猾《こうかつ》に押し隠して、「君の、その主張せざるを得ない内心の怒りには、同感出来るが、その主張の言葉には、間違いが在るね。わかるかね。大人も、子供も、同じものなんだよ。からだが少し、薄汚くなっているだけだ。子供が大人に期待しているように、大人も、それと同じ様に、君たちを、たのみにしているものなのだ。だらしの無い話さ。でも、それは本当なんだ。力と、たのんでいるのだ。」

「信じられませんね。」と熊本君は、ばかに得意になってしまって、私を憐《あわ》れむように横目で見下げて言った。

「君たちだって、ずるいんだ。だらし無いぞ。」私はビイルを、がぶがぶ飲んで、「少し優しくすると、すぐ、程度を越えていい気になるし、ちょっと強く言おうと思うと、言われぬ先から、泣きべそをかいて逃げたがるじゃないか。君たちに自信を持ってもらいたくて、愛だの、理解だのと遠廻しに言っているのに、君たちは、それを軽蔑する。君たちが、も少し強かったら、それは安心して叱りとばしてやる事も出来るんだ。君たちさえ、――」

「水掛け論だ。」佐伯は断定を下した。「くだらない。そんな言い古された事を、僕たちは考えているんじゃないよ。しっかりした人間とは、どんなものだか、それを見せてもらいたいんだ。」

「そうですね。」熊本君は、ほっとした顔をして、佐伯の言を支持した。「酒を飲む人の話は、信用出来ませんからね。」と言って、頰《ほお》に幽《かす》かな憫笑《びんしょう》を浮かべた。

「僕は、だめだ。」そう言って、私には、腹にしみるものが在った。「けれども僕は、絶望していないんだ。酒だって、たまにしか飲まないんだ。冷水摩擦だって、毎日やっているんだ。」自分ながら奇妙と思われたような事を口走って、ふっと眼が熱くなり、うろたえた。

第六回

「青年よ、若き日のうちに享楽《きょうらく》せよ!」

と教えし賢者の言葉のままに、

振舞うた我の愚かさよ。
（悔ゆるともいまは詮《せん》なし）
見よ！　次のペエジにその賢者
素知らぬ顔して、記し置きける、
「青春は空《くう》に過ぎず、しかして、
弱冠は、無知に過ぎず。」（フランソワ・ヴィヨン）

むかし、フランソワ・ヴィヨンという、巴里《パリ》生まれの気の小さい、弱い男が、「ああ、残念！　あの狂おしい青春の頃《ころ》に、我もし学にいそしみ、風習のよろしき社会にこの身を寄せていたならば、いま頃は家も持ち得て快き寝床もあろうに。ばからしい。悪童の如《ごと》く学び舎《や》を叛《そむ》き去った。いま、そのことを思い出す時、わが胸は、張り裂けるばかりの思いがする！」と、地団駄《じだんだ》踏んで、その遺言書に記してあったようだが、私も、いまは、その痛切な嘆きには一も二も無く共鳴したい。たかが熊本君ごときに、酒を飲む人の話は、信用できませんからね、と憫笑を以《もっ》て言われても、私には、すぐに撥《は》ね返す言葉が無い。冷水摩擦を毎日やっていると言ってみたところで、それがこの場合、どうなるというものでもない。つまらない事を口走ったものである。けれども私には、それが精一ぱいであったのである。私には、謂《い》わば政治的手腕も無ければ、人に号令する勇気も無し、教えるほどの学問も無い。何とかして明るい希望を持っていたいと工夫の揚句が、わずかに毎朝の冷水摩擦くらいのところである。けれども無頼《ぶらい》の私にとっては、それだけでも勇猛の、大事業のつもりでいたのだ。私は、いまこの二少年の憫笑に遭い、自分の無力弱小を、いやになるほど知らされた。私が、ふっと口を噤《つぐ》んで片手にビイルのコップを持ったまま思いに沈んでいるのを、見兼ねたか、少年佐伯は、低い声で、

「何も、そんなに卑下して見せなくたって、いいじゃないか。」と私を慰め諭《さと》すように言って、私の顔を覗《のぞ》き込み、「ごめんよ。君は知っているね。僕は、恥ずかしかったんだ。本当の事を、どうしても言えなかったんだ。でも、僕は嘘つきじゃない。たった一つだけ嘘を言ったんだ。映画の会は、おととい、やっちゃったんだ。僕は、説明しちゃったんだ。だから、僕は、おとといの夜、会が済んでから制服も靴《くつ》も売り払って、街でビイルを飲んで、お巡《まわ》りさんに見つかって、それから、――」

「わかってる。」私は顔を揚げて、佐伯の告白を払いのけるように片手を振った。

「君に罪は無いんだ。みんな話の行きがかりだ。僕が、そそっかしいんだよ。君は、はじめから僕が渋谷へなど来るのをいやがっていたんだものね。」大きい溜息《ためいき》が出て、

胸の中が、すっとした。

「うん、」佐伯は、恥ずかしそうに小さく首肯き、「言い直すひまが無かったんだよ。僕は、なんぼ何でも、映画の説明なんて、そんなだらし無い事を、やっちゃったとは、言えなかったんだよ。だから、ね、」と又もや、両手でテエブルの上を矢鱈《やたら》に撫《な》で廻しながら、「そこんところを、嘘ついちゃったんだよ。ごめんね。留置場へ入れられた事なんかを君に言うと、君に嫌《きら》われると思ったんだ。僕は、だめなんだよ。葉山にも、いままでお世話になっているんだし、映画説明なんてばからしいとは思ったけれど、最後のお礼のつもりで、おとといの晩、大勢の女の子の前でやっちゃったんだよ。やっちゃってから、いけないと思った。もう僕は、だめになったと思った。見込みの無い男だと思った。僕にもビイルを一ぱい下さい。僕は、いまは嬉《うれ》しいのだ。何だか、ぞくぞく嬉しいのだ。木村君、君は、偉い人だね。君みたいに、何も気取らないで、僕たちと一緒に、心配したり、しょげたりしてくれると、僕たちには、何だか勇気が出て来るのだ。こうしては居られないと思うんだ。勉強しようと、しんから思うようになるんだ。僕は、心の弱さを隠さない人を信頼する。」立ち上って、三つのコップになみなみとビイルを注いだ。決然たる態度であった。「乾杯だ！　熊本も立て。喜びのための一ぱいのビイルは罪悪で無い。悲しみ、苦悩を消すための杯は、恥じよ！」

「では、ほんの一ぱいだけ。」熊本君は、佐伯の急激に高揚した意気込みに圧倒され、しぶしぶ立って、「僕は事情をよく知らんのですからね、ほんのお附合いですよ。」

「事情なんか、どうだっていいじゃないか。僕の出発を、君は喜んでくれないのか？君は、エゴイストだ。」

「いや、ちがいます。」熊本君も、こんどは敢然と報いた。「僕は、物事を綿密に考えてみたいんだ。納得出来ない祝宴には附和雷同しません。僕は、科学的なんです。」

「ちぇっ！」佐伯は、たちまち嘲笑《ちょうしょう》した。「自分を科学的という奴は、きまって科学を知らないんだ。科学への、迷信的なあこがれだ。無学者の証拠さ。」

「よせ、よせ。」私も立上り、「熊本君は、てれているんだ。君の、おくめんも無い感激振りに辟易《へきえき》したんだ。知識人のデリカシイなんだよ。」

「古い型のね。」佐伯は低く附け加えた。

「乾杯します。」と熊本君は、思いつめた果のような口調で言った。「僕は、ビイルを飲むと、くしゃみするんです。僕は、その事を科学的と言ったんです。」

「正確だ。」佐伯は、噴き出した。私も笑った。

熊本君は笑わず、ビイルのコップを手にとって目の高さまで捧《さ》げ、それから片手で

着物の襟《えり》をきちんと掻《か》き合わせて、

「佐伯君の出発を、お祝いいたします。あしたから、また学校へ出て来て下さい。」

真剣な、ほろりとするような声であった。

「ありがとう。」佐伯も上品に軽くお辞儀をして、「熊本が、いつもこんなに優しく勇敢であるように祈っています。」

「佐伯君にも、熊本君にも欠点があります。僕にも、欠点があります。助け合って行きたいと思います。」私は、たいへん素直な気持で、そう言って泡立《あわだ》つビイルのコップを前方に差し出した。

カチリと三つのコップが逢《あ》って、それから三人ぐっと一息に飲みほした。途端に、熊本君は、くしゃんと大きいくしゃみを発した。

「よし。よろこびのための酒は一杯だけにして止《や》めよう。よろこびを、アルコオルの口実にしてはならぬ。」私は、もっとビイルを飲みたかったのだが、いまこの場の空気を何故《なぜ》だか、ひどく大事にして置きたくて、飲酒の欲望を辛《から》く怺《こら》えた。「君たちも、これから、なるべくならビイルを飲むな！　カール・ヒルティ先生の曰《いわ》く、諸君は教養ある学生であるから、酒を飲んでも乱に陥らない。故《ゆえ》に無害である。否《いな》、時には健康上有益である。しかし、諸君を真似《まね》て飲む中学生、又は労働者たちは自らを制することが出来ぬため、酒に溺《おぼ》れ、その為《ため》に身を亡《ほろぼ》す危険が多い。だから諸君は、彼等のためにも、酒を飲むな。僕たちの為にも、酒を飲むな、と。彼等のため、ばかりではない。僕たちの為にも、酒を飲むな。僕たちは、悪い時代に育ち、悪い教育を受け、暗い学問をした。飲酒は、誇りであり、正義感の表現でさえあったのだ。僕たちの、この悪癖を綺麗《きれい》に抜くのは至難である。君たちに頼む。君たちさえ、清潔な明るい習慣を作ってくれたら、僕たちの暗黒の虫も、遠からずそれに従うだろう。僕たちに負けてはならぬ。打ち勝て。以上、一般論は終りだ。どうも僕は、こんなわかり切ったような概念論は、不得手なのだ。どんな、つまらない本にだって、そんな事は、ちゃんと書かれてあるんだからね。なるべくなら僕は、清潔な、強い、明るい、なんてそんな形容詞を使いたくないんだ。自分のからだに傷をつけて、そこから噴き出た言葉だけで言いたい。下手くそでもいい、自分の血肉を削った言葉だけを、どもりながら言いたい。どうも、一般論は、てれくさい。演説は、これでやめる。」

熊本君は、さかんに拍手した。佐伯は、立ったまま、にやにや笑っている。私は普通の語調にかえって、

「佐伯君、僕に二十円くらいあるんだがね、これで制服と靴とを買い戻し給《たま》え。また、外形は、もとの生活に帰るのだ。葉山氏の家にも、辛抱して行き給え。わびしい時に

は、下宿で毛布をかぶって勉強するのだ。それが一ばん華やかな青春だ。何くそと固パンかじって勉強し給え。約束するね？」

「わかってるよ。」佐伯は、ひどく赤面しながらも、口だけは達者である。「そんな事を言ってると、君の顔は、まるで、昔のさむらいみたいに見えるね。明治時代だ。古くさいな。」

「士族のお生まれではないでしょうか。」熊本君は、また変な意見を、おずおず言い出した。

私は噴き出したいのを怺えて、

「熊本君、ここに二十円あります。これで、佐伯の制服と制帽と靴を買い戻してやって下さい。」

「要らないよ、そんなもの。」佐伯は、いよいよ顔を真赤にして、小声で言った。

「いや、君にあげるわけじゃないんだ。熊本君の友情を見込んで、一時、おあずけするだけだ。」

「わかりました。」熊本君は、お金を受け取り、眼鏡の奥の小さい眼を精一ぱいに見開いて、直立不動の姿勢で言った。「たしかに、おあずかり致《いた》します。他日、佐伯君の学業成った暁には、――」

「いや、それには及びません。」私は、急に、てれくさくて、かなわなくなった。お金など、出さなければよかったと思った。「ここを出ましょう。街を、少し歩いて見ましょう。」

街は、もう暮れていた。

私ひとりは、やはり多少、酔っていた。自分のたいへんな、苦学生の姿も忘れて、何かと大声で、ばかな事ばかりしゃべり散らしていた。

「おい佐伯、その風呂敷包みは重くないか。僕が、かわりに持ってやろう。いいんだ、僕によこせ。よし来た。アル・テル・ナ・テ・ヴ・マン、と。知ってるかい？　どっこいしょの、うんとこしょって意味なんだ。フロオベエルは、この言葉一つに、三箇月も苦心したんだぞ。」

ああ、思えば不思議な宵《よい》であった。人生に、こんな意外な経験があるとは、知らなかった。私は二人の学生と、宵の渋谷の街を酔って歩いて、失った青春を再び、現実に取り戻し得たと思った。私の高揚には、限りが無かった。

「歌を歌おう。いいかい。一緒に歌うのだよ。アイン、ツワイ、ドライ。アイン、ツワイ、ドライ。アイン、ツワイ、ドライ。よし。

ああ消えはてし　青春の
愉楽の行衛《ゆくえ》　今いずこ
心のままに　興じたる
黄金《こがね》の時よ　玉の日よ
汝《いまし》帰らず　その影を
求めて我は　歎《なげ》くのみ
　ああ移り行く世の姿
ああ移り行く世の姿
塵《ちり》をかぶりて　若人《わこうど》の
帽子《かむり》は古び　粗衣は裂け
長剣《つるぎ》は錆《さび》を　こうむりて
したたる光　今いずこ
宴《うたげ》の歌も　消えうせつ
刃《は》音拍車《おとはくしゃ》の　音もなし
　ああ移り行く世の姿
ああ移り行く世の姿

されど正しき　若人の
心は永久《とわ》に　冷《さ》むるなし
勉《つと》めの日にも　嬉戯《たわむれ》の
つどいの日にも　輝きつ
古《ふ》りたる殻《から》は　消ゆるとも
実《み》こそは残れ　我が胸に
その実を犇《ひし》と護《まも》らなん
その実を犇と護らなん」(アルト・ハイデルベルヒ)

歌っているのは、私だけであった。調子はずれの胴間声《どうまごえ》で、臆《おく》することなく吹鳴《どな》り散らしていたのだが、歌い終って、「なんだ、誰も歌ってやしないじゃないか。もう一ぺん。アイン、ツワイ、ドライ！」と叫んだ時に、「おい、おい。」と背後から肩を叩《たた》かれた。振り向いて見ると、警官である。「宵の口から、そんなに騒いで歩いては、悪いじゃないか。君は、どこの学生だ。隠さずに言ってみ給え。」

私は自分の運命を直覚した。これは、しまった。私は学生の姿である。三十二歳の酔詩人ではなかった。ちょっとのお詫《わ》びでは、ゆるされそうもない。絶体絶命。逃げようか。

「おい、おい。」重ねて呼ばれて、はっと我に帰った。私は、草原の中に寝ていた。陽《ひ》は、まだ高い。ひばりの声が聞える。ようやく気が附いた。私は、やはり以前の、井の頭公園の玉川上水の土堤《どて》の上に寝そべっていたのである。見ると、少年佐伯は、大学の制服、制帽で、ぴかぴか光る靴をはき、ちゃんと私の枕元《まくらもと》に立っている。

「おい、僕は帰るぞ。」と落着いた口調で言い、「君は、眠っちゃったじゃないか。だらしないね。」

「眠った？　僕が？」

「そうさ。可哀《かわい》そうなアベルの話を聞かせているうちに、君は、ぐうぐう眠っちゃったじゃないか。君は、仙人みたいだったぞ。」

「まさか。」私は淋《さび》しく笑った。「ゆうべから、ちっとも寝ないで仕事をしていたものだから、疲れが出ちゃったんだね。永いこと眠っていたかい？」

「なに十分か十五分かな？　ああ、寒くなった。僕は、もう帰るぜ。しっけい。」

「待ち給え。」私は、上半身を起して、「君は、高等学校の生徒じゃなかったかね？」

「あたり前さ。大学へはいる迄《まで》は、高等学校さ。君は、ほんとうに頭が悪いね。」

「いつから大学生になったんだい？」

「ことしの三月さ。」

「そうかね。君は、佐伯五一郎というんだろう？」

「寝呆《ねぼ》けていやがる。僕は、そんな名前じゃないよ。」

「そうかね。じゃ、何だって、この川をはだかで泳いだりしたんだね？」

「この川が、気に入ったからさ。それくらいの気まぐれは、ゆるしてくれたっていいじゃないか。」

「へんな事を聞くようだが、君の友人に熊本君という人がいないかね？　ちょっと、こう気取った人で。」

「熊本？――無いね。やはり、工科かね？」

「そうじゃないんだ。みんな夢かな？　僕は、その熊本君にも逢いたいんだがね。」

「何を言ってやがる。寝呆けているんだよ。しっかりし給え。僕は、帰るぜ。」

「ああ、しっけい。君、君、」と又、呼びとめて、「勉強し給えよ。」

「大きにお世話だ。」

颯爽《さっそう》と立ち去った。私は独り残され、侘《わび》しさ堪え難い思いである。その実を犇と護らなん、と吸鳴るようにして歌った自分の声が、まだ耳の底に残っているような気がする。白日夢。私は立上って、茶店のほうに歩いた。袂《たもと》をさぐってみると、五十銭紙幣は、やはりちゃんと残って在る。佐伯君にも、熊本君にも欠点があります。僕にも、欠点があります。助け合って行きたいと思います、という私の祝杯の辞も思い出された。いますぐ、渋谷へ飛んで行って、確めてみたいとさえ思ったが、やはり熊本君の下宿の道順など、朦朧《もうろう》としている。夢だったのに違いない。公園の森を通り抜け、動物園の前を過ぎ、池をめぐって馴染《なじみ》の茶店にはいった。老婆《ろうば》が出て来て、

「おや、きょうは、お一人？　おめずらしい。」

「カルピスを、おくれ。」おおいに若々しいものを飲んでみたかった。

茶店の床几《しょうぎ》にあぐらをかいて、ゆっくりカルピスを啜《すす》ってみても、私は、やはり三十二歳の下手な小説家に過ぎなかった。少しも、若い情熱が湧《わ》いて来ない。その実を犇と護らなん、その歌の一句を、私は深刻な苦笑でもって、再び三度《みたび》、反芻《はんすう》しているばかりであった。

（「若草」昭和十五年七月〜十二月号）

新ハムレット

はしがき

こんなものが出来ました、というより他《ほか》に仕様が無い。ただ、読者にお断りして置きたいのは、この作品が、沙翁《さおう》の「ハムレット」の註釈書でもなし、または、新解釈の書でも決してないという事である。これは、やはり作者の勝手な、創造の遊戯に過ぎないのである。人物の名前と、だいたいの環境だけを、沙翁の「ハムレット」から拝借して、一つの不幸な家庭を書いた。それ以上の、学問的、または政治的な意味は、みじんも無い。狭い、心理の実験である。

過去の或《あ》る時代に於《お》ける、一群の青年の、典型を書いた、とは言えるかも知れない。その、始末に困る青年をめぐって、一家庭の、(厳密に言えば、二家庭の、)たった三日間の出来事を書いたのである。いちどお読みになっただけでは、見落し易《やす》い心理の経緯もあるように、思われるのだが、そんな、二度も三度も読むひまなんか無いよ、と言われると、それっきりである。おひまのある読者だけ、なるべくなら再読してみて下さい。また、ひまで困るというような読者は、此《こ》の機会に、もういちど、沙翁の

「ハムレット」を読み返し、此の「新ハムレット」と比較してみると、なお、面白い発見をするかも知れない。

作者も、此の作品を書くに当り、坪内博士訳の「ハムレット」と、それから、浦口文治氏著の「新評註ハムレット」だけを、一とおり読んでみた。浦口氏の「新評註ハムレット」には、原文も全部載っているので、辞書を片手に、大骨折りで読んでみた。いろいろの新知識を得たような気もするが、いまそれを、ここでいちいち報告する必要も無い。

なお、作中第二節に、ちょっと坪内博士の訳文を、からかっているような数行があるけれども、作者は軽い気持で書いたのだから、博士のお弟子《でし》も怒ってはいけない。このたび、坪内博士訳の「ハムレット」を通読して、沙翁の「ハムレット」のような芝居は、やはり博士のように大時代な、歌舞伎《かぶき》調で飜訳《ほんやく》せざるを得ないのではないかという気もしているのである。

沙翁の「ハムレット」を読むと、やはり天才の巨腕を感ずる。情熱の火柱が太いのである。登場人物の足音が大きいのである。なかなかのものだと思った。この「新ハムレット」などは、かすかな室内楽に過ぎない。

なおまた、作中第七節、朗読劇の台本は、クリスチナ・ロセチの「時と亡霊」を、作者が少しあくどく潤色してつくり上げた。ロセチの霊にも、お詫《わ》びしなければならぬ。

最後に、此の作品の形式は、やや戯曲にも似ているが、作者は、決して戯曲のつもりで書いたのではないという事を、お断りして置きたい。作者は、もとより小説家である。戯曲作法に就《つ》いては、ほとんど知るところが無い。これは、謂《い》わば LESE-DRAMA ふうの、小説だと思っていただきたい。

二月、三月、四月、五月。四箇月間かかって、やっと書き上げたわけである。読み返してみると、淋《さび》しい気もする。けれども、これ以上の作品も、いまのところ、書けそうもない。作者の力量が、これだけしか無いのだ。じたばた自己弁解をしてみたところで、はじまらぬ。

昭和十六年、初夏。

人　物。

クローヂヤス。（デンマーク国王。）
ハムレット。（先王の子にして現王の甥《おい》。）
ポローニヤス。（侍従長。）
レヤチーズ。（ポローニヤスの息。）
ホレーショー。（ハムレットの学友。）
ガーツルード。（デンマーク王妃。ハムレットの母。）
オフィリヤ。（ポローニヤスの娘。）
その他。

場　所。
デンマークの首府、エルシノア。

一　エルシノア王城　城内の大広間

王。王妃。ハムレット。侍従長ポローニヤス。その息レヤチーズ。他に侍者多勢。

王。「皆も疲れたろうね。御苦労でした。先王が、まことに突然、亡《な》くなって、その涙も乾かぬうちに、わしのような者が位を継ぎ、また此《こ》の度はガーツルードと新婚の式を行い、わしとしても具合の悪い事でしたが、すべて此のデンマークの為《ため》です。皆とも充分に相談の上で、いろいろ取りきめた事ですから、地下の兄、先王も、皆の私心無き憂国の情にめんじて、わしたちを許してくれるだろうと思う。まことに此の頃《ごろ》のデンマークは、ノーウエーとも不仲であり、いつ戦争が起るかも知れず、王位は、一日も空けて置く事が出来なかったのです。王子ハムレットは若冠ゆえ、皆のすすめに依《よ》って、わしが王位にのぼったのですが、わしとても先王ほどの手腕は無し、徳望も無ければ、また、ごらんのとおり風采《ふうさい》もあがらず、血をわけた実の兄弟とも思われぬくらいに不敏の弟なのですから、果して此の重責に堪え得るかどうか、外国の侮《あなど》りを受けずにすむかどうか頗《すこぶ》る不安に思って居《お》りましたところ、かねて令徳の誉《ほまれ》高いガーツルードどのが、一生わしの傍にいて、国の為、わしの力になってくれる事になりましたので、もはや王城の基礎も確固たり、デンマークも安泰と思います。皆も御苦労でした。先王が亡くなられてから今日まで、もう二箇月にもなりますが、わしには何もかも夢のようです。でも皆の聡明《そうめい》な助言に依って、どうやら大過なく、ここまでは、やって来ました。いかにも未熟の者ですから、皆も、今日以後、変らず忠勤の程を見せ、わしを安心させて下さい。ああ、忘れていた。レヤチーズが、わしに何か願いがあるとか言っていましたね。なんですか？」

レヤ。「はい。実は、フランスへ、もう一度遊学に行かせていただきたいと思っているのでございますが。」

王。「その事でしたら、かまいません。君にも此の二箇月間、ずいぶん働いてもらいました。もう、こちらは、どうやら一段落ですから、ゆっくり勉強しておいでなさい。」

レヤ。「恐れいります。」

王。「君の父にも相談した上の事でしょうね。ポローニヤス、どうですか？」

ポロ。「はい。どうにも、うるさく頼みますので、とうとう昨夜、私も根負け致《いた》しまして、それでは王さまにお願いして見よと申し聞かせた次第でございます。ヘッへ、どうも若いものには、フランスの味が忘れかねるようでございます。」

王。「無理もない。レヤチーズ、子供にとっては、王の裁可よりも、父の許しのほうが大事です。一家の和合は、そのまま王への忠義です。父の許しがあったならば、それでよい。からだを損わぬ程度に、遊んでおいで。若い時には、遊ぶのにも張り合いがあるから、うらやましい。ハムレットは、このごろ元気が無いようですが、君もフランスへ行きたいのですか？」

ハム。「僕ですか？　からかわないで下さい。僕は地獄へ行くんです。」

王。「何を、ぷんぷんしているのです。あ、そうか。君は、ウイッタンバーグの大学へ、また行きたいと言っていましたね。でも、それは怺《こら》えて下さい。わしからお願いします。君は、もうすぐ此のデンマークの王位を継がなければならぬ人です。今は国も、めんどうな時ですから、わしが仮に王位に即《つ》きましたが、此の危機が去って、人々の心も落ちつけば、わしは君に跡を継いでもらって、ゆっくり休息したいと思って居ります。それゆえ君は、いまからわしの傍にいて、少しずつ政治を見習うように心掛けなければいけません。いや、わしを助けてもらいたいのです。どうか、大学へ行くのは、あきらめて下さい。これは、父としての願いでもあるのです。君が、いなくなると、王妃だって淋《さび》しがるでしょう。君は、このごろ健康を害しているようにも見えます。」

ハム。「レヤチーズ、――」

レヤ。「はい。」

ハム。「君は、いい父を持って仕合せだね。」

王妃。「ハムレット、なんという事を、おっしゃるのです。私には、あなたが、ふてくされているようにしか思われません。そんな厭味《いやみ》な、気障《きざ》な態度は、およしなさい。不満があるなら男らしく、はっきりおっしゃって下さい。私は、そんな言いかたは、きらいです。」

ハム。「はっきり言いましょうか。」

王。「わかっています。わしは此の機会に、君と二人きりでゆっくり話してみたい。王妃も、そんなに怒るものではありません。若い者には、若い者の正当な言いぶんがある筈《はず》です。わしにも、反省しなければならぬ事が、まだまだ、あるように思われます。ハムレット、泣かずともよい。」

王妃。「なに、そら涙ですよ。この子は、小さい時から、つくり泣きが上手だったのです。あまり、いたわらずに、うんとお叱《しか》りになって下さい。」

王。「ガーツルード、言葉をつつしみなさい。ハムレットは、あなたひとりの子ではありません。ハムレットは、デンマーク国の王子です。」

王妃。「それだから私も言うのです。ハムレットだって、もう二十三になります。いつまで、甘えているのでしょう。私は生みの母として此の子を恥ずかしく思います。ごらん下さい。きょうは王の初謁見式《えつけんしき》だというのに、この子ばかりは、わざと不吉な喪服なんかを着て、自分では悲壮のつもりで居るのでしょうが、それがどんなに私たちを苦しめる事なのか、この子は思ってもみないのです。私には、この子の考えている事くらい、なんでもわかります。この喪服だって、私たちへのいやがらせです。先王の死を、もはや忘れたのかという、当てつけのつもりなのでしょう。誰も忘れてやしません。心の中では誰だって、深く悲しんでいるのですが、いまは、その悲しみに沈んでばかりも居られません。私たちは、デンマークの国を思わなければいけません。デンマークの民を思わなければいけません。私たちには、悲しむ事さえ自由ではないのです。自分の身であって、自分のものではないのです。ハムレットには、それが、ちっともわかっていないのです。」

王。「いや、それは酷だ。そんな、追いつめるような言いかたをしては、いけません。人を無益に傷つけるだけの事です。王妃には、生みの母という安心があって、その愛情を頼みすぎて、そんな事を言うのでしょうが、若い者にとっては、陰の愛情よりも、あらわれた言葉のほうが重大なのです。わしにも、覚えがあります。言葉に拠《よ》って、自分の全部が決定されるような気がするものです。王妃も、きょうは、どうかしていますよ。ハムレットが喪服を着ていたって、少しも差しつかえ無いと思います。少年の感傷は純粋なものです。それを、わしたちの生活に無理に同化させようとするのは、罪悪です。大事にしてやらなければいけません。わしたちこそ、この少年の純粋を学ばなければいけないのかも知れません。わかるとは思っていながら、いつのまにやら、わしたちは大事なものを失っている場合もあるのです。とにかく、わしはハムレットと二人きりで、ゆっくり話してみたいと思いますから、みんなは暫《しばら》く向うへ行っていて下さい。」

王妃。「そんなら、お願い致します。私も少し言いすぎたようですが、でも、あなたも義理ある仲だと思って、此の子に優しくしすぎるようです。それでは、いつまで経《た》っても、この子は立派になりません。先王がおいでになったとしても、きょうの此の子の態度には、きっとお怒りになり、此の子をお打ちになったでしょう。」

ハム。「打ったらいいんだ。」

王妃。「また、何をおっしゃる。もっと素直におなりなさい。」

王。ハムレット。

王。「ハムレット、ここへお坐《すわ》りなさい。厭なら、そのままでいい。わしも立って話しましょう。ハムレット、大きくなったね。もう、わしと脊丈《せたけ》が同じくらいだ。これからも、どんどん大人になるでしょう。でも、も少し太らなければいけませんね。ずいぶん痩《や》せている。顔色も、このごろ、よくないようです。自重して下さいよ。君の将来の重大な責務を考えて下さい。きょうはここで、二人きりで、ゆっくり話してみましょう。わしは前から、二人きりになれる機会を待っていたのです。わしも、思っているところを虚心坦懐《たんかい》に申しますから、君も、遠慮なさらず率直に、なんでも言って下さい。どんなに愛し合っていても、口に出してそれと言わなければ、その愛が互いにわからないでいる事だって、世の中には、ままあるのです。人類は言葉の動物、という哲学者の意見も、わしには、わかるような気がします。きょうは、よく二人で話合ってみましょう。わしも此の二箇月間は、いそがしく、君と落ちついて話をする機会もなかった。全く、そのひまが無かったのです。ゆるして下さい。君のほうでもまた、なんだか、わしと顔を合せるのを避けてばかりいましたね。わしが部屋へはいると、君は、いつでもぷいと部屋から出て行きます。わしは、その度毎《たびごと》に、どんなに淋しかったか。ハムレット！　顔を挙げなさい。そうして、わしの問いに、はっきり、まじめに答えて下さい。わしは、君に聞きたい事がある。君は、わしを、きらいなのですか？　わしは、いままでは君の父です。君は、わしのような父を軽蔑《けいべつ》しているのですか？　憎んでいるのですか？　さ、はっきりと答えて下さい。一言でいい。聞かせて下さい。」

ハム。「A little more than kin, and less than kind.」

王。「なんだって？　よく聞きとれなかった。ふざけては、いけません。わしは、まじめに尋ねているのです。語呂《ごろ》合せのような、しゃれた答えかたはしないで下さい。人生は、芝居ではないのです。」

ハム。「はっきり言っている筈です。叔父さん！　あなたは、いい叔父さんだったけど、――」

王。「いやな父だというのですね？」

ハム。「実感は、いつわれませんからね。」

王。「いや有難う。よく言ってくれました。そのように、いつでも、はっきり言ってくれるといいのです。真実の言葉に対しては、わしは、決して怒りません。実は、わしも、君とそっくりな実感を持っているのです。何も君、そんなに顔色を変えて、わしを睨《にら》む事は無いじゃないか。君は少し表情が大袈裟《おおげさ》ですね。わかい頃《ころ》は誰しもそうなんだが、君は、自分ではずいぶん手ひどい事を他人に言っていながら、自分が何か一言でも他人から言われると飛び上って騒ぎたてる。君が他人から言われて手痛いように、他人だって君にずけずけ言われて、どんなに手痛いか、君はそんな事は思ってもみないのですからね。」

ハム。「そんな、決してそんな、――ばからしい。僕はいつでも、せっぱつまって、くるしまぎれに言ってるのです。ずけずけなんて言った覚えは、ありません。」

王。「だから、それが君だけでは無いと言うのです。わしたちだって、いつでも、せっぱつまって言っているのです。精一ぱいで生きているのです。わしたちには、何か力の余裕と自信が満ちているように君たちには見えるのかも知れないが、同じ事です。君たちと、ほとんど同じ事なのです。一日を息災に暮し得ては、ほっとして神にお礼を申している有様なのです。ことにも、わしはハムレット王家の血を受けて生れて来た男です。君もご存じのように、ハムレット王家の血の中には、優柔不断な、弱い気質が流れて居ります。先王も、わしも、幼い時から泣き虫でした。わしたち二人が庭で遊んでいるのを他国の使臣などが見て、女の子と間違ったものです。二人そろって病弱でした。侍医も、二人の完全な成長を疑っていたようでした。けれども先王は、その後の修養に依って、あのように立派な賢王になられました。宿命を、意志でもって変革する事が出来ると、わしは今では信じて居ります。先王が、そのよいお手本です。わしは今、懸命に努力しています。何とかして、此のデンマークの為に、強い支柱になってやりたいと思っています。本当に、精一ぱいなのです。けれども、いま、わしを一ばん苦しめているものは、ハムレット、ご存じですか、君です。君は、さっき、実感はあらそわれないとか言いましたが、わしも、そのとおり、君を我が子と思えないのです。もっと、はっきり言いましょう。君は可愛《かわい》い甥でした。わしは君を、利巧な甥としてしんから愛して来ました。君だって、先王がおいでの頃は、この山羊《やぎ》のおじさんに、なついていました。わしの顔が山羊に似ているのを、一ばんさきに見つけたのは、わしの可愛い甥でした。叔父さんも、よろこんで山羊のおじさんになっていました。あの頃が、なつかしいね。いまでは、わしと君は、親子です。そうして心は、千里も万里も離れました。むかしの二人の愛情が、そのまま憎悪《ぞうお》に変ってしまった。わしたちが親子になったのが、不仕合せのもとでした。でも、これは、このままにしては置けません。ハムレット、わしには一つお願いがあります。あざむいて下さい。せめて臣下の見ている前だけでも、君の実感をあざむいて下さい。わしと仲の良い振りをしていて下さい。いやな事でしょう。くるしい事です。でも、その他《ほか》に方法がありません。王家の不和は、臣下の信頼を失い、民の心を暗くし、ついには外国に侮られます。さっき、王妃も言いましたが、わしたちの場合は、自分のからだであって、自分のものではないのです。すべて、此のデンマークの為に、父祖の土の為に、自分の感情は捨てなければなりません。此のデンマークの土も、海も、民も、やがては君の掌《て》に渡されるのです。わしたちは、いま協力しなければいけません。わしを愛してくれとは申しません。わしだって君を、心の底から我が子と呼んで抱きしめる程の愛情は、打ち明けたところ、どうしても感ぜられない状態なのですから、君にだけ、無理に愛せよ等《など》とは言えません。ただ、人の見ている前だけでいいのです。それがお互いのくるしい義務です。天意だと思います。これには従わなければいけません。愛への潔癖よりも、義務への忍従のほうが、神の悦《よろこ》び賞するところだと信じます。また、はじめは身振りだけの愛の挨拶《あいさつ》であっても、次第に、そこから本当の愛が滲《にじ》んで湧《わ》いて来る事だってあると思います。」

ハム。「わかりました。それくらいの事は、僕にだって、わかっています。僕は、めんどうくさいんです。僕を、も少し遊ばせて置いて下さい。叔父さん、僕から一つお願いします。僕を、また、ウイッタンバーグの大学へ行かせて下さい。」

王。「二人だけの時は、叔父と呼んでも一向かまいませんが、王妃や臣下のいる前では、必ず父と呼ぶことを約束しなければなりません。こんな、つまらぬ事を、とがめだてするのは、わしは、つらくて恥ずかしいのですが、そんな些細《ささい》の形式が、デンマーク国の運命にさえ影響します。わしは、此の事を、さっきから君にたのんでいるのです。」

ハム。「そうですか。どうも。」

王。「君は、どうしてそうなんでしょう。わしが、ちょっとでも、むきになって何か言うと、すぐ、ぷんとして、そんな軽薄な返事をして、わしの言葉をはぐらかしてしまいます。」

ハム。「叔父さん、いや、王こそ、僕のお願いを、はぐらかします。僕は、ウイッタンバーグへ行きたいんです。それだけなんです。」

王。「本当ですか？　わしは、それを嘘《うそ》だと思っています。だから、聞えぬ振りをしようと思っていたのです。大学へ、また行きたいというのは、君の本心ではありません。それは、口実にすぎません。君は、そんな事を言って、ただわしに反抗してみているだけなのです。わしだって知っています。若いころの驕慢《きょうまん》の翼は、ただ意味も無くはばたいてみたいものです。やたらに、もがきたいのです。わしはそれを動物的な本能だと思っています。その動物的な本能に、さまざま理想や正義の理窟《りくつ》を結びつけて、呻《うめ》いているのです。わしは断言できる。君は、よし先王が生きておいでになっても、きっと、いまごろは先王に反抗している。そうして、先王を軽蔑し、憎み、わからずやだと陰口をきき、先王を手こずらせているでしょう。そんな年ごろなのです。君の反抗は肉体的なものです。精神的なものではありません。いま君は、ウイッタンバーグへ行っても、その結果が、わしには、眼《め》に見えるようです。君は大学の友人たちから英雄のように迎えられるでしょう。旧弊な家風に反抗し、頑迷《がんめい》冷酷な義父と戦い、自由を求めて再び大学へ帰って来た、真実の友、正義潔白の王子として接吻《せっぷん》、乾《かん》盃《ぱい》の雨を浴びるでしょう。でも、そのような異様の感激は、なんであろう。わしは、それを生理的感傷と呼びたいのです。犬が芝生に半狂乱でからだをこすりつけている有様と、よく似ていると思います。少し言いすぎました。わしは、その若い感激を、全部否定しようとは思いません。それは神から与えられた一つの時期です。必ずとおらなければならぬ火の海です。けれども人は一日も早く、そこから這《は》いあがらなければいけません。当りまえの事です。充分に狂い、焦《こ》げつき、そうして一刻も早く目ざめる。それが最上の道です。わしだって、君も知っているように決して聡明《そうめい》な人間ではありませんでした。いや、実に劣った馬鹿でした。いまでも、わしは、はっきり目ざめているとは言えません。けれども、わしは、君にだけは失敗させたくないと思っています。君は学友たちの、その場かぎりの喝采《かっさい》の本質を、調べてみた事がありますか。あれは、ふしだらの先輩を得たという安堵《あんど》ばかりです。お互いに悪徳と冒険を誇り合い、やがて薄汚い無能の老いぼれに墜落させ合うばかりです。わしは、わしの愚かな経験から君に言い聞かせているのです。わしは、永いあいだ放埒《ほうらつ》な大学生々活をして来ました。そうして、いまに残っているものは何でしょう。何もありません。ただ、いやらしい思い出です。呻くばかりの慚愧《ざんき》です。惰性の官能です。わしは、その悪習慣をもてあましました。いまだって、なおその処理にくるしんで居《お》ります。レヤチーズの場合は、ちがいます。あれには、出世という希望があります。出世という希望のあるうちは、人はデカダンスに落ちいる事はありません。君には、その希望がありません。落ちてみたい情熱だけです。君は既に三箇年間、大学の生活をして来ました。もう充分なのです。再び昔の学友たちと、あの熱狂を繰り返したら、こんどは取りかえしのつかぬ事になるかも知れません。少年の頃の不名誉の傷は、皆の大笑いのうちに容易になおりますが、二十三歳の一個の男子の失態の傷は、なまぐさく、なかなか拭《ふ》き取り難いものです。自重して下さい。大学生たちは、無責任な強烈な言葉で、君をそそのかすだけです。わしには、よくわかっています。さっき臣下の前では、わしは、他の理由で君の大学行きを止《と》めましたが、いや、たしかに、あの時申した事も重要な理由でしたが、それよりも、わしには、君のいまの驕慢の翼が心配だったのです。その翼の情熱の行方が心配だったのです。さっき臣下の前で申した事も、君には心掛けて置いてもらいたい、すなわち、わしの傍にいて実際の政治を見習うようにしてもらいたい、けれども、そんな政治上の思惑の他に、わしは君の父として、いや、愚かな先輩の義務として、君の冒険に忠告したかったのです。わしは君に、まことの父としての愛情が実感せられないとも言いましたが、けれども人間の義務感は、また別のものです。わしは、君の役に立ちたい。わしの愚かな経験から、やっと得た結論を、君に教えて、君を守りたいと思っているのです。君を立派に育てたいと念じているのです。それを疑っては、いけません。君は、デンマーク国の王子です。二無き大事な身の上です。もっと自覚を深めて下さい。レヤチーズなどと一緒にして考えてはいけません。レヤチーズは、君の一臣下に過ぎません。フランスへ行くのも、将来その身に箔《はく》をつけたい為《ため》です。だから、あの抜け目の無い、ポローニヤスだって、ゆるしたのです。君には、そんな必要がありません。どうか、ウイッタンバーグへ行くのは、怺《こら》えて下さい。これは、もうお願いではありません。命令です。わしには、君を立派な王に育て上げる義務があります。この王城にとどまり、間もなく佳《よ》い姫を迎える事にしようではないか、ハムレット。」

ハム。「僕は何も、レヤチーズの真似《まね》をしようとは思っていません。なんでもないんです。僕は、ただ、——」

王。「よし、よし、わかっています。昔の学友たちと逢《あ》いたくなったのでしょう。そんならウイッタンバーグまで行く必要は、いよいよありません。ホレーショーを、わしが呼んで置きました。」

ハム。「ホレーショーを!」

王。「うれしそうですね。あれは、君の一ばんの親友でしたね。わしも、あれの誠実な性格を高く評価して居ります。もう、ウイッタンバーグを出発した筈《はず》です。」

ハム。「ありがとう。」

王。「それでは握手しましょう。話合ってみると、なんでもない。これから、だんだん仲良くなるでしょう。どうも、きょうは、君にも失礼な事を言いましたが、悪く思わないで下さい。饗宴《きょうえん》の合図の大砲が鳴っています。皆も待ちかねている事でしょう。一緒にまいりましょう。」

ハム。「あの、僕は、も少しここで、ひとりで考えていたいんです。どうぞ、おさきに。」

ハムレットひとり。

ハム。「わあ、退屈した。くどくどと同じ事ばかり言っていやがる。このごろ急に、もっともらしい顔になって、神妙な事を言っているが、何を言ったって駄目《だめ》さ。自己弁解ばかりじゃないか。もとをただせば、山羊のおじさんさ。お酒を飲んで酔っぱらって、しょっちゅうお父さんに叱《しか》られてばかりいたじゃないか。僕をそそのかして、お城の外の女のところへ遊びに連れていったのも、あの山羊のおじさんじゃないか。あそこの女は叔父さんの事を、豚のおばけだと言っていたんだ。山羊なら、まだしも上品な名前だ。王さまの資格がないんだ。がらでないんだ。可哀《かわい》そうなくらいだ。資格がないのさ。王さまの資格がないんだ。山羊の王さまなんて、僕には滑稽《こっけい》で仕方が無い。でも、叔父さんは、油断がならん。見抜いていやがった。僕が本当は、ウイッタンバーグなんかに行く気が無いという事を知っていやがった。油断がならん。蛇《じゃ》の路《みち》は、へびか。ああ、ホレーショーに逢いたい。誰でもいい。昔の友人に逢いたい。聞いてもらいたい事があるんだ。相談したい事があるのだ！　ホレーショーを呼んでくれたとは、山羊のおじさん大出来だ。道楽した者には、また、へんな勘のよさがある。いったい山羊め、どこまで知っているものかな？　ああ、僕も堕落した。堕落しちゃった。

お父さんが、なくなってからは、僕の生活も滅茶滅茶《めちゃめちゃ》だ。お母さんは僕よりも、山羊のおじさんのほうに味方して、すっかり他人になってしまったし、僕は狂ってしまったんだ。僕は誇りの高い男だ。僕は自分の、このごろの恥知らずの行為を思えば、たまらない。僕は、いまでは誰の悪口も言えないような男になってしまった。卑劣だ。誰に逢っても、おどおどする。ああ、どうすればいいんだ。ホレーショー。父は死に、母は奪われ、おまけにあの山羊のおばけが、いやにもったいぶって僕にお説教ばかりする。いやらしい。きたならしい。ああ、でも、それよりも、僕には、もっと苦しい焼ける思いのものがあるのだ。いや、何もかもだ。みんな苦しい。いろんな事が此《こ》の二箇月間、ごちゃまぜになって僕を襲った。くるしい事が、こんなに一緒に次から次と起るものだとは知らなかった。苦しみが苦しみを生み、悲しみが悲しみを生み、溜《ため》息《いき》が溜息をふやす。自殺。のがれる法は、それだけだ。」

二　ポローニヤス邸の一室

レヤチーズ。オフィリヤ。

レヤ。「荷作りくらいは、おまえがしてくれたっていいじゃないか。ああ、いそがしい。船は、もう帆に風をはらんで待っているのだ。おい、その哲学小辞典を持って来ておくれ。これを忘れちゃ一大事だ。フランスの貴婦人たちは、哲学めいた言葉がお好きなんだ。おい、このトランクの中に香水をちょっと振り撒《ま》いておくれ。紳士の高尚《こうしょう》な心構えだ。よし、これで荷作りが出来た。さあ、出発だ。オフィリヤ、留守《るす》中はお父さんのお世話を、よくたのんだぞ。何を、ぼんやりしているのさ。此の頃なんだか眠たそうな顔ばかりしているようだが、思春期は、眠いものと見えるね。あたしにも苦しい事があるのよと思う宵《よい》にもぐうぐうと寝るという小唄《こうた》があるけど、そっくりお前みたいだ。あんまり居眠りばかりしてないで、たまにはフランスの兄さんに、音信をしろよ。」

オフ。「すまいとばし思うて？」

レヤ。「なんだい、それあ。へんな言葉だ。いやになるね。」

オフ。「だって、坪内さまが、――」

レヤ。「ああ、そうか。坪内さんも、東洋一の大学者だが、少し言葉に凝り過ぎる。すまいとばし思うて？　とは、ひどいなあ。媚《こ》びてるよ。いやいや、坪内さんのせいだけじゃない。お前自身が、このごろ少しいやらしくなっているのだ。気をつけなさい。兄さんには、なんでもわかる。口紅を、そんなに赤く塗ったりして、げびてるじゃないか。不潔だ。なんだい、いやに、なまめきやがって。」

オフ。「ごめんなさい。」

レヤ。「ちぇっ！ すぐ泣きやがる。兄さんには、なんでも、全部わかっているのだぞ。いままで、わざと知らぬ振りしていたのだが、それでも、遠まわしにそれとなくお前の反省をうながして来た筈なのに、お前は、てんで気にもとめない。のぼせあがっているんだから仕様が無い。僕は、なるべくならば、こんな、くだらない事には口を出したくなかったんだ。けがらわしい。でも、きょうは、どうにも僕の留守の間の事が心配になって、つい言い出してしまったのだが、こうなれば、いっそ全部お前に言って置いたほうがよいかも知れない。いいか、あの人の事は、あきらめろ。馬鹿な事だ。わかり切った事だ。あの人が、どんな身分の方《かた》か、それを考えたら、わかる事だ。出来ない相談だよ。断々乎《だんだんこ》として僕は反対だ。いま、はっきり言って置く。お前のたった一人の兄として、また、なくなられたお母さんの身代りとして、僕は、断然不承知だ。お父さんは、のんきだからまだ御存じないようだが、もしお父さんに知られたら、どんな事になるか。お父さんは責任上、いまの重職を辞さなければならぬ。僕の前途も、まっくらやみだ。お前は、てて無し子を抱えて乞食《こじき》にでもなるさ。いいか、あの人に、こう言ってくれ、レヤチーズの妹を、なぐさみものにしたならば、どいつこいつの容赦は無い、どのようなお身分の方であっても生かして置けぬと、レヤチーズが鬼神に誓って言っていました、とそう伝えてくれ。」

オフ。「兄さん！　そんなひどい事を、おっしゃってはいけません。あの方は、――」

レヤ。「馬鹿野郎。まだそんな寝言を言っていやがる。薄汚い。それでは、もっとはっきり言ってあげる。僕の反対するのは、何もあの人のお身分のせいばかりではないのだ。僕は、あの人を、きらいなのだ。大きらいだ。あの人は、ニヒリストだ。道楽者だ。僕は小さい時から、あの人の遊び相手を勤めて来たから、よく知っている。あの人は、とても利巧だった。ませていた。なんにでも直ぐに上達した。弓、剣術、乗馬、それに詩やら、劇やら、僕には不思議でならぬくらいによく出来た。けれども少しも熱が無い。一とおり上達すると、すぐにやめてしまうのだ。あきっぽいのだ。僕には、あんな性格の人は、いやだ。他人の心の裏を覗《のぞ》くのが素早くて、自分ひとり心得顔してにやにやしている。いやな人だよ。僕たちの懸命の努力を笑っているのだ。あんなのを軽薄才士というのだ。いやに様子ぶっていやがる。その癖、王さまや王妃さまに何か言われると大勢の臣下の前もはばからず、めそめそ泣き出す。女の腐ったみたいな奴《やつ》だ。オフィリヤ、お前は何も知らない。けれども、僕は知っている。あの人は、全然たのみにならぬ人だ。男は、此のデンマークに、森の木の葉の数よりも多く居るのだ。兄さんは、その中でも一ばん強い、一ばん優しい、一ばん誠実な、そして誰よりも綺麗《きれい》な顔の青年を、お前の為に見つけてあげる。ね、兄さんを信じておくれ。お前は今まで、兄さんの言う事なら何でも信じてくれたじゃないか。そうして兄さんは、お前を一度も、だました事は無かったね？ そうだろう？ よし、わかったね？ お願いだから、あの人の事は、もうきょう限り、あきらめろ。こんど、あの人が何かお前に、うるさく言ったら、レヤチーズが生かして置けぬと怒っていました、と知らせてやれ。あの人は意気地が無いから、蒼《あお》くなって震え上るに相違ない。わかったね？ もし万一、まあ、そんな事もあるまいけれど、お前が僕の留守中に、何か恥知らずの無分別でも起したなら、兄さんは、お前たち二人を、本当にそのままでは置かぬぞ。怒ったら、誰よりもこわい兄さんだという事を、お前は知っているね？ では、さあ、笑って別れよう。兄さんは、本当は、お前を信頼しているのだよ。」

オフ。「さようなら。兄さんもお元気で。」

レヤ。「ありがとう。留守中は、よろしく頼むよ。なんだか心配だな。そうだ、一つ、神さまの前で兄さんに誓言してくれ。どうも、気がかりだ。」

オフ。「兄さん、まだお疑いになるの？」

レヤ。「いや、そんなわけじゃないけど。じゃ、まあ、いいや。大丈夫だね？　安心していいね？　僕は、こんな問題には、あまり、しつこく口出ししたくないんだ。兄として、みっともない事だからね。」

ポローニヤス。レヤチーズ。オフィリヤ。

ポロ。「なんだ、まだこんなところにいたのか。さっき、いとま乞《ご》いに来たから、もうとっくに出発したものとばかり思っていた。さあ、さあ出発。おっと待て、待て。わかれるに当って、もう一度、遊学の心得を申し聞かせよう。」

レヤ。「ああ、それは、すでに三度、いや、たしかに四回うかがいましたけど。」

ポロ。「何度だっていい。十度くりかえしても不足でない。いいか、まず第一に、学校の成績を気にかけるな。学友が五十人あったら、その中で四十番くらいの成績が最もよろしい。間違っても、一番になろうなどと思うな。ポローニヤスの子供なら、そんなに頭のいい筈がない。自分の力の限度を知り、あきらめて、謙譲に学ぶ事。これが第一。つぎには、落第せぬ事。カンニングしても、かまわないから、落第だけは、せぬ事。落第は、一生お前の傷になります。としとって、お前が然《しか》るべき重職に就《つ》いた時、人はお前の昔のカンニングは忘れても、落第の事は忘れず、何かと目まぜ袖引《そでひ》き、うしろ指さして笑います。学校は、もともと落第させないように出来ているものです。それを落第するのは、必ず学生のほうから、無理に好んで志願する結果なのです。感傷だね。教師に対する反抗だね。見栄《みえ》だね。くだらない正義感だね。かえって落第を名誉のように思って両親を泣かせている学生もあるが、あれは、としとって出世しかけた時に後悔します。学生の頃《ころ》は、カンニングは最大の不名誉、落第こそは英雄の仕業と信じているものだが、実社会に出ると、それは逆だった事に気がつきます。カンニングは不名誉に非《あら》ず、落第こそは敗北の基と心掛ける事。なあに、学校を出て、後でその頃の学友と思い出話をしてごらん。たいていカンニングしているものだよ。そうしてそれをお互いに告白しても、肩を叩《たた》き合って大笑いして、それっきりです。後々の傷にはなりません。けれども落第は、ちがいますよ。それを告白しても、人はそんなに無邪気に笑って聞きのがしては、くれません。お前は、どこやら、軽蔑《けいべつ》されてしまいます。出世のさまたげ、卑屈の基。人生は、学生々活にだけあると思うと、とんだ間違い。よくよく気をつけて、抜け目なくやっておくれ。ポローニヤスの子じゃないか。つぎに、学友の選びかたに就いて。これもまた重大です。一学年上の学生を、必ずひとり、友人にして置かなければならぬ。試験の要領を聞くためだ。試験官の採点の癖を教えてもらえる。さらに、もうひとり、同学年の秀才と必ず親交を結ばなければならぬ。ノオトを貸してもらい、また試験の時には、お前の座席のすぐ隣りに坐ってもらうためであります。学友は、その二人だけで充分です。不要の交友は、不要の出費。さて、次は、金銭に就いて。これは、とりわけ注意を要する。金銭の貸借、一切、まかりならん。借りる事は、もとより不埒《ふらち》、貸す事もならん。餓死するとも借金はするな。世の中は、人を餓死させないように出来ています。うき世の人は、娘を嫁にやった事は忘れても、一両を他人に貸してやった事は忘れません。一両を十両にして返されても、やはり自分の貸してやった一両の事だけは忘れません。これまた永く出世のさまたげ。大望を抱く男は、一厘の借金もせぬものです。貸す事もならん。お前から借りた男は、必ずお前の悪口を言うだろう。自分で借りて肩身が狭く、お前をけむったいものだから、必ずどこかで、お前の陰口をたたきます。すなわち、やがて不和の基。お互いの友情に傷つくような事があっては残念ですから、わざとお貸し致しません、とはっきり言って相手の申し込みを断われるくらいの男でなければ、将来の大成は、まずむずかしいね。よいか？　金銭の取りあつかいには気をつけるのですよ。借りても駄目。貸しても駄目。つぎに飲酒。適度に行え。けれども必ず、ひとりで飲むな。ひとりの飲酒は妄想《もうそう》の発端、気鬱《きうつ》の拍車。飲めども飲めども気の晴れるものではない。一週一回、学友と飲め。それも、こちらから誘うのは、まずい。向うから誘われ、渋々応じるように心掛けるのが利巧者だ。意気込んで応じるのは、馬鹿のあわて者です。飲酒の作法は、むずかしい。泥酔《でいすい》して、へどを吐くは禁物。すべての人に侮《あなど》られる。大声でわめいて誰かれの差別なく喧嘩《けんか》口論を吹っ掛けるのも、人に敬遠されるばかりで、何一ついい事が無い。なるべくなら末席に坐り、周囲の議論を、熱心に拝聴し、いちいち深く首肯している姿こそ最も望ましいのだが、つい酒を過した時には、それもむずかしくなる。その時には、にこにこ笑って、のども破れよとばかり、大学の歌を歌え。歌い終ったら、突然立ち上って、また酒を飲むべし。相手から、あまりしつこく口論を吹っかけられた場合には、屹《き》っとなって相手の顔を見つめ、やがて静かに、君も淋《さび》しい男だね、とこう言え。いかな論客でも、ぐにゃぐにゃになる。けれども、なるべくならば笑って柳に風と受け流すが上乗。宴が甚《はなは》だ乱れかけて来たならば、躊躇《ちゅうちょ》せず、そっと立って宿へ帰るという癖をつけなさい。何かいい事があるかと、いつまでも宴席に愚図愚図とどまっているような決断の乏しい男では、立身出世の望みが全くないね。帰る時には、たしかな学友を選んでその者に、充分の会費を手渡す事を忘れるな。三両の会費であったら、五両。五両の会費であったら十両、置いてさっと引き上げるのが、いい男です。人を傷つけず、またお前も傷つかず、そうしてお前の評判は自然と高くなるだろう。ああ、それから飲酒に於《お》いて最も注意を要する事が、もう一つあります。それは、酒の席に於いては、いかなる約束もせぬ事。これは、よくよく気をつけぬと、とんだ事になる。飲酒は感激を呼び、気《き》宇《う》も高大になる。いきおい、自分の力の限度以上の事を、うかと引き受け、酔いが醒《さ》めて蒼くなって後悔しても、もう及ばぬ。これは、破滅の第一歩。酔って約束をしてはならぬ。つぎには、女。これもまた、やむを得ない。ただ、あの、自惚《うぬぼ》れだけは警戒しなさい。お前は、ポローニヤスの子だ。父と同様に、女に惚《ほ》れられる柄《がら》でない。お前は、小さい時から大鼾《おおいび》きをかく子であった事を忘れてはいけない。あのような大鼾きでは、女房以外の女なら必ず閉口します。女の誘惑に逢《あ》った時、お前は、きっとあの大鼾きを思い出す事にしなさい。いいか？　フランスできらわれても、デンマークには、お前でなければいけないという綺麗な娘もいるんだから、そこはお父さんにまかせて、向うでは、あまり自惚れないほうがよい。若い時の女遊びは、女を買うのではなく、自分の男を見せびらかしに行くんだから、自惚れこそは最大の敵と思っていなさい。さて、次は、――」

レヤ。「賭《と》博《ばく》です。五両だけ損して笑って帰る事です。儲《もう》けては、いけませんのです。」

ポロ。「その次は、――」

レヤ。「服装の事です。いいシャツを着て、目立たぬ上衣《うわぎ》を着るのです。」

ポロ。「その次は、――」

レヤ。「宿のおばさんに手土産を忘れぬ事です。あまり親しくしてもいけないのです。」

ポロ。「その次は、――」

レヤ。「日記をつける事と、固パンを買って置く事と、鼻毛を時々はさむ事と、ああ、もう船が出ます。お父さん、お達者で。むこうに着いたら、ゆっくりお便りを差し上げます。オフィリヤ、さようなら、さっき兄さんの言った事を忘れちゃいかんよ。」

ポロ。「あ、もう行ってしまった。なんて素早い奴だ。でも、まあ、あれくらい言って置いたらいいだろう。送金の限度に就いて言うのを忘れたが、あ、散策の必要も言い忘れたが、まあ、また後で手紙で言ってやる事にしよう。おや、オフィリヤ、顔色がよくないよ。兄さんが何かお前に無理な事を言ったんだね。わかっていますよ。お前にお小使い銭をねだったのでしょう？　お父さんから貰《もら》うだけでは不足だから、これからも毎月こっそり何程かずつ送るようにお前をおどかして命令したんだ。いや、それに違いない。わるい奴さ。」

オフ。「いいえ、お父さんちがいます。兄さんは、そんな、つまらないお方じゃないわ。大丈夫よ。いまのような、こまかい御注意などなさらなくても、兄さんは、みんな心得ていらっしゃるのに。」

ポロ。「それあ、そうさ。当り前の事だ。二十三にもなって、あれくらいの事を心得ていないで、どうする。同じ年齢でも、ハムレットさまなどに較《くら》べると三倍も大人だ。レヤチーズは、此の親爺《おやじ》よりも偉くなる子です。でも、あんなにやかましく、こまごま言ってやるのは、わしの、深く考えた上での計略なんだ。あの子だって、うるさいとは思っていながら、自分に何かとやかましく言ってくれる者が在るという思いは、また、あれにとって生きて行く張り合いになるのです。あれの行末を、ずいぶん心配している者が、ここに一人いるという事を、あれに知ってもらったら、わしはそれで満足なのだ。いろいろ、うるさい注意も与えてやりましたが、なに、みな出《で》鱈目《たらめ》ですよ。どうだっていい事ばかりです。レヤチーズには、レヤチーズの生活流儀があるでしょう。時代も、かわっているでしょう。レヤチーズは、自由にやって行っていいのです。ただ一つ、わしが心配して気をもんでいるのだという事実だけを、知ってもらえたらいいのです。それを覚えている限り、あれは決して堕落しません。わしは、なくなったお母さんと二人分、気をもんでいるのだ。それを、あの子に知ってもらいたかったのです。あの子は、それさえ覚えていたら、それを覚えている限りは、ああ、わしは、同じ事ばかり言っている。老いの繰り言という奴だ。わしも、いつの間にか、としをとったよ。オフィリヤ、ここへお坐《すわ》り、さあ、お父さんと並んで坐ろう。これで、よし。まあ、もう少しお父さんの愚痴も聞いておくれ。お前は、このごろ、だんだんお母さんに似て来たね。わしは、なんだか、お前のお母さんと話をしているような気がするよ。お母さんも、草葉の蔭《かげ》で喜んでいるだろう。レヤチーズは、あのように丈夫に育ったし、お前も優しく、おとなしくて、わしの身のまわりの世話をよくしてくれる。お前の事は、お城の外の人たちまで褒《ほ》めちぎっているそうだ。ポローニヤスのような親から、よくもあんな器量よしが生れたものだと、けしからぬ、が、まあいい、そんな噂《うわさ》さえ、わしは聞いている。本当に、お父さんは、いまは仕合せな筈《はず》だ。何ひとつ不足は無い筈なんだが、オフィリヤ、聞いておくれ、お父さんは、このごろ、なんだか、ふっと、とても心細くなる時があるのだ。お父さんは、もう、死ぬんじゃないか。いや、おどろく事は無い。何も、無理に死のうと言うのではない。お父さんは、いつも、百歳、いや百九歳くらいまで、なんとかして生きていたいと大真面目《おおまじめ》に考えていたものです。レヤチーズの立派に出世した姿を見て、大いに褒めて、これでわしも全く安心したと断言して、それから死にたいと思っていました。慾《よく》の深い話さ。でも、お父さんは、本気にそれを念じていました。わしには、いま、わし自身の楽しみというものは何もない。ただ、お前たちのために、生きていなければならぬと思っていたのだ。母のない子というものは、どんなに可愛《かわい》いものか、レヤチーズだって、お前だって知るまい。わしは、子供のためには、どんな、つらい事だってしてします。お父さんはね、こんな事まで考えていた。つまり、人生には、最後の褒め役が一人いなければならん。たとえばレヤチーズの場合、レヤチーズも、これから、人に褒められたいばかりに、さまざま努力するだろうが、そんな時に、世の中の人、全部があれを軽薄に褒めても、わしだけは、仲々に褒めてやるまい。早く褒められると、早く満足してしまう。わしだけは、いつまでも気むずかしい顔をしていよう。かえって侮辱をしてやろう。しかし、最後には必ず褒めます。謂《い》わば、最高の褒め役になろう。大いに褒める。天に聞えるほどの大声で褒める。その時あれは、いままで努力して来てよかったと思うだろう。生きている事を神さまに感謝するだろう。わしは、その、最後に褒める大声になりたくて、どうしても百九歳、いや百八歳でもよい、それまで生きているように心掛けて来たものだが、このごろ、それが、ひどくばからしくなって来た。褒めたくても怺《こら》えて小言《こごと》をいうのは、怒りたいところを我慢するのと、同じくらいに、つらいものです。そんなつらい役は、お父さんでなければ引き受ける人はあるまい。親馬鹿というんだね。親の慾だ。お父さんは、レヤチーズを、うんと、もっと立派にさせたくて、そんなつらい役をも引き受けようと、思っていたんだが、なんだか、このごろ、淋しくなった。いや、お父さんは、まだまだ、これからもお前たちには、こごとを言いますよ。さっきも、レヤチーズには、あんなに口うるさく、こごとを言いました。けれども、言った後で、お父さんは、ふっと心細くなるのです。つまりね、教育というものは、そんな、お父さんの考えているような、心の駈引《かけひ》きだけのものじゃないという事が、ぼんやりわかって来たのです。子供は親の、そんな駈引きを、いつの間にか見破ってしまいます。どうだい、わしにしては、たいへんな進歩だろう。レヤチーズは、しっかりしているけれども、やっぱり男だけに、まだ単純なところがあります。お父さんの巧妙な駈引きに乗せられて、むきになって努力するところがあります。それは、あれの、いいところだ。それを知っているから、お父さんも、レヤチーズには時々、駈引きをして、しかも成功しています。さっきお父さんが、大声でさまざまの注意を与えてやりましたが、レヤチーズは、うるさいと思っていながら、やっぱりお父さんの気をもんでいる事を知って、心底に生き甲斐《がい》を感じて出発したのです。けれども、オフィリヤ、ねえ、オフィリヤ、もっと、こっちへお寄り。お父さんが、さっきから、何を言いたがっているのか、わかりますか？」

オフ。「あたしを、叱《しか》っていらっしゃるのです。」

ポロ。「それだ。すぐ、それだ。お父さんはね、それだから、お前がこわいのです。このごろ、めっきり、こわくなった。お前には、わしの駈引きが通じない。すぐ見破ってしまう。以前は、そうでもなかったがねえ。オフィリヤ。――そうです。さっきからお父さんは、お前の事ばかり言っていたのです。本当に、お前の事ばかり心配して言っていたのです。叱ってくれないのですか？叱ってやしない。叱ってやしないけれど、なぜ、お父さんに、もっとはっきり言ってくれないのですか？お父さんには、それが淋しいのだ。レヤチーズの事なんか、わしは、そんなに心配していません。あれは大声で叱ってやると、いつでも、しゃんとなる子です。けれども、オフィリヤ、わしは、このごろ、お前を叱る事が出来ない。強い口調で、ものを言いつける事も出来ない。お父さんが、ふっと心細くなるのも、そのためです。百九歳まで生きるのが、いやになって来たのも、そのためです。教育は心の駈引きでないという事がわかって来たのも、そのためです。最高の褒め役なんてものが、ばからしくなったのも、そのためです。もう、死ぬんじゃないかという気がして来たのも、オフィリヤ、何もかも、お前のためです。オフィリヤ、泣く事は無い。さあ、お父さんに、お前の苦しいと思っている事をなんでも言って聞かせなさい。さっきから、お父さんは、お前が言い出すのを今か今かと待っていたのだ。だから、あんな意味もない愚痴めいた事を矢鱈《やたら》に述べて、お前のほうからも気軽く言い出せるようにしてやっていたのだが、どうも、お父さんは、やっぱり駈引きが多くていけないね。ごめんよ。お父さんは、ずるくていけないね。さあ、もうお父さんも計略はしないから、お前もお父さんを信頼して思い切って言ってみなさい。これ、立ってどこへ行くのだ。逃げなくてもよい。さ、お坐り。それでは、お父さんから言ってあげます。オフィリヤ、お前はさっき兄さんから、ひどく怒られていたようだね。送金の事なんかじゃ無かったんでしょう?」

オフ。「お父さん、ひどい。もう、たくさんです。」

ポロ。「よし、わかった。オフィリヤ！　お前は、ばかだねえ。レヤチーズの怒るのも無理はない。わしは、けさ或る下役から、いやな忠告を受けた。寝耳に水の忠告であったが、お前のこのごろの打ち沈んでいる様子と思い合せて、もしや、と思った。わしは、そうでない事を信じたかったが、とにかく、お前の心を傷つけない程度に、それとなく優しく尋ねてみようと思った。わしは、そのとおりに、精一ぱいに優しくいたわって尋ねたつもりだ。けれども、お前は頑固《がんこ》に、だまっていて、おまけにここから逃げて行こうとさえした。けれども、もう、わかりました。オフィリヤ、お前たちの恋愛は卑怯《ひきよう》だねえ。少しも無邪気なところが無い。濁っている。なぜ、わしたちに、そんなに隠さなければならなかったのか。相手のお方の態度も見上げたものさ。てんとして喪服なぞをお召しになって、ご自身の不義は棚《たな》にあげ、かえって王や王妃に、いや味をおっしゃる。いまの若い者の恋愛とは、そんなものかねえ。好きなら好きでよい。身分のちがいもあるが、それも、いまは昔ほど、やかましくはない筈だ。なぜ、無邪気に打ち明けてくれなかったのです。クローヂヤスさまだって、もののわからぬおかたではない。わしだって、若い時には間違いもやらかした。わるいようには、しなかったのだ。でも、もうおそい。こんなに評判が立ってからだと、具合が悪い。馬鹿だ。お前たちは、馬鹿だ。だめですよ。いくら泣いても、だめですよ。お父さんも、呆《あき》れました。それで？　レヤチーズは、全部を知っているのかね。」

オフ。「いいえ。兄さんは、そんな事なら生かして置けないと、言っていました。」

ポロ。「そうだろう。レヤチーズの言いそうな事だ。まあ、レヤチーズには黙っているさ。此の上あいつが飛び出して来たら、いよいよ事だ。いやな話だねえ。女の子は、これだから、いやだ。ふん、オフィリヤ。お前は、クイーンの冠を取りそこねた。」

三　高台

ハムレット。ホレーショー。

ハム。「しばらくだったな。よく来てくれたね。どうだい、ウイッタンバーグは。どんな具合だい。みな相変らずかね。」

ホレ。「寒いですねえ、こちらは。磯《いそ》の香がしますね。海から、まっすぐに風が吹きつけて来るのだから、かなわない。こちらは、毎晩こんなに寒いのですか？」

ハム。「いや、今夜はこれでも暖いほうだよ。一時は、寒かったがねえ。これからは暖くなる一方だ。もう、デンマークも、やがて春さ。ところで、どうだね、みな元気かね。」

ホレ。「王子さま。僕たちの事より、御自身はいかがです。」

ハム。「へんな言いかたをするね。何か、僕に就《つ》いて、悪い噂でも立っているのかね。ウイッタンバーグは、口がうるさいからなあ。ホレーショー。君は、へんだよ。何だか、よそよそしいね。」

ホレ。「いいえ、決してへんな事はありません。本当に、王子さま、あんたは大丈夫なんですか？　ああ、寒い。」

ハム。「王子さま、か。そんな筈じゃ無かったがねえ。おい、以前のようにハムレットと呼んでくれ。すっかり他人になってしまったね。君は、いったい、何しにエルシノアへ来たんだ。」

ホレ。「ごめん、ごめん。相変らずのハムレットさまですね。すぐ怒る。案外に、お元気だ。大丈夫のようですね。」

ハム。「いやな言いかたをするなあ。何か悪い噂を聞いて来たのに違いない。なんだい？　どんな噂だい、言ってごらん。叔父さんが君に、要らない事を言ってやったんだろう。きっとそうだ。ちっとも知りゃしない癖に、要らない事ばかり言いやがる。」

ホレ。「いいえ、王さまのお手紙は、情のこもったものでした。王子が退屈しているから、話相手になりにやって来てくれ、という勿体《もったい》ない程ごていねいな文面でした。ありがたいお手紙でした。」

ハム。「嘘《うそ》をつけ。何か他《ほか》の事も、その手紙に書いてあったに違いない。君だけは、嘘をつかない男だと思っていたがねえ。」

ホレ。「ハムレットさま。ホレーショーは昔ながらの、あなたの親友です。いい加減の事は申しません。それでは、全部、僕がウイッタンバーグで耳にした事を、そのまま申し上げましょう。どうも、ここは寒いですねえ。部屋へ帰りましょう。どうして僕を、こんなところへ引っぱり出して来たのです。顔を見るなり、ものも言わず、こんな寒い真暗なところへ連れて来て、やあ、しばらくだね、とおっしゃるのでは僕だって疑ってみたくなりますよ。」

ハム。「何を疑うのだ。そうか。だいたい、わかったような気がする。でも、それは、驚いたなあ。」

ホレ。「おわかりになりましたか？　とにかくお部屋へ帰りましょう。僕は、ジャケツを着て来なかったので。」

ハム。「いや、ここで話してくれ。僕もそれに就いて君に、大いに聞いてもらいたい事があるんだ。山ほどあるんだ。他の人に聞かれちゃまずいんだ。ここなら大丈夫だ。寒いだろうけれど、我慢してくれ。どうも人間は、秘密を持つようになると、壁に耳が本当にあるような気がして来る。僕も、このごろは少し疑い深くなったよ。」

ホレ。「お察し致《いた》します。このたびは、お嘆きも深かった事と存じます。故王には、僕も両三度お目にかかった事がございましたけれど、――」

ハム。「それどころじゃないんだ。嘆きがめらめら燃え出したよ。まあ、とにかく君がウイッタンバーグで聞いて来たという事を、まず、話してみないか。寒かったら、ほら、僕の外套《がいとう》をあげるよ。文明国に、あんまり永く留学していると皮膚も上品になるようだね。」

ホレ。「おそれいります。ジャケツを着て来なかったもので、どうもいけません。では外套を、遠慮なく拝借いたします。はあ、もう大丈夫です。だいぶ暖かになりました。ありがとう存じます。」

ハム。「早く話してみないかね。君はデンマークへ寒がりに来たみたいだ。」

ホレ。「まったく寒いですね。どうも失礼いたしました。ハムレットさま。では、申し上げます。おや、そこの暗闇《くらやみ》に人が立っているような気がしますけど。」

ハム。「何を言うのだ。あれは、柳じゃないか。その下に幽《かす》かに白く光っているのは、小川だ。川幅は狭いけれど、ちょっと深い。ついこないだ迄《まで》は凍っていたんだが、もう溶けて勢いよく流れている。僕よりも、もっと臆病《おくびょう》だね。どうも文明国に永く留学していると、――」

ホレ。「感覚も上品になるようであります。じゃ、誰も聞いていませんね？　どんな大事を申し上げても、かまいませんね？」

ハム。「いやに、もったいをつけやがる。僕がはじめから、ここは絶対に大丈夫だって言ってるじゃないか。それだから、君をここへ引っぱって来たんだ。」

ホレ。「それでは、申し上げます。おどろいてはいけません。ハムレットさま。大学の連中は、あなたの御乱心を噂して居《お》ります。」

ハム。「乱心？　それあ、また滅茶《めちゃ》だ。僕は艶聞《えんぶん》か何かだと思っていた。ばかばかしい。見たら、わかるじゃないか。どこから、そんな噂が出たのだろう。ははあ、わかった。叔父さんの宣伝だな？」

ホレ。「またそんな事をおっしゃる。王さまが、なんでそんな、つまらぬ宣伝をなさいますものか。絶対に、ちがいます。」

ハム。「ばかに、はっきり否定するね。山羊《やぎ》の叔父さんは、あれでなかなかロマンチストだからな。僕と親子になったら、かえって心は千里万里も離れて、愛情は憎悪《ぞうお》に変ったなんて、ひとりでひがんで悲壮がっているような人なんだから、こんどはまた、ぐっと趣向を変えて、先王が死に、嗣子のハムレットはその悲しみに堪え得ず気《き》鬱《うつ》、発狂。この一家の不幸を脊負い敢然立ったる新王こそはクローヂヤス。芝居にしたら、いいところだ。叔父さんの宣伝さ。叔父さんは自分を何とかして引き立て大いに人気を取りたいものだから、僕を此《こ》の頃《ごろ》ばか扱いにしているんだ。いろいろ苦心して、もったいをつけているよ。見ていて可哀《かわい》そうなくらいだ。でも、僕を気違いだなんて言いふらすのは、どうかと思うなあ。ひどい。叔父さんは、悪いひとだ。」

ホレ。「もう一度申し上げますが、これは、王さまの宣伝ではありません。ハムレットさま。お気の毒に。あなたは、何もご存じないのですね？　大学に伝わって来ている噂は、そんな、なまやさしいものではありません。ああ、僕は、もう言えない。」

ハム。「なんだい？　いやに深刻ぶった口調じゃないか。君は、叔父さんから何か言いつけられたね？　僕の反省をうながすように、とか何とか。そうなんだろう？」

ホレ。「もう一度、申し上げます。王さまのお手紙には、ただ、話相手になってやってくれ、とだけ書かれてございました。王さまは、よもや僕が、あなたのところに、こんな恐ろしい噂をもたらそう等《など》とは夢にも思召《おぼしめ》されなかった事と存じます。」

ハム。「そうかなあ。いや、そうかも知れん。もし叔父さんが、大学にそんな噂を撒《ま》きちらしたのなら、君を僕のところへ呼び寄せてくれるなんて危い事は、しない筈《はず》だからね。君がやって来たら、みんなばれちゃうんだからね。叔父さんでないとすると誰の仕業だろうね。わからなくなって来た。とにかく僕が発狂したというんだから、ひどいや。もっとも今の僕には、いっそ気でも違ったら仕合せだろうと思うくらいに、苦しい事もあるんだけどね。これはまあ、あとで話そう。ホレーショー。噂というのは、それだけかい？ なんだか、つづきがあるようじゃないか。言ってごらん。僕は平気だよ。平気だ。」

ホレ。「どうしても言わなければいけないでしょうか。」

ハム。「よせよ。自分から言い出して置きながら、いまになって、そんな卑怯《ひきよう》な逃げかたをするなんて。ウイッタンバーグじゃ、そんな呻《うめ》くような、きざな台詞《せりふ》が流行《はや》っているのかね？」

ホレ。「そんなら申し上げます。そんなにホレーショーの誠実を侮辱なさるんだったら申し上げます。本当に、平気でお聞き流し願います。つまらない、とるにも足らぬ噂です。臣ホレーショーは、もとより、そんな不埒《ふらち》な噂は信じていません。」

ハム。「どうだっていいよ、そんな事は。僕は不機嫌《ふきげん》になった。君もそんな固くるしい言いかたをするという事を、はじめて知ったよ。」

ホレ。「申し上げます。その噂は、このごろエルシノア王城に幽霊が出るという、

――」

ハム。「それあまた、ひどい。ホレーショー、本気かね。僕は、笑っちゃったよ。ばかばかしい。ウイッタンバーグの大学も、落ちたねえ。あの独自の科学精神を、どこへやった。もっとも、このごろ大学では、劇の研究が盛んなそうだから、中でも頭

の悪い馬鹿な研究生が、そんな下手なドラマを案出したのかも知れないね。それにしても、幽霊とは、なんて貧弱な想像力だ。それを面白がって、わやわや騒ぎ立てているとは、大学も、このごろは質《たち》が落ちたものさ。幽霊に、ハムレットの発狂。三文芝居にでもありそうな外題《げだい》だ。叔父さんは僕に、大学はつまらないから、よせと言ってくれたが、本当だ。叔父さんのほうが、よっぽど頭がいいや。そんなくだらない連中と交際して僕まで一緒になって幽霊騒ぎをするようになっては、叔父さんもこんどは心底から閉口だろう。も少し、気のきいた噂を立てないものかね。」

ホレ。「僕は信じていないのです。けれども、母校の悪口はおっしゃらないで下さい。僕は、何だか不愉快です。」

ハム。「しっけい。君は別だよ。叔父さんも、君の事だけは、ほめていたよ。誠実な男だと言っていた。わざわざ僕がウイッタンバーグまで行かずとも、ホレーショーひとりをこちらへ呼び寄せたならば、それでいいと言っていた。僕は本当は、大学へなど行きたくなかったんだけど、でも、君にだけは逢《あ》いたかった。」

ホレ。「忠誠をお誓い致します。なお、言葉を返すようですが、ただいまの奇怪の噂は、決して我がウイッタンバーグ大学から出たものではありません。それだけは、母校の名誉のために申し上げて置きたいと思います。その噂は、このエルシノアの城下より起り、次第にデンマーク一国にひろがり、とうとう外国の大学にいる者どもの耳にまではいって来たものであります。いかにも無礼な、言語道断の噂なので、このごろはホレーショーも、気が鬱してなりません。ハムレットさまは、きょうまで、少しもご存じなかったのですか？」

ハム。「知らんよ、そんな馬鹿げた事は。それにしても、ずいぶん広くひろがってしまったものらしいねえ。あんまり、ひろがると、馬鹿らしいと笑っても居られなくなるからね。叔父さんや、ポローニヤスたちは知っているのかしら。いったい、あの人たちは、どこに耳を持っているんだろう。聞えても、聞えぬふりをしているのかな？　腹黒いからなあ、あの人たちは。ホレーショー、いったい、それは、どんな幽霊なんだい？　少し気になって来た。」

ホレ。「その前に、はっきり、お伺いして置きたい事があります。かまいませんか？」

ハム。「ホレーショー、僕は君をこわくなって来たよ。早く言ってくれ。なんでもいいから早く言ってしまってくれ。あんまり、そんなに勿体ぶると、僕は君と絶交したくなりそうだ。」

ホレ。「申し上げます。申し上げてしまったら、なんでも無い事なのかも知れません。きっと、また、あなたがひどくお笑いになって、それだけですむ事なのでしょう。何だか僕にも、そんな明るい気がして来ました。それでも、念のために一つお伺いして置きますが、ハムレットさま、あなたは、勿論、現王のお人がらを信じていらっしゃいますね？」

ハム。「意外の質問だね。そいつは、ちょっと難問だ。こまるね。なんと言ったらいいのかなあ。むずかしいんだ。いいじゃないか、そんな事は。どうだって、いいじゃないか。」

ホレ。「いいえ、いけません。この際それを、はっきり伺って置かないと、僕は何も申し上げる事が出来ません。」

ハム。「手きびしいねえ。君は、変ったねえ。ばかに頑固《がんこ》になった。もとは、こんなじゃ無かったがねえ。まあ、いいや。御返事しましょう。なんだって今更、そんな事を僕に聞くんだね？　叔父さんは、だらしないところもあるけど、でも、そんなに悪いひとじゃないんだ。でも人がらを信じるかと聞かれると、僕も、ちょっと困るんだ。何か、叔父さんに就いて悪い噂でもあるのかね？　それあ、いろいろ人は言うだろう。なんにしても、こんどは少し、まずかったからね。でも、あれは、もちろん叔父さんひとりできめた訳じゃ無いんだ。そんな事は出来るもんじゃない。ポローニヤスをはじめ、群臣の評定に依《よ》って取りきめられた事なんだ。僕だって今すぐ、位に即《つ》けるほどの男じゃない。いま、デンマークは、むずかしい時らしいからね。ノーウエーとも、いつ戦争が起るか、わかったものじゃない。僕には、まだ自信が無いんだ。叔父さんが位に即いてくれて、僕はかえって気楽になった。本当だよ。僕は、もう暫《しばら》く君たちと自由に冗談を言い合って遊んでいたいよ。なんでもないんだ。もともと、叔父と、甥《おい》の仲じゃないか。一ばん近い肉親だ。それあ僕は、叔父さんには何かと我がままを言うよ。いやがらせを言ってやる事もある。軽蔑《けいべつ》してやる事もある。わざとすねて、ろくに返事もしてやらない時だって、ずいぶんある。でも、それは叔父と甥の間の事だ。僕は、甘えているのかも知れない。でも、それくらいの事は、叔父さんだってわかってくれていると思うんだ。僕は、やっぱり叔父さんを、たよりにしているところもあるんだからね。いい叔父さんだよ。気が弱いんだ。政治の手腕だって、たいした事は無いだろうし、それに、何といったって、もとをただせば山羊のおじさんなんだからね、がっかりしちゃうよ。いろいろ努力しているようだけど、もともと、がらでないんだからね。気の毒なんだ。お父さんと呼べって言うんだけど、僕には出来ない。お母さんもまた、まずい事をしたものさ。ハムレット王家の基礎を固めるためには、それが一ばんいいと皆が言うので、母もその気になったらしいが、どんなものかねえ。あの人たちは、もうとしをとっているし、まあ茶飲友達でも作るような気持で結婚したんだろうが、僕には、やっぱり何だか、てれくさいな。でも僕は、そんな事は、あまり深く考えないようにしているんだ。仕様がないじゃないか。人の子として、あれこれ親の事を下劣に詮索《せんさく》するのは許すべからざる悪徳だ。そんな下等の子は、人間の仲間入り出来ない。そうじゃないかね。一時は、たまらなく淋《さび》しかったけれど、僕は今では、考えないようにしている。僕ひとりの愛憎の念に拠《よ》って、世の中が動いているものでもないんだしね、まあ、あの人たちの事は、あの人たちに任せるより他は無いよ。どうだね？　答弁は、これくらいで許してくれよ。どうも、いろいろ複雑なんだ。だけど叔父さんは、悪いひとじゃない。それだけは、たしかだ。小さい策士かも知れないけれど、決して大きい悪党じゃない。何が出来るもんか。」

ホレ。「ありがとう。ハムレットさま。それを伺って、僕は、全く安心しました。どうか、これからも王さまを、変らず信じてあげて下さい。僕も、いまの王さまを好きなのです。文化人でいらっしゃる。情の厚いお方だと思う。ハムレットさまの、いまの御意見は、僕に百倍の勇気を与えて下さいました。僕からお礼申します。ハムレットさまは、やっぱり、昔のままに明朗ですねえ。純真の判断には、曇りが無い。いいなあ、僕は嬉《うれ》しくなっちゃった。」

ハム。「おだてちゃいけない。急に御機嫌がよくなったじゃないか。勝手な奴《やつ》さ。ホレーショー、君もやっぱり、昔のままの、おっちょこちょいだよ。それで？　噂ってのは、何さ。僕が乱心して、幽霊が出て、それから何が出たんだ。鼠《ねずみ》でも出たか。」

ホレ。「鼠どころか、いや実に愚劣だ。言語道断だ。けしからぬ。デンマークの恥だ。ハムレットさま、お話しましょう。いや、どうにも、無礼千万、奇怪至極、尾籠《びろう》低級！」

ハム。「もういい、そんな下手な形容詞ばかり並べられても閉口だ。君もウイッタンバーグの劇研究会に入会したのかね。」

ホレ。「まず、そんなところです。ちょっと憂国の詩人という役を演じてみたかったのです。僕は、本当は、もう安心しちゃったのです。さっきハムレットさまから、あんな明快な判断を承って、心に遊びの余裕が出ました。ハムレットさま、笑っちゃいけませんよ、実に、ばからしい噂が立っているのです。あなたは、きっとお笑いになるでしょう。でも、これは、デンマークの国中にひろがり、外国の大学にいる僕たちの耳にまではいって来ているんですから、ただ笑ってすます訳にもいかないと思うんです。大いに取りしまりの必要があります。笑っちゃいけませんよ。どうも、僕も、申し上げるのが馬鹿馬鹿しくなって来ました。先王の幽霊が毎晩あらわれて、かたきをとっておくれって頼むんだそうですよ、ハムレットさま、あなたに。」

ハム。「僕にかい？　へんだなあ。」

ホレ。「まったく。なっちゃいないんです。その上、ばからしい、まだつづきがあるんです。その幽霊の曰《いわ》くです、我輩はクローヂヤスに殺された、クローヂヤスは、わが妃に恋慕し、――」

ハム。「そいつあ、ひどい。恋慕はひどい。お母さんは総入歯だぜ。」

ホレ。「だから、笑っちゃいけませんと言ったじゃないですか。まあ、お聞きなさい。つづきがあるんです。妃を横取り、王位も共に得んとして、我輩の昼寝の折に、油断を見すまし忍び寄り、わが耳に注ぎ入れたる大毒薬、というわけなんですがね、念がいってるでしょう？　やよ、ハムレット、汝《なんじ》孝行の心あらば此のうらみ、ゆめゆめ忍ぶ事なかれ、と。」

ハム。「よせ！　たとえ幽霊にもせよ、父の声色《こわいろ》を、やたらに真似《まね》るのは止《よ》し給《たま》え。死者の事は、厳粛にそっとして置いてやってくれ。少し冗談が過ぎたようだね。」

ホレ。「ごめんなさい。うっかり調子に乗りました。決して故王の御遺徳を忘却したわけではありません。あまり馬鹿らしい話なので、つい、ふざけ過ぎてしまいました。ごめんなさい。心ならずも、ハムレットさまの御愁傷の筋に触れてしまいました。

どうも、ホレーショーは、おっちょこちょいでいけません。」

ハム。「いや、なんでもないんだ。僕こそ大声で怒鳴ったりなんかして失礼した。わがままなんだよ。気にかけないでくれ。それから、その幽霊は、どうなるんだね？話してくれよ。奇想天外じゃないか。」

ホレ。「はい、その幽霊は、毎晩のようにハムレットさまの枕《まくら》もとに立ってそう申しますので、ハムレットさまは、恐怖やら疑心やら苦悶《くもん》やらで、とうとう御乱心あそばされたという根も葉も無い話でございます。」

ハム。「あり得る事だ。」

ホレ。「え？」

ハム。「あり得る事だろうよ。ホレーショー、僕は何だか、気持が悪くなった。ひどい噂を立てやがる。」

ホレ。「やっぱり、申し上げないほうがよかったんじゃないでしょうか。」

ハム。「いや、聞かせてもらって大いによかった。汝、孝行の心あらば、か。ははん、ホレーショー、その噂は本当だよ。僕は、お人好しだったよ。」

ホレ。「何をおっしゃる。つむじを曲げるとは、その事です。はしたない民の噂に過ぎません。どこに根拠があるのです。」

ハム。「君には、わからん。僕は、くやしいのです。わからんだろうね。根も葉も無い事で侮辱をうけるのと、はっきりした根拠があって噂を立てられるのと、どっちが、くやしいものか、考えてごらん。僕は必ず、その根拠を見つける。ハムレット王家の者、お父さんも、叔父さんも、お母さんも僕も、まるっきり根拠の無い事で、そんなに民に嘲弄《ちょうろう》されているのは、僕として我慢が出来ん。何か根拠があるのだろうよ。そんなに、まことしやかに言い伝えられている程だから、或《あ》るいは、本当にあり得る事かも知れないじゃないか。何か根拠があったなら、かえって僕も気が楽だ。根拠も何も無い不当の侮辱には、僕は堪えられない。ハムレット王家は、民に嘲弄せられたのだ。叔父さんも、可哀そうに。せっかく一生懸命努力しているところなのに、そんな噂を立てられちゃ、台無しだ。ひど過ぎる。不愉快だ。僕が直接、叔父さんに尋ねてやる。何か根拠を、突きとめてやらなくちゃ気がすまん。ホレーショー、手伝ってくれるね？」

ホレ。「そんなら、責任は、僕にあります。ああ。僕に任せて下さいませんか。ハムレットさま、失礼ですが、あなたは少し、すねています。僕には、あなたが悪くすねて居られるのだとしか思われない。あなたは、さっきあれほど濁りなくお笑いになっていらっしゃったじゃありませんか。もとより根も葉も無い不埒な噂なのです。王さまに、ぶしつけにお尋ねになるなんて、とんでもない事です。いたずらに王さまを、お苦しめなさるだけです。僕は、あなたの先刻《さっき》の明快な御判断を、あくまでも信じたい。あなたは、もう、お忘れになったのですか。王さまを、信頼なさっているとおっしゃったじゃありませんか。あれは、出鱈目《でたらめ》だったのですか？」

ハム。「程度があるよ。侮辱にも、程度があるよ。僕の父が、幽霊になってそんな、不潔な無智《むち》な事をおっしゃるようなお方だと思っているのか。わあ、何もかも馬鹿げている。そんならいっそ、僕も本当に乱心してやろうか。よろこぶだろう。ホレーショー、僕は、すねた。すねてやるとも。わからん、君には、わからん。」

ホレ。「あとで、ゆっくり御相談申したいと思います。臣ホレーショー、一代の失態でした。こんなに興奮なさるとは、思いも寄りませんでした。ハムレットさま、相変らずですね。」

ハム。「ああ、相変らずだよ。相変らずのお天気屋だよ。おっちょこちょいは、僕のほうでもらってもいいぜ。僕は、修養が足りんよ。こんなに馬鹿にされてまで、にこにこ笑って居れるほどの大人物じゃないんだ。ホレーショー、その外套《がいとう》を返しておくれ。こんどは、僕のほうで寒くなった。」

ホレ。「お返し致《いた》します。ハムレットさま、いずれ明日、ゆっくりお話いたしたいと存じますが。」

ハム。「望むところだ。ホレーショー、怒ったのかい？　ああ、浪《なみ》の音が聞えるね。ホレーショー、僕は今夜、もっと大事の秘密も君に聞いてもらいたいと思っていたんだけど、も少し、つき合ってくれないか？　今の噂に就《つ》いても、もっと話合ってみたいし、それから、も一つ僕には苦しい秘密があるんだよ。」

ホレ。「いずれ、明日、お互いに落ちついてからにしていただきたく存じます。今夜は、おゆるし下さい。僕も、ゆっくり考えてみたいと思っています。僕は、何せ、ジャケツを着て居りませんので。」

ハム。「勝手にし給え。君は人の興奮の純粋性を信じないから駄目《だめ》だ。じゃ、まあ、ゆっくりお休み。ホレーショー、僕は不仕合せな子だね。」

ホレ。「存じて居ります。ホレーショーは、いつでも、あなたの味方です。」

四　王妃の居間

王妃。ホレーショー。

王妃。「私が、王にお願いして、あなたをウイッタンバーグからお呼びするように致しました。ハムレットには、ゆうべ、もう逢《あ》いましたでしょうね。どうでしたか？まるで、だめだったでしょう？　どうして急に、あんなになったのでしょう。言う事は、少しも取りとめがなく、すぐ、ぷんと怒るかと思えば、矢鱈に笑ったり、そうかと思えば大勢の臣下のいる前で、しくしく泣いて見せたり、また、あらぬ事を口走って王に、あなた、食ってかかったりするのです。あの子ひとりの為《ため》に、私は、どんなにつらい思いをするかわかりません。以前も、気の弱い、どこか、いじけたところのある子でしたが、でも、あれ程ではありませんでした。気がむくと、とても奇抜なお道化《どけ》を発明して、私たちを笑わせてくれたものでした。たいへん無邪気なところもありました。なくなった父の、としとってからの子ですから、父も、ずいぶん可愛《かわい》がって、私も、大事な一人きりの子ですし、なんでもあの子の好きなようにさせて育てましたが、それが、あの子の為に、よくなかったようでした。どうも、両親の、としとってからの子は、劣るようです。いつまでも両親を頼りにして、甘えていけません。あの子は、なくなった父を好きでして、大学へはいるようになっても、休暇でお城へ帰ると、もう朝から晩まで父のお居間にいりびたりでした。子供の頃《ころ》には、尚《なお》ひどくて、ちょっとでも父が見えなくなると、もう不機嫌《ふきげん》で、どこへいらっしゃったかと、みんなに尋ね廻って閉口でした。その父が、あんな不慮の心臓病とやらで、突然おなくなりになったものですから、あの子は、もう、どうしていいか、わからなくなったのでしょう。先王が、おなくなりになってから、急に目立っていけなくなりました。それに私が、まあ、みっともない事ですが、此《こ》のデンマークの為とあって、クローヂヤスどのと、名目ばかりですが、夫婦になったという事も、あの子にとっては意外な事件で、よっぽど気持を暗くさせたのではないかと思います。いろいろ考えてみると、あの子が可哀《かわい》そうにもなります。無理もないとも思います。でも、あの子だって、デンマーク国の王子ハムレットです。やがては位を継がなければならぬ人です。父や母が、一時に身辺から去ったといって、いつまでも、泣いたり、すねたりしていると、第一、臣下に見くびられます。いまは大事なところだと思います。私がクローヂヤスどのと結婚したとは言っても、別段よそのお城へ行くわけでなし、今までどおりに、やっぱりハムレットの実母として、一緒に暮して行く筈《はず》ですし、また、現在の王も、もともと他人ではなし、ハムレットとあんなに仲のよかった叔父上なのですから、ハムレットさえこの頃のひがんだ気持を、ちょっと持ち直してくれたら、すべてが円満に、おだやかに行くものと、私は思います。クローヂヤスどのも、昔のような軽薄の行状をつつしみ、いまは、先王に劣らぬ立派な業績を挙げようとして一生懸命なのです。ハムレットの事も、ずいぶん心配して居《お》られます。義理ある仲ですから、いろいろ遠慮もある事でしょう。私が、その二人の仲にはいって、いつも、はらはらしています。ハムレットは、てんで、もう叔父上を、ばかにしているのですもの。あれでは、いけません。かりにも父となり、子となったからには、ハムレットも、も少し礼儀を弁《わきま》えなければいけません。もう昔の、山羊のおじさんではないのですものね。デンマークは今、あぶない時なのだそうです。ノーウエーでは、もう国境に兵隊を繰り出しているという噂《うわさ》さえあるじゃありませんか。本当に、そんな大事な時に、なんという事でしょう。ハムレットさえ、機嫌よく私たちに、なついてくれたら、このエルシノア王城の人心も治り、王も意を強うして外国との交渉に専心出来ますのに。ばかな子ですよ。デンマーク国の王子だという、自覚が足りないと思います。二十三にもなって、女の子のように、いつまでも、先王や母の後を追っています。ホレーショー、あなたは、ことしいくつになります。」

ホレ。「はい、おかげさまで、二十二歳になりました。」

王妃。「そうでしょう。ハムレットは、あなたより一つ兄の筈だと思っていました。まるで逆です。あなたのほうが、五つも年上のように見えます。おからだも御丈夫のようだし、学校の成績もいいそうですし、何よりも態度が落ちついていらっしゃる。

お父さんも、お母さんも変りなく、お達者でいますか？」

ホレ。「ありがとう存じます。相かわらず田舎の城で、のんきに暮して居ります。御仁政のおかげでございます。」

王妃。「私は、あなたのお母さんを、うらやましく思います。こんな立派なお子さんがおありだと、どんなに楽しみな事でしょう。それに較《くら》べてハムレットは、もう私は、あんな具合だと末の見込みも無いような気がします。ささいな悲しみにも動転して、泣くやら、ふてくされるやら、――」

ホレ。「お言葉に逆らうようですが、ハムレットさまは、いや王子さまは、いや、ハムレットさまは、決して、そのように劣ったお方ではございません。僕の尊敬している唯一《ゆいいつ》のお方です。僕こそ、つまらぬ、おっちょこちょいなのです。僕は、いつでも、ハムレットさまに叱《しか》られてばかりいるのです。僕は、ハムレットさまを大好きです。だから僕は、ハムレットさまの前に立つと、いつも、しどろもどろになります。ハムレットさまは、とても頭がいいから、僕の言おうとしている事は、言わないさきから御承知になっています。やりきれないくらいです。」

王妃。「それは何も、あの子の美点ではありません。あなたが、親友をかばう気持も、わかりますが、何も、あの子の欠点を特に挙げて褒《ほ》めるには及びません。あの子は、小さい時から、人の顔いろを読みとるのが素早かったのです。それは、かえって性質のいじけている証拠なのです。立派な男子には、不必要な事です。」

ホレ。「お言葉に逆らうようですが、そんなにいちいち、ハムレットさまを悪くおっしゃるのは、いけないと思います。僕の母は、僕より先に寝室へひっこんだ事は、一度もありませんでした。僕が寝るまでは、起きていました。さきに寝よ、と僕が言っても、お前は私ひとりの子ではない、いまに、王さまの立派なお家来になるべき人です、私はお前を王さまからお預り申しているのです、失礼な事があってはならぬ、と言って、決してさきに寝ませんでした。僕のような取り柄《え》のない子供でも、そんなに、まともに敬愛されると、それでは、しっかりやろうと思うようになります。王妃さまは、あんまりハムレットさまを悪く言いすぎます。それでは、ハムレットさまの立つ瀬が無くなります。王妃さまだって、さきほど、おっしゃったではございませんか。ハムレットさまは、デンマーク国の王子だ、とおっしゃったのをお忘れでございますか。ハムレットさまは、デンマーク国の王子です。王妃さまおひとりのお子ではございません。また、僕たちがこれから身命を献《ささ》げてお守り申すべき御主人です。ハムレットさまを、もっと大事にしてあげて下さい。」

王妃。「おやおや、あなたから逆に頼まれるとは思い掛けない事でした。ハムレットへの一途《いちず》の忠誠の気持は、わかりますが、やはり子供ですね。そんな思い上ったものの言いかたは、これからは、許しませんよ。実の親子の真情は、他《ほか》のものには、わからぬ場合が多いものです。決して、とやかく口出ししてはならぬものです。あなたのお母さんも、本当に賢母のようで、私と流儀が違うようですが、けれどもそれは、私でさえ、とやかく言ってはならぬ事です。親子の事は、親子に任せるのがいいのです。臣下の場合と、王家の場合とでは、ずいぶん事情もちがいますから、一時の熱狂から無礼の指図は、これからは、許しませんよ。時に、ハムレットは、あなたに何か申しましたか。」

ホレ。「はい、別に何も、――」

王妃。「急に、そんなに固くならなくてもいいのです。さっきの元気は、どうしました。ハムレットに似ていると言われますよ。男の子なら男らしく、叱られても悪びれず、はっきり応答するものです。ハムレットは、また、私たちの悪口を言っていたでしょう？　そうですね？」

ホレ。「お言葉に逆らう、いや、お言葉に、――お逆らい、――」

王妃。「何を言っているのです。男は、あんまり、びくびくするのも、みっともないものです。無闇《むやみ》な指図の他は、お逆らいでも何でも許してあげますから、男らしく、もっとはっきり言いなさい。ハムレットは、私たちの事を何と言っていました。」

ホレ。「お気の毒だと、御同情申して居られました。」

王妃。「御同情? お気の毒? へんですね。あなたは、また、かばっているのですね? ハムレットから、いろいろ口どめされたのでしょう。」

ホレ。「いいえ、お言葉に逆らうようですが、ハムレットさまは、口どめなどと、そんな卑怯《ひきよう》な事をなさるお方ではありません。ハムレットさまは、その人に面《めん》とむかって言えない事は、陰でも決して申しません。言いたい事があると、必ず、面と向って申します。大学時代もそうだったし、いまだってそうです。だから、ハムレットさまは、いつも、そんばかりしています。」

王妃。「あなたは、ハムレットの事になると、すぐそんなに口をとがらせて、大声になりますが、よっぽど気が合っているものと見える。ハムレットは、身分を忘れ、もの惜しみという事も知らない質《たち》だから、目下《めした》の者には人気があるようですね。」

ホレ。「王妃さま。何をか言わむです。僕は、もうお答え致しません。」

王妃。「あなたの事を言ったのではありません。あなたは、ハムレットの親友じゃありませんか。ハムレットだけでなく、私だって、あなたを頼りにしています。こうしてお話を伺っているうちに、いろいろ私にもわかって来る事があるのです。そんなにすぐ怒るところなど、本当にハムレットそっくりです。いまの若い人たちは、少しずつ、どこか似ていますね。そんなに蒼《あお》い顔をなさらず、もっと打ち解けて私になんでも話して聞かせて下さい。ハムレットが他人の陰口を言わない子だという事も、あなたから伺ってはじめて知りました。もし、それが本当なら、私だってうれしく思います。あの子にも案外、いいところがあったのかも知れません。」

ホレ。「だから、僕がさっき、――」

王妃。「もうよい。ぶんを越えた、指図はゆるしません。あなたたちは、興奮し易《やす》くていけません。ハムレットはまた、何だって私たちを、気の毒だの何だのと、殊勝な事を言っているんでしょう。ふだんの、あの子らしくも無いじゃありませんか。本当かしら。」

ホレ。「王妃さま。僕でさえ、王妃さまをお気の毒に思います。」

王妃。「また、そんな事を言う。としよりをからかうのは、あなたたちの悪い癖です。私が、どうして気の毒なのです。さ、はっきり言ってみて下さい。私は、そんな、思わせぶりの言いかたは大きらいなのです。」

ホレ。「申し上げます。王妃さまは、ハムレットさまのお心を、何もご存じないからです。ハムレットさまは、ゆうべホレーショーに、こう言いました。僕がこのように若冠ゆえ、叔父上にも母上にも御迷惑をおかけする事が多くて、お気の毒だ、としみじみ申して居りました。叔父上が位に即《つ》いて下さって、僕はどんなに助かるかわからない、とも申して居りました。ハムレットさまは、現王の愛情を信じていらっしゃるのです。或《ある》いは、わがままを申し、或いは、いやがらせをおっしゃる事がありましても、それは叔父上と甥《おい》の間の愛情に安心して居られるからであります。一ばん近い肉親じゃないか、なんでもないんだ、僕は、甘えているのかも知れないが、でも叔父上だってわかって下さってもいいものを、愛情が憎悪《ぞうお》に変ったなどと叔父上はおひとりで、ひがんでおいでになるのだから可笑《おか》しいと申して居られたくらいです。僕は叔父上を本当は好きなんだ、とも申していました。それを伺ってホレーショーは、泣くほど嬉《うれ》しく有難く思いました。デンマーク万歳《ばんざい》を、心の中で叫びました。ハムレットさまは、立派な王子です。みだりに人を疑いません。御判断は麦畑を吹く春の風のように温く、爽《さわ》やかであります。一点の凝滞もありません。王妃さまの事は、もちろん生みの御母上として絶対の信頼と誇りとを以《もっ》てホレーショーに語って下さいます。この度の御結婚に就いても、人の子としてとやかくそれを下劣に批判申し上げるのは最大の悪徳、人間の仲間いりが出来ないと申して居ります。」

王妃。「誰が？　誰が、人間の仲間いりが出来ないのです。はっきり、もう一度、言ってみて下さい。」

ホレ。「はっきり申し上げている筈でございます。王妃の御結婚を、人の子として、とやかく卑《いや》しく想像するような下等な奴は、死んだほうがいいという意味であります。ハムレットさまの御気質は高潔です。明快であります。山中の湖水のように澄んで居ります。ホレーショーは、ゆうべはハムレットさまから数々の尊い御教訓を得たのであります。ハムレットさまは、僕たち学友一同の手本であります。」

王妃。「たいへんですね。ハムレットを、そんなに褒めていただいては、私まで顔が赤くなります。あなたの尊敬している子は、あの子ではなくて、どこかよその、ハムレットという名前の、立派な子なのでしょう。私には、あの子が、そんな男らしい口をきける子だとは、どうしても思えません。あなたは、どうしてそんなに言い繕うのですか。生みの母ほど、子の性質を、いいえ、子の弱点を、知っているものはありません。それは、そのまま母の弱点でもあるからです。私だって欠点の無い人間じゃないのです。私の人間としての到《いた》らなさは、可哀そうにあの子にも伝わっているのです。私は、あの子の事に就いては、あの子の、右足の小指の黒い片端爪《かたわづめ》まで知り抜いているのです。あなたが私を、うまく言いくるめようたって、それは出来ません。もっと打ち明けた話を聞かせて下さい。あなたは何か隠して居られる。ハムレットが、いまのあなたのおっしゃったように、ものわかりのいい素直な子だったら、私も心配はありません。けれども私には信じられないのです。あなたが私に、まるっきり嘘《うそ》をついていると思いません。あなたは、嘘の不得手な純真なお子です。また、あの子にも、いまあなたのおっしゃったような、あっさりした一面がたしかにある事も、私はとうから存じて居ります。ゆうべは、あなたに、そのいい一面も見せたのでしょう。けれども、あなたは他に、何か隠して居られる。あの子の此の頃の様子を見たって、すぐにわかる事ですが、あの子の本心は決して、いまのあなたのお言葉どおりに曇りなく割り切れているようでないのです。ただ、肉親という事実に安心し、甘えて駄々《だだ》をこねているのだとは、どうしても私には思われません。ホレーショー、どうですか。本当のところを知らせて下さい。母としての愛ゆえに、疑い深くなるのです。あなたが、懸命にハムレットを弁護して下さるのは、私も内心は嬉しく思っているのです。なんで嬉しくない事がありましょう。ハムレットは、いいお友達を持って仕合せです。でも、私の心配は、もっと深いところにあるのです。あの子が、何か苦しい事でもあるならば、率直に此の母に打ち明けてくれたらいいと私ひとりは、はらはらしているのに、ハムレットは、言を左右にして、ごまかしてばかりいるのです。ハムレットの今の難儀に、母も一緒に飛び込んで、誰にも知られず解決したいと念じているのです。

わかりますか？　母は、おろかなものです。さっきから、あなたに意地の悪いような事ばかり申しましたが、決してハムレットを憎くて言っているのではないのです。こんな事は、あんまり当り前すぎて、言うのも恥ずかしいのですが、私が、此の世で一ばん愛しているのは、あの子です。やっぱり、ハムレットです。愛しすぎているほどです。あの子が、ひとりで悶《もだ》えているさまを、私は見て居られないのです。お願いです、ホレーショー、私の力になって下さい。ハムレットは、どんな事でくるしんでいるのですか。あなたは、ご存じない筈がありません。」

ホレ。「王妃さま。僕は、存じていないのです。」

王妃。「まだ、そんな、――」

ホレ。「いいえ、残念ながら、僕は、本当に知らないのです。ゆうべ、実は、僕、大失態を致《いた》しました。たしかに、ハムレットさまには、王妃さまのおっしゃるように特別な内心の苦悩がおありのようでした。それを僕に、たいへん聞かせたい御様子でありましたが、僕はジャケツを着て居りませんでしたので、非常に寒く、落ちついて承る事が出来ませんでした。僕は、馬鹿であります。なんのお役にも立ちません。お役に立たないばかりか、ゆうべは、かえって罪をさえ犯しました。王妃さま、とんでもない事になってしまいました。僕はウイッタンバーグから、わざわざ放火をしにやって来たようなものでした。ゆうべは僕は、ベッドの中で唸《うな》りました。少しも眠られませんでした。責任は、すべて僕にあるのです。此の始末は、なんとしても、僕が必ず致します。きょうは、これからハムレットさまと、ゆっくり話合うつもりであります。」

王妃。「何をおっしゃる事やら。私には、ちっともわかりません。あなたたちのおっしゃる話は、まるで、雲からレエスが降って来るような、わけのわからない事ばかりで、何が何やら、さっぱり見当もつきません。それは一体、どんな意味なのです？何かハムレットと言い争いでもしたのですか。それならば、私が仲裁をしてあげてもいいのです。わけもない、哲学の議論でもはじめたのでしょう。そんなに心配する事は、ありません。」

ホレ。「王妃さま。僕たちは、子供ではありません。そんな単純な事ではないのです。僕は、平和な御家庭に火を放《つ》けました。僕は、ユダです。ユダより劣った男です。僕は、愛している人たち全部を裏切ってしまいました。」

王妃。「急に泣き出したりして、立派な男の子が、みっともない。どうしたらいいのです。あなたたちは、いつでも、そんなユダが火を放けたのなんのとお芝居のような大袈裟《おおげさ》な、きざな事を言い合って、そうして泣いたり笑ったりして遊んでいるのですか？　けっこうな遊戯です。たのもしい事です。ホレーショー、おさがりなさい。きょうは許してあげますが、これからは気をつけて下さい。」

王。王妃。ホレーショー。

王。「ここにいたのか。ずいぶん捜しました。おお、ホレーショーも。ちょうどよい。けさ挨拶《あいさつ》に来てくれた時には、わしは、いそがしくて、ろくに話も出来ませんでしたが、いろいろ君に相談をしたい事もあったのです。元気が無いじゃないか。どうかしたのですか？」

王妃。「ホレーショーは、もう、おさがり。ユダが火を放けたのなんのと言って、大の男が、泣いて見せるのですもの。なんの役にも立ちやしません。」

王。「ユダが火を放けた？　初耳です。何か、わけがあるのでしょう。王妃は、すぐ怒るからいけません。ホレーショーは、まじめな人物です。あとで、ゆっくり話してみましょう。」

ホレ。「失礼いたしました。実に、不覚でありました。王妃さまから、子の母として御真情を承り、つい胸が一ぱいになって、あらぬ事まで口走りました。お許し願いたく存じます。見苦しい姿を、お目にかけました。」

王。「ホレーショー、お待ちなさい。退出せずともよい。ここにいなさい。君にも聞かせて置きたい事があります。もっと、こっちへ来なさい。大きい声では言えない事です。ガーツルード、わしは驚いたよ。わかったのです。ハムレットの、いらいらしているわけが、やっと、わかりました。」

王妃。「そう。やはり私たちの事で？」

ホレ。「いいえ、責任は、すべて僕にあるのです。僕は、必ずや、――」

王。「二人とも、何を言っているのです。まあ、落ちつきましょう。わしも、ここへ坐《すわ》ります。ホレーショー、おかけなさい。君にも、相談に乗ってもらいたいのです。わしはいま、ポローニヤスから聞いて、驚いたのです。まったく、思いも寄らぬ事でした。ポローニヤスはわしに、辞表を提出しました。わしは、とにかく一応はお預りして置く事にしましたが、王妃、おどろいてはいけませんよ。落ちついて聞いて下さい。困った事です。オフィリヤが、――」

王妃。「オフィリヤが？　そうですか。一度、私も疑ってみた事がありました。」

王。「まあ、立たずに、ガーツルード、お坐りなさい。坐って落ちついて、ゆっくり考えてみて下さい。ホレーショー、お聞きのとおり、面目次第も無い事です。」

ホレ。「そうでしたか。やっぱり張本人がいたのですね。オフィリヤといえば、ポローニヤスどのの娘さんですね。あんな美しい顔をしていながら、この平和なハムレット王家に対して、根も葉も無い不埒《ふらち》の中傷を捏造《ねつぞう》し、デンマーク一国はおろか、ウイッタンバーグの大学まで噂《うわさ》を撒《ま》きちらすとは、油断のならぬものですね。で、原因は何でしょう。やはり、かなわぬ恋の恨みとか、または、――」

王妃。「ホレーショー、あなたは、やはり、おさがり下さい。何もわかってやしません。夢のような事ばかり言っています。オフィリヤは、妊娠したというのです。」

王。「王妃！　つつしみなさい。わしは、まだ、そこまでは言っていません。男として、言いにくい事でした。はっきり言うのは残酷です。」

王妃。「女は、女のからだには敏感です。オフィリヤの此《こ》の頃《ごろ》の不快の様子を見れば誰だって、一度は疑ってみます。ばからしい。ホレーショー、眼《め》が醒《さ》めましたか？」

ホレ。「夢のようです。」

王。「無理もない。わしだって、夢のようです。でも、これは、このまま溜息《ためいき》ついて見ているわけに行きません。それで、ホレーショー、君に一つお願いがあります。君は、ハムレットの親友の筈《はず》ですね。これまで何でも、互いに打ち明けて語り合っていた仲でしたね。」

ホレ。「はい、きのうまでは、そのつもりで居《お》りましたが、いまは、もう自信がなくなりました。」

王。「そんなに、しょげて見せる必要はありません。落ちついて考えてみると、そんなに意外な大きい事件でもありません。この二箇月間、故王のお葬《とむら》いやら、わしが位を継いだお祝いやら、また婚儀やらで、城中は、ごったがえしの大騒ぎでした。その混乱の中にハムレットひとりは、故王になくなられた悲しみに堪え得ず、優しい慰めの言葉を或《あ》る人に求めたのです。オフィリヤです。悲しみと恋が倒錯したのだと思います。ハムレットだって、いまは、オフィリヤにどんな気持を抱いているか、それはわかりません。おそらく、今は、少し冷くなりかけているのではないかと思う。それだったら簡単です。オフィリヤが、しばらく田舎へ引き籠《こも》ったら、それで万事が解決します。城中には、すでに噂もひろまっているようで、ポローニヤスもその事を、いたく恐縮していましたが、どんなひどい噂だって、六箇月経《た》ったら忘れられます。オフィリヤの事は、ポローニヤスが巧みに処理してくれるでしょうし、わしとしても出来るだけの事は、してあげるつもりでいます。それは、わしたちに任せて置いていいのです。オフィリヤの生涯《しょうがい》が、台無しになるような、まずい事は決してしません。

そこは安心するように。とにかく君から、ハムレットに、よく話してみてくれませんか。ハムレットの、心の底の、いつわりの無いところも、よく聞き訊《ただ》してみて下さい。決して悪いようには、しないつもりです。」

王妃。「ホレーショー、いやな役ですねえ。私だったら、断ります。ハムレットが、しでかした事ですもの、ハムレットに責任を負ってもらって、一切あの子ひとりにやらせてみたらいいのに。王は、ハムレットに御理解がありすぎるようですね。王のお若い頃お遊びなされた時のお気持と、いまの男の子の気持とは、また違うところもございますからねえ。」

王。「なに、男の気持というものは、昔も今も変りはありません。ハムレットは、いまに此のわしに、心から頭をさげるようになるでしょう。ホレーショー、どう思います。」

ホレ。「僕は、僕は、ハムレットさまに聞いてみたい事があります。」

王。「おお、それがよい。よく、しんそこの、いつわらぬところを聞き訊し、わしたちの意向も、おだやかに伝えてやって下さい。君を見込んで、お願いします。ハムレットは、イギリスから姫を迎える事になっているのですから。」

王妃。「私は、オフィリヤに聞いてみたい事があります。」

五　廊下

ポローニヤス。ハムレット。

ポロ。「ハムレットさま！」

ハム。「ああ、びっくりした。なんだ、ポローニヤスじゃないか。そんな薄暗いところに立って、何をなさっているのです。」

ポロ。「あなたを、お待ち申していました。ハムレットさま！」

ハム。「なんです。気味の悪い。放して下さい。僕は、いま、ホレーショーを捜しているのです。ホレーショーが、どこにいるか、知りませんか？」

ポロ。「他所話《よそばなし》は、およし下さい。ハムレットさま。わしは、けさ辞表を提出しました。」

ハム。「辞表を？　なぜです。何か、問題が起ったのですか？　軽率ですね。あなたは、いまのエルシノア王城に無くてかなわぬ人です。」

ポロ。「何をおっしゃる。あなたの、その無心なお顔に、ポローニヤスは、いま迄《まで》だまされて来ました。わしは城中の残念な噂を、やっと、きのう耳にしました。」

ハム。「噂を？ なあんだ、その事か。でも、あれは重大です。僕だって、あなたをだましていたわけではないのです。あんないやな噂を聞かされて、それでも知らぬ振りしてとぼけている事など、とても僕には出来ません。本当に、僕も知らなかったのです。実は、ゆうべ或る人から、はじめて聞かされ、おどろいたのです。けれども、あなたが今まで、ご存じなかったとは意外です。日頃のあなたらしくも無いじゃありませんか。ちょっと、迂闊《うかつ》でしたね。本当に、ご存じなかったのですか？ そんな事は無いでしょう。もし、本当に、ご存じなかったとしたら、それは、引責辞職の問題も起るでしょうけど、でも、あなたほどの人が、ご存じなかったという筈は無い。」

ポロ。「ハムレットさま、失礼ながら、正気でいらっしゃいますか？」

ハム。「なんですって？ ばかにしないで下さい。見ればわかるじゃないですか。まさか、あなたまで、あの噂を信じていらっしゃるわけじゃないでしょうね。」

ポロ。「嘘の天才！ よくもそんな、白々しい口がきけるものだ。ハムレットさま、そんな浅墓《あさはか》な韜晦《とうかい》は、やめて下さい。若い者なら若い者らしく、もっと素直におっしゃったら、いかがです。とても隠し切れるものでは、ありません。わしは、きのう直接、当人から聞いてしまいました。」

ハム。「なんです、いったい、なんの事を言っているのです。ポローニヤス、言葉が過ぎやしませんか？　僕は、あなたの主人だとか何とか、そんな事は考えていませんが、あなたの言葉は、たとい親しい友人同志の間であっても笑っては済まされん。僕は、御推量のとおり、だらしのない、弱虫の、道楽者です。何一つ、あなた達のお手伝いが出来ません。けれども、僕だってデンマーク国の為《ため》には、いつでも命を捨てるつもりなのだ。ハムレット王家の将来に就《つ》いても、心をくだいている筈だ。ポローニヤス、言葉が過ぎます。何をそんなにこわい顔をして怒っているのです。失敬ですよ。」

ポロ。「見上げたものです。涙も出ません。これが、わしの二十年間、手塩にかけてお育て申したお子さまか。ハムレットさま、ポローニヤスは夢のようです。」

ハム。「困りますね。ポローニヤスも、おとしをとられたようですね。往年の智慧《ちえ》者《しゃ》も、僕の乱心などを信じるようじゃ、おしまいだ。」

ポロ。「乱心？　そうです、あなたは、たしかに気が狂って居られる。むかしのハムレットさまは、なんぼなんでも、これほどじゃなかった。」

ハム。「寄ってたかって、僕を本物の気違いにしようとしている。それではポローニヤス、あなた迄が、あの噂を本当に全部、信じているのですね？」

ポロ。「信じるも何も。いまさら、何をおっしゃる。もういい加減に、そんな卑怯《ひきょう》な言いかたは、およしなさい。」

ハム。「卑怯だと？　何が卑怯だ。僕は、どうして卑怯なのだ。あなたこそ失敬至極じゃないか。僕にはあなたに、おわびしなければならぬ事もあるのだし、これまでずいぶん、あなたには遠慮して来た。いまだって、殴りつけてもやりたい気持を何度も抑えて、あなたと話しているのです。するとあなたは、いよいよ僕を見くびって、聞き捨てならぬ悪口雑言を並べたてる。僕も、もう容赦しません。ポローニヤス、僕は、はっきり言います。あなたは、不忠の臣だ。叔父上の悪事の噂を信じ、母上を嘲笑《ちょうしょう》し、僕を本物の気違いにしようとしている。ハムレット王家の、おそるべき裏切者だ。辞表を提出するまでも無い。即刻、姿を消してもらいたい。」

ポロ。「なるほど、いろいろの手があるものだ。そういう出方《でかた》をなさろうとは、智慧者のポローニヤスにも考え及ばぬ事でした。ポローニヤスも、お言葉のように、としをとったものと見えます。なるほど、いやな噂が、もう一つあった。此の際に、そのほうだけを騒ぎ立て、ご自分の不仕鱈《ふしだら》な噂のほうは二の次にしようとなさる。ご自分の悪事を言われたくないばかりに、やたらに他人の噂を大事件のように言いふらし、困ったことさ等《など》と言って思案投首《なげくび》、なるほど聡明《そうめい》な御態度です。醜聞の風向を、ちょいと変える。クローヂヤスさまこそ、いい迷惑だ。あ、痛い！ ハムレットさま、ひどい、何をなさる。殴りましたね。おう痛い。気違いにあっちゃ、かなわない。」

ハム。「もう一方の頬《ほお》を殴ってやろうか。あなたの頬は、ひどく油切っているから、殴り甲斐《がい》があります。僕は、あなたと、これ以上話をしたくない。」

ポロ。「お待ちなさい。逃げようたって、逃がしません。ハムレットさま、あなたは卑怯です。あなたのおかげで、わしの一家は滅茶滅茶《めちゃめちゃ》です。わしは田舎にひっこんで貧乏な百姓親爺《おやじ》として余生を送らなければならなくなりました。レヤチーズも、可哀想《かわいそう》に。いさんでフランスへ出かけていったのに、呼び戻さなければなりますまい。あの子の将来も、まっくら闇《やみ》です。それから、あの、――」

ハム。「オフィリヤは、僕と結婚します。御心配に及びません。ポローニヤス、あなたがそれほどまで僕を憎んでいるんだったら、僕も、はっきり申しましょう。僕はあなたを、もっと濶達《かったつ》な文化人だと思っていた。もっと軽快な、ものわかりのいい人だと思っていました。やがては僕の味方になってくれる人だろうとさえ思っていました。あなたには、おわびしなければならぬ事がありました。その事に就いては、いずれゆっくり相談をするつもりで居りました。あなたに、力になっていただきたいと思っていました。ご存じのように僕は今、叔父上とも母上とも、どうしても、うまく折合いが附かず困って居ります。僕だって何も、好きこのんで、あの人たちと気まずくしているわけではないのですが、どうも、いけないのです。こだわりを感じるのです。しっくり行かないのです。僕は、あの人たちに、僕のくるしい秘密を打ち明ける事が、どうしても出来ず、夜も眠られぬ程ひとりで悶《もだ》えていました。何としても、あの人たちを、信頼する事が出来ぬのです。打ち明けて相談すると、かえって、ひどく悪い結果になるような気がして、僕は此の頃あの人たちと逢《あ》うのを、避けるようにさえなりました。こわいのです。なんだか、とても暗い、いやな気がするのです。あの人たちと顔を合せると、僕は、ただ、おどおどするばかりです。なんにも言えなくなるのです。あの人たちだって、悪い人ではない。いつも僕の事を、心配してくれています。それは、わかっている。あるいは深く愛していて下さるのかも知れないが、けれども、僕はいやなんだ。相談するのがいやなんだ。ポローニヤス、僕は、あなたを最後の力とたのんでいました。どうにも仕様が無くなれば、あなたに何もかも打ち明けて、おゆるしを願い、今後の事も相談しようと思っていました。あなたは、きっと僕たちの事を、ゆるして下さるだろうと、なぜだか、そんな気がしていたのです。さっき、あなたに呼びとめられ、ひやっとしました。来たな、と思いました。ちょうどよい機会だ、こちらから全部、打ち明けてやろうと覚悟して、あなたの顔を見ると真蒼《まっさお》で、ひどく取乱して居られる様子なので、急にいやになり、逃げようとしたら、あなたが僕の腕をつかんで辞表を出したのなんのと、大変な事を言うので僕は、他にも何か事件が起きたのかしらんと思い、あなたに尋ねたら、あなたは城中の噂、とおっしゃったので、ああ、あれか、と早合点してしまったわけなのです。決して、故意にはぐらかしたのではありません。僕は卑怯な男ではないのです。」

ポロ。「御弁舌さわやかでございます。なかなか、たくみに言いのがれをなさる。けれども、ポローニヤスは、もう、だまされません。何も、今さらそんなにクローヂヤスさまや、王妃さまの事を、出し抜けに問題になさる必要が無いじゃありませんか。あなたは、それを、てれ隠しの道具に使っていらっしゃるのだ。こじつけです。やはり、なんだか、ごまかそうとしていらっしゃる。もっと、当面の問題を、はっきりお伺いしたいのです。」

ハム。「疑い深いね。そんなに、しつっこく追及されると、僕も開き直って、もっと馬鹿正直に言ってやりたくなります。きのう迄は、僕の悩みは一つしか無かった。オフィリヤ。それだけです。けれどもゆうべ、僕は、もう一つの不愉快極まる話を聞いてしまったのです。もうオフィリヤどころでは無い、と言えば、あなたはすぐに醜聞の風向きを変えるの、てれ隠しの道具に使うのと冷笑しますが、決して、そんなことはない。僕は、ゆうべは、くるしみましたよ。淋《さび》しかった。たまらなく淋しかった。ベッドの中で泣きました。何もかも、ばからしく、腹立たしく、やり切れない思いでした。二つの問題が、異様にからみ合って、手がつけられない。オフィリヤどころでは無い、というのは言いかたが、まずいので、オフィリヤの事も念頭より離れず、それに今度の恐ろしい疑惑が覆《おお》いかぶさり、乱雲が、もくもく湧《わ》き立ち、流れ、かさなり、僕の苦しみが三倍にも五倍にも、ふくれあがって、ゆうべは、本当に、一睡も出来ませんでした。発狂したら、いっそ気楽だ。ポローニヤス、わかりますか？　あなたから、城中の残念な噂、と言われて、オフィリヤの事か？　とちらと考えてもみたのですが、僕には、その事よりも、もっと色濃く、もう一つの噂のほうが問題だったので、ついそのほうに話を持って行きましたが、決して故意に、そらとぼけたわけではないのです。そんな出方《でかた》もあったか、などと言われると、僕は実に、どうにも不愉快だ。殴ったのは、僕の失態でした。ごめんなさい。かっとしちゃったのです。でも、あなたも、これからは、あんな不愉快な言いかたは、しないで下さい。オフィリヤの事なら、心配は要りません。結婚します。あたり前の事です。どんな障害があっても、結婚しなければいけません。僕は、オフィリヤを愛しています。ただ、僕のくるしんでいるのは、王と王妃に僕たちの事を告白し、そのおゆるしを得る事です。僕は、あの人たちに打ち明けて、お願いするのは、なんとしても、いやなのです。死んだほうがいい。ことにも、ゆうべ、あんな噂を耳にしたので、なおさら打ち明けるのが苦痛になった。僕は、とにかく、あの噂の根元《こんげん》を、突きとめてみたい。何か、ある。きっと、ある。僕には、そんな予感がする。根も葉も無い噂だとしたなら、僕は幸福だ。かえって、それを機会に、あの人たちに僕の日頃の無礼を素直に詫《わ》びて釈然と笑い合う事が出来るようになるかも知れない。とにかく僕は、あの噂の真偽を、もっと追及してみたい。すべては、それからだ。ポローニヤス、わかりますか？　オフィリヤの事は、しばらく、そっとして置いて下さい。無責任な事は、致《いた》しません。ああ、ポローニヤス、僕もなんだか勇気を得ました。きょうから僕は、勇気のある男になるんだ。くるしさの、とても逃げられぬどん底まで落ちると、人は新しい勇気を得るものだね。」

ポロ。「どうだか、あぶないものです。ハムレットさま、あなたは、お若い。あなた達のおっしゃる事は、なんだか、わしには信用できない。新しい勇気、とおっしゃるけれど、勇気ばかりで、もの事が、うまく行くものではありません。また、勇気を得たのなんのと、その場かぎりの興奮から軽薄な大袈裟《おおげさ》な事ばかりを言い散らす人は、昔から、なまけものの、お体裁屋《ていさいや》にきまって居ります。くるしいの、淋しいの、乱雲が湧き立ったのという気障《きざ》な言葉は、見どころのある男子の口にせぬものです。とても本気では聞いて居られぬ言葉です。もう薄鬚《うすひげ》も生えているのに、情無い。いつまで、いい気な夢を見ているのでしょう。もっと、しっかりして下さい。いまのあなたのお話で、とにかく、オフィリヤを一時のなぐさみものになさるおつもりでは、無かったという事だけは、わかりました。あなたを、お痛わしく思います。けれども、真の難関は、これからです。及ばずながら、ポローニヤスも御助勢申し上げますが、あなたも、もっと、しっかりして下さらなければ困ります。本当に、お願い致します。乱雲がもくもく湧き立ったのなんのという言葉は、これからは、なるべくおっしゃらないように。とても、まともには聞いて居られません。なんという、まずい事ばかりおっしゃるのでしょう。あなたも、そろそろ子供の父になるのですよ。」

ハム。「だから、だから、それだから僕は、くるしんでいるのです。くるしい時に、くるしいと言ってはいけないのですか？　なぜですか？　僕は、いつでも、思っていることをそのまま言っているだけです。素直に言っているのです。本当に、淋しいから、淋しいと言うのです。勇気を得たから、勇気を得たと言うのです。なんの駈《か》け引《ひ》きも、間隙《かんげき》も無いのです。精一ぱいの言葉です。乱雲が覆いかぶさったという言葉も、あなたには、大袈裟な下手な形容のように聞えるかも知れませんが、僕にとっては、そのまま、目に見えるような事実なのです。皮膚感触なのです。真実、といっていいかも知れない。僕は、あなたを、オフィリヤとの血のつながりに依《よ》って、やっぱり愛しているのだから、それで安心して、僕の真実をそのままお伝えしようと思っているのだ。ちぇっ！　僕は、どうも、人を信頼し過ぎる。愛に夢中になりすぎる。」

ポロ。「どうだっていいじゃありませんか、ハムレットさま。世の中は、哲学の教室でもなし、あなただって、失礼ながら聖人賢者におなりになるおつもりでもございますまい。愛だの真実だの乱雲だのと、賢者の口真似《くちまね》をなさっている間にも、オフィリヤのおなかが、刻一刻と大きくなります。それだけは、たしかに、目に見える事実です。わしは、いまあなたに愛されたって、安心されたって、ちっとも有難い事は、ありません。かえって迷惑ですよ。いまは、ただ、オフィリヤの事が、――」

ハム。「だから、それだから、ああ、わからん、あなたには、わからん。それは安心していても、いいのですよ。ただ、僕のくるしさは、――」

ポロ。「くるしさという言葉は、ない事にしましょう。脊中がぞくぞくする。あなたは、さっきからその言葉を、もう百回は、おっしゃっています。くるしいのは、あなただけではは、ありません。わしの一家だって、あなたのおかげで滅茶滅茶なのですよ。わしは、もう辞表を提出しました。あすにも此《こ》の王城から出て行かなければなりません。事態は切迫しているのです。ハムレットさま、お力を貸していただきとう存じます。第一に、あなたのため、それからポローニヤス一家のために、執るべき手段は、ひとつしかありません。わしも、ゆうべ、眠らずに考えました。執るべき手段を考えました。ハムレットさま、お力を貸していただきとう存じます。」

ハム。「ポローニヤス、急にあらたまって、どうしたのです。僕みたいな若輩が、あなたの力になるなんて、とんでもない。からかわないで下さい。あなたこそ夢でも見ているのでは、ありませんか？」

ポロ。「ゆめ？　そう、夢かも知れません。けれども、これこそは窮余の一策だ。ハムレットさま、ポローニヤスの忠誠を信じますか？　いや、そんな事は、どうでもいい。つまらぬ事を言いました。ハムレットさま、あなたは正義を愛しますか？」

ハム。「気味が悪い。急にロマンチストになりましたね。まるで逆になった。こんどは僕が現実主義者になりそうだ。あなたの口から、正義だの忠誠だのという言葉を伺えるとは思いませんでした。いったい、どうしたのです。そんなに、うなだれてしまって、どうしたのです。何を考えているのです。」

ポロ。「ハムレットさま、わしは悪い人間ですねえ。おそろしい事を考えていました。娘の幸福のためには、王をさえ裏切ろうとする人間です。全部、打ち明けて申し上げます。ああ、いけない、ホレーショーがやって来ました。」

ホレーショー。ハムレット。ポローニヤス。

ホレ。「ハムレットさま、ひどい、ひどいなあ。僕は、大恥をかきましたよ。だまっているのだから、ひどいよ。もっとも、ゆうべは僕もいけませんでした。僕が要らない事ばかりおしゃべりして、それに何せ寒かったものですから、あなたのお話をよく聞こうとしなかったのが、失敗のもとでした。でも、もう、わかりました。ポローニヤスどの、このたびは、どうもとんだ事でしたねえ。御心配でしょう。それで？　ハムレットさまは、いったい、どういう御意向なのですか？　此の際、ハムレットさまの御意向が、一ばん問題になると思うのですがね。」

ハム。「ひとりで何を早合点しているのだ。相変らず、そそっかしいねえ、君は。何をそんなに騒いでいるのだ。僕が君に恥をかかせた覚えは、無いよ。」

ホレ。「だめ、だめ。とぼけたって駄目《だめ》です。僕は、いま王さまから一切を聞いて来たのですからね。いや、笑い事じゃない。慎重に考えなければ、いけない事です。」

ハム。「そういう君こそ、なんだか、にやにや笑っているじゃないか。ひやかしちや、だめだよ。いったい何を、聞いて来たのさ。」

ホレ。「なあんだ、そんなにお顔を赤くなさっている癖に、まだ、とぼけようとしている。かえって僕のほうで、てれくさくって、くすぐったくて、つい、笑わざるを得ざる有様でございます。」

ハム。「畜生め。とうとう、見破りやがったな。畜生め、行くぞ！」

ホレ。「よし来た、組打ちならば、負けやしません。さあ、どうだ！　これでもか。」

ハム。「平気、平気。畜生め、一ひねりだ。おっちょこちょいの、此の咽《のど》を、こんな具合にしめつけると、ぴいと鳴るから奇妙なものさ。」

ポロ。「およしなさい、およしなさい。なんです。こんな廊下でいきなり組打ちをはじめるなんて、乱暴じゃありませんか。お二人とも、悪ふざけは、およしなさい。わけがわからん。そんなに、お二人とも、げらげら笑って、摑《つか》み合いして、いったい、どうしたのです。よして下さい。いまは、そんな悪ふざけをしている場合ではありません。お互いに、も少し緊張する事にしましょうよ。さあさ、もういい加減におよしなさい。ホレーショーどのも、いったい、どうしたのです。ここは、大学と違うのですよ。」

ハム。「ポローニヤス、あなたには、わからんよ。僕たちは、ひどく、てれくさい時には、こうして滅茶な組打ちをする事にしているんだ。こうでもしなけれあ、おさまりがつかんじゃないか。」

ホレ。「まったくですよ。僕は、まんまと、だまされていたのだからなあ。ハムレットさま、ひどいよ。」

ハム。「そんなでもないさ。これにも、いろいろ、わけがありましてね、ヘッヘ。」

ポロ。「ああ、そんな下品な笑いかたをなさって、なんという事です。わけもなんにもありゃしない。事件は、実に単純です。ホレーショーどの、まあ、もっとこっちへおいでなさい。おやおや、あなたの上衣《うわぎ》の裾《すそ》は破れたじゃありませんか。どうも、あなたがたは乱暴でいけません。うちのレヤチーズも、ずいぶん乱暴者のようですが、でも、あなたがた程ではありませんよ。まあ、ハムレットさまも落ちつきなさい。いまは、重大な時です。笑って、ふざけている場合ではありません。ホレーショーどのも、これからは、わしたちの力になって下さらなければいけません。これからは、此の三人で、さまざま相談も致したいと思います。それで？　ホレーショーどのは、いま王さまから、どんな事を伺って来たのです。聞かせて下さい。わしは、きょうからハムレットさまのお味方なのですから、信頼して、なんでも知らせて下さい。王さまは、あなたに、なんとおっしゃったのですか？」

ホレ。「おどろいた、夢のようだと、おっしゃっていましたよ。」

ハム。「それから、僕の悪口も言っていたろう。」

ホレ。「ひがんじゃ、いけません。王さまは、なかなか、わかっていらっしゃる。いや、どうだかな？　とにかく、おどろいていらっしゃる。」

ポロ。「要領を得ない。もっと、はっきりおっしゃって下さい。王さまの御意見は、どうなんですか？」

ホレ。「いや、それが、その、いや、実に古くさい。ばかばかしい。僕は、あきれましたよ。僕には、ハムレットさまのお気持は、わかっているんだ。けれども王さまは、ひどい勘違いをなさっているので、僕は呆《あき》れました。おそれつつしんで退出したのですけれど、いや、ひどいなあ。」

ハム。「わかったよ。とても許されぬ、と言うんだろう？　イギリスから姫を迎える、と言うんだろう？　わかっているよ。」

ホレ。「そのとおり。いや、まだひどい。ハムレットさまのお気持も、そろそろ冷くなっている筈《はず》だと思う、とおっしゃっておいでした。だから、オフィリヤさんを、しばらく田舎へ引き籠《こも》らせて、それで万事を解決させる。人の噂《うわさ》も、二箇月だとか、五箇月だとか、いや六箇月だったかな？　とにかくそんな具合の御意見でした。悪いようにはしないそうです。王さまも、決して悪意でおっしゃっているのではないのです。それだけは、誤解なさらぬように。ただ、王さまは、勘違いなさって居られるだけなんだ。僕は、とにかく、ハムレットさまに、王さまの御厚志をお伝えするように言いつかったというわけなのです。王妃さまは、なんだか、ひとりで笑って居られました。ハムレットさまのお気持を、よくわかっておいでの御様子でありました。だから決して、絶望というわけではないのです。此の際、王妃さまにお願いするのですね。王さまは、だめです。根っから、いけません。つまり、古いという事になりますかねえ。」

ハム。「ホレーショー、いい加減の事を言うのは、よせよ。古い、新しいの問題じゃない。現世主義者は、いつでもそうなんだ。叔父さんは、それくらいの事は、はじめっからんだ。叔父さんとしては当然の意見だ。僕だって、それくらいの事は、はじめっから知っていたさ。問題は、そこだよ。そこが苦しいところなんだ。忍従か、脱走か、正々堂々の戦闘か、あるいはまた、いつわりの妥協か、欺瞞《ぎまん》か、懐柔か、to be, or not to be, どっちがいいのか、僕には、わからん。わからないから、くるしいのだ。」

ポロ。「二度！　くるしいという言葉を、二度もおっしゃいました。あなたは、すぐにそんな大袈裟な哲学めいた事を、口走って意味も無い溜息《ためいき》ばかり吐《つ》いて、まるで下手な役者の真似みたいな表情をなさいますが、実にみっともない。王さまのお言葉は、わしだって覚悟していました。これしきの事で、取乱してはいけません。ポローニヤスには、王さまの御処置がわかっていました。だから、わしも、辞表を提出したのです。いまは、たのみとすべきは、ハムレットさま、あなただけです。わしには、わしの考えがあります。ホレーショーどのも、御助勢下さい。すべて、ハムレットさまのためです。さあ、ホレーショーどの、誓って下さい。わしの、これから言う事を必ず他言しないと誓って下さい。」

ホレ。「どうしたのです。ポローニヤスどの、急に鹿爪《しかつめ》らしくなってしまいましたね。」

ポロ。「ハムレットさまのためです。誓言は、おいやなのですか？」

ホレ。「誓いますよ、誓いますよ。なんだか、木に竹を継いだみたいに唐突なので、めんくらったのです。誓いますよ。ハムレットさまのためなら、どんないやな事だって致します。」

ポロ。「あなたを信頼します。それでは、申し上げます。ハムレットさま、さっき、ちょっと言いかけて、ホレーショーどのが来たので止《よ》しましたが、実は、このごろの城中の、もう一つの暗い噂、あれを、ポローニヤスは信じています。」

ハム。「なに？　信じている？　ばかめ！　あなたこそ気が狂った。さもなくば、あなたこそ、いやな噂を種《たね》に王をおどかし、無理矢理オフィリヤを僕の妃に押しつけようとする卑劣下賤《げせん》の魂胆なのだ。きたない、きたない。ポローニヤス、あなたは、さっき言いましたね。わしは娘の幸福のためには、王をさえ裏切ろうとする人間だ、わしは悪い人間だ、と呟《つぶや》いていましたね。僕は、あの時は、なんの事やらわけがわからなかったが、もう、はっきりわかりました。ポローニヤス、あなたは、おそろしい人だ。」

ポロ。「ちがう！　ちがいます。わしの気持が変ったのです。はじめから、全部、申し上げましょう。わしが先王の幽霊の噂を耳にしたのは、ごく最近の事でした。困った事だと思っていました。そのうち王にも御相談申し上げ、適当の対策を講ずるつもりで居《お》りましたが、このごろ、王の御様子を窺《うかが》うと、なんだか曇りがあるのです。わしは、相談を躊躇《ちゅうちょ》しました。なぜだか、相談しにくいのです。はっきり申し上げましょう。わしは、少しずつ王さまを疑うようになって来たのでした。まさか、と思いながらも、王の御様子を拝見していると、なんだか、いやな、暗い気持がして来るのです。わしは、その気持を、いままで誰にも打ち明けず、自分ひとりの胸に畳んで、おのずから明朗に解決される日を待っていました。杞憂《きゆう》であってくれたらいいと、ひそかに念じていたのです。けれども、さっき、娘が不憫《ふびん》のあまり、ふいと恐ろしい手段を考えました。ただいまハムレットさまのおっしゃったような陋劣《ろうれつ》な事を考えました。けれども、ポローニヤスは、不忠の臣ではありません。それは、信じて下さい。ほんの一瞬、ちらと考えてみただけです。ゆうべ一晩、眠らずに考えたというのは嘘《うそ》でした。つい興奮して、心にも無い虚飾を申しました。としは、とっても、子供の事になると、わしもハムレットさまのように大袈裟な言葉を、つい言いたくなります。一瞬、ほんの一瞬だけ考えて、すぐにその陋劣に身震いし、こんどは逆に、猛烈に、正義という魂魄《こんぱく》を好きになりました。たまらなく好きになりました。オフィリヤの事よりも、まず、あの不吉な噂の真偽をたしかめる。その事こそ、臣下の義務、いや人間の義務だと気が附きました。ハムレットさま、いまでは、わしは、あなた達の味方です。きょうからは、わしも青年の仲間に入れていただくつもりなのです。青年の正義。世の中に、信頼できるものは、それだけです。」

ハム。「へんですねえ。こっちが、てれてしまいます。なんだか、へんだ。ホレーショー、人生には、予期せぬ事ばかり起るものだねえ。」

ホレ。「僕は、信じます。ポローニヤスどの、ありがとう。僕は、信じますよ。感激しました。でも、なんだか、へんだなあ。唐突すぎる。」

ポロ。「へんな事はありません。あなた達こそ、臆病《おくびょう》なのです。わしは、もう、破れかぶれなのかも知れません。いや、ちがう。正義だ。正義！ いい言葉だ。わしは、突貫しますよ。お力を貸して下さい。三人で、まず王さまを、ためしてみましょう。失礼な事かも知れないが、何も皆、正義のためだ。王さまの顔色を探ってみましょう。たしかな証拠をつきとめましょう。いかがです。わしには、一つ、いい考えがあるのです。相談に乗って下さい。何も皆、正義のためです。わしの行くべき路《みち》は、それだけです。」

ハム。「正義のほうで、顔負けしますよ。ポローニヤス、あなたは錯乱しています。いいとしをして、みっともない。落ちつきなさい。あなたは、いったい、あのばかな噂を本気に信じているのですか？ 嘘でしょう？ なんだか、底に魂胆がありそうですね。」

ポロ。「情無い事を、おっしゃる。ハムレットさま、あなたは、可哀想《かわいそう》なお子です。なんにも御存じないのです。」

ホレ。「ああ、いけない。ポローニヤスどの、もう、およし下さい。王さまは、いいお方です。ハムレットさまだって、心の底では王さまを、お慕い申しているのですよ。いまさら、そんな、薄気味わるい事は、おっしゃらないで下さい。いけない、いけない、ああ、僕は、また寒くなって来ました。震える。全身が、震える。」

ハム。「ポローニヤス、重大な事ですよ。浮薄な言動は、つつしみなさい。たしかに、信ずべき節《ふし》が、あるのですか？」

ポロ。「残念ながら、――ございます。」

ハム。「ははん、ホレーショー、僕たちが冗談に疑って遊んでいたら、それが、本当だってさ。なんて事だい。馬鹿笑いが出るよ。」

六　庭園

王妃。オフィリヤ。

王妃。「あたたかになりましたね。ことしは、いつもより、春が早く来そうな気がします。芝生も、こころもち、薄みどり色になって来た様じゃありませんか。早く、春が来ればよい。冬は、もう、たくさんです。ごらん、小川の氷も溶けてしまった。柳の芽というものは、やわらかくて、本当に可愛《かわい》いものですね。あの芽がのびて風に吹かれ、白い葉裏をちらちら見せながらそよぐ頃《ころ》には、この辺いっぱいに様々の草花も乱れ咲きます。金鳳花《きんぽうげ》、いらくさ、雛菊《ひなぎく》、それから紫蘭《しらん》、あの、紫蘭の花のことを、しもじもの者たちは、なんと呼んでいるか、オフィリヤは、ご存じかな？　顔を赤くしたところを見ると、ご存じのようですね。あの人たちは、どんな、みだらな言葉でも、気軽に口にするので、私には、かえって羨《うら》やましい。オフィリヤたちは、あの、紫蘭の花を何と呼んでいるのですか？　まさか、あの露骨な名前で呼んでいるわけでもないでしょう。」

オフ。「いいえ、王妃さま、あたしたちだって、やっぱり、同じ事でございます。幼い時に無心に呼び馴《な》れてしまいましたので、つい、いまでも口から滑って出るのです。あたしばかりではなく、よそのお嬢さん達だって、みんな平気で、あの露骨な名を言って澄まして居ります。」

王妃。「おやおや、そうですか。いまの娘さん達の、あけっぱなしなのには、驚きます。そのほうが、かえって罪が無くて、さっぱりしているのかも知れませんけど。」

オフ。「いいえ。でも、男のひとの居る前では気を附けて、死人の指、なぞという名で呼んでいますの。」

王妃。「なるほど、そうでしょうね。さすがに男のひとの前では言えない、というのも面白い。けれども、死人の指とはまた考えたものですね。死人の指。なるほどねえ。そんな感じがしない事もない。可哀そうな花。金《きん》の指輪をはめた死人の指。おや、悲しくもないのに涙が出ました。こんな歳《とし》になって、つまらぬ花の事で涙を流すなんて、私もずいぶんお馬鹿ですね。女は、いくつになっても、やっぱり甘えたがっているものなのですね。女には、かならず女の、くだらなさがあるものなのでしょう。どう仕様も無いものですね。こんな歳になっても、まだ、デンマークの国よりは雛菊の花一輪のほうを、本当は、こっそり愛しているのですもの。女は、だめですね。いいえ、女だけでなく、私にはこのごろ、人間というものが、ひどく頼りなくなって来ました。よっぽど立派そうに見える男のかたでも、なに、本心は一様にびくびくもので、他人の思惑ばかりを気にして生きているものだという事が、やっとこのごろ、わかって来ました。人間というものは、みじめな、可哀そうなものですね。成功したの失敗したの、利巧だの、馬鹿だの、勝ったの負けたのと眼の色を変えて力《りき》んで、朝から晩まで汗水流して走り廻って、そうしてだんだんとしをとる、それだけの事をする為《ため》に私たちは此《こ》の世の中に生れて来たのかしら。虫と同じ事ですね。ばかばかしい。どんな悲しい、つらい事があっても、デンマークのため、という事を忘れず、きょうまで生きて努めて来たのですが、私は馬鹿です。だまされました。先王にも、現王にも、またハムレットにも、みんなに、だまされていたのです。デンマークのため、という言葉は、なんだか大きい崇高な意味を持っているようで、私はいつでも、デンマークのためとばかり思って、くるしい事でも悲しい事でも怺《こら》えて来ました。神さまからいただいた尊い仕事をしているのだという誇りがあったものですから、ずいぶん淋《さび》しい時でも我慢が出来たのです。私が神さまから特に選ばれて重い役目を言いつけられている人間だという自負があったからこそ忍従の生活を黙って続けて来たのですが、いま考えてみると、ばからしい。私のような弱い腕で、どんな仕事が出来るものですか。人は、私のひそかな懸命の覚悟なぞにはお構い無しに、勝ったの負けたのと情ない、きょろきょろ細かい気遣いだけで日を送って、そうして時々、なんの目的も無しに卑劣な事件などを起して、周囲の人の運命を、どしどし変えて行くのです。それから後が、また、お互い責任のなすり合いでたいへんです。私ひとりが、デンマークの為だのハムレット王家の為だのと緊張してみたところで、濁流に浮んでいる藁《わら》のようです、押し流されてしまいます。本当に、ばからしい。オフィリヤ。からだの調子は、どうですか？」

オフ。「え？　べつに。」

王妃。「隠さずとも、よい。私は知っているのですから。御安心なさい。私だって、ハムレットの母として、あなたをいとしく思っています。きょうは、顔色もいいようですね。もう気分が、わるくなるような事は無くなりましたか。」

オフ。「はい。王妃さま、お礼の言葉もございません。実は、けさ眼が覚めたら、すっと胸がひらけて、ものの臭《にお》いも平気になりました。きのう迄《まで》は、自分のからだの匂《にお》いも、夜具やら、下着やらの臭いも、まるで韮《にら》のようで、どんなに香水を振りかけても、我慢が出来ず、ひとりで泣いて居りました。でも、けさは、悪い夢から覚めたように、すっとからだも軽くなり、スウプも、幾日ぶりかで本当においしかった。何かの拍子《ひょうし》に、また、きのう迄のあんな地獄の気分に落ちるのではないかと、まだ少し心配でございます。自分のからだが、こわれもののような気がして、はらはらしています。いまだって、おっかなびっくりで、なるべく静かに呼吸しながら一歩一歩、こわごわ芝生を踏んでいます。もう、大丈夫なのかしら。あんな、つらい思いを二度くりかえすのは、いやでございます。」

王妃。「ええ、もう大丈夫ですとも。これからは、食慾《しょくよく》もすすむ一方です。本当に、あなたは、なんにもご存じないのですねえ。無理もない。これからは、私が相談相手になってあげてもよい。あなたは、さっきから何でも思ったとおりに、正直におっしゃるので、私は可愛くなりました。悪びれず、大胆に言う人を、私は好きです。」

オフ。「いいえ、王妃さま。あたしは、きのう迄、嘘《うそ》ばかりついていましたの。ひとをだますという事ほど、くるしい、つらい地獄はございませぬ。でも、もう嘘をつく必要は無くなりました。みんなに知られてしまいました。からだの具合も、さいわい今朝から、こんなにすっきりして来ましたし、もうこれからは、いじけずに、昔のとおりにお転婆《てんば》なオフィリヤになるのです。本当に、此《こ》の二箇月、毎日毎日、意外な事ばかり続いて、ゆめのようでございます。」

王妃。「なに、ゆめのような思いは、あなたばかりではありません。誰もかれも、此の二箇月間は、おそろしい夢を見ているような気持でした。先王がおいでなされた頃の平和は、いま考えると、まるで嘘のような気さえ致《いた》します。あんなに、お城の中も、またデンマークの国も、希望に満ちて一日一日を送り迎えしていたような時代は、もう二度と帰って来る事はありますまい。誰が、どうわるいというのでも無いのに、すっかり陰気に濁ってしまって、溜息と、意地悪い囁《ささや》きだけが、エルシノアの城にも、またデンマークの国中にも満ち満ちているような気がします。きっと、何か、ひどく悪い事が起る、悲惨な事が起る、というような、不吉な予感を覚えます。せめて、ハムレットだけでも、しっかりしていてくれるといいのですけれど、あの子は、あなたの事で半狂乱の様子ですし、他の人だって、自分の地位や面目の事ばかり心配して、あちこち走り廻っているような具合ですから、ちっとも頼りになりません。女も、浅墓なものですが、男のひとも、あんまり利巧とは言えませんね。あなた達には、まだ、わかっていないでしょうが、男のひとは、それは気の毒なくらい、私たちの事を考えているものなのですよ。そんなに、お笑いになっては、いけません。本当なんです。私は、自惚《うぬぼ》れて言っているわけではありません。男のひとは、口では何のかのと、立派そうな事を言っていながら、実のところはね、可愛い奥さんの思惑ばかりを気にして、生きているものなのです。立身も、成功も、勝利も、みんな可愛い奥さんひとりを喜ばせたい心からです。いろんな理窟《りくつ》をつけて、努力して居りますが、なに、可愛い女に、ほめられたいばかりなのです。だらしの無い話ですね。可哀想なくらいです。私は此の頃それに気がついて、びっくりしました。いいえ、がっかりしました。私は、男の世界を尊敬してまいりました。私たちには、とてもわからぬ高い、くるしい理想の中に住んでいるものとばかり思っていました。及ばずながら、私たちは、その背後で、せめて身のまわりのお世話でもしてあげて、わずかなお手伝いをしたいと念じていたのですが、ばかばかしい、その背後のお手伝いの女こそ、男のひとたちの生きる唯一《ゆいいつ》の目当《めあて》だったとは、まるで笑い話ですね。背後からそっとマントを着せてあげようとすると、くるりとこちらを向いてしまうのですから、まごついてしまいます。理想だの哲学だの苦悩だのと、わけのわからんような事を言って、ずいぶん空《そら》の高いところを眺《なが》めているような恰好《かっこう》をしていますが、なに、実は女の思惑ばかりを気にしているのです。ほめられたい、好かれたいばかりの身振りです。私には此の頃、男がくだらなく見えて仕様がありません。オフィリヤたちには、わからない事です。あなたなどには、まだ、ハムレットなんかが、いい男に見えて仕様がないのでしょうね。あの子は、馬鹿な子です。周囲の人気が大事で、うき身をやつしているのです。わかい頃には、お友達や何かの評判が一ばん大事なものらしい。馬鹿な子です。根《ね》からの臆病者のくせに、無鉄砲な事ばかりやらかしてお友達や、オフィリヤには、ほめられるでしょうが、さて後の始末が自分では何も出来ないものですから、泣きべそをかいて、ひとりで、すねているのです。そうして内心は私たちを、あてにしているのです。私たちが後の始末をしてくれるのを、すねながら待っているのです。気障《きざ》な、思いあがった哲学めいた事ばかり言って、ホレーショーたちを無責任に感服させて、そうして蔭《かげ》では、哲学者どころか、私たちに甘えてお菓子をねだっているような具合なんですから、話になりません。甘えっ子ですよ。朝から晩まで、周囲の者に、ほめられて可愛がられていたいのです。その場かぎりの喝采《かっさい》が欲しくて、いつも軽薄な工夫をしています。あんな出鱈目《でたらめ》な生きかたをして、本当に、将来どうなることでしょう。あなたの兄さんのレヤチーズなどは、ハムレットと同じ歳なのに、もう、ちゃんと世の中のからくりを知っていらっしゃる。」

オフ。「いいえ、それが兄の、かえって悪いところでございます。王妃さまは、たったいま、よほど立派そうに見える男のかたでも、本心は一様にびくびくもので、他人の思惑ばかりを気にして生きているものだ等とおっしゃっていながら、すぐそのお口の裏から、レヤチーズをおほめになるなんて、可笑《おか》しゅうございます。兄だって、やっぱり本心は、そんなところでございましょう。それは兄が、ハムレットさまに較《くら》べては、少し武骨《ぶこつ》で、しっかり者のところもありますけれど、でも、あんまり、はっきり割り切れた気持で涼しく生きている者は、かえって私たちを淋しくさせます。あたしは兄を、決してきらいではないのですけど、でも、兄に何でも打ち明けて語ろうという親しい気持は起りません。父に対しても同じ事でございます。あたしは、わるい娘、いけない妹なのかも知れません。仕方が無いのでございます。肉親に、したしみを感じないで、かえって、――」

王妃。「ハムレットだけに、親しみを感じているというわけですね。つまらない。およしなさいよ。恋に夢中になっている時には、誰だって自分の父や兄を、きらいになります。当り前の事じゃありませんか。本当に、あなた達の言うことを、真面目《まじめ》に聞いていると馬鹿を見ます。何を言う事やら。」

オフ。「いいえ、王妃さま。あたしは、夢中ではございませぬ。あたしは、こんな事になってしまう前から、ずっと以前から、おしたい申して居りました。いいえ、ハムレットさまでなく、王妃さまを、こっそり、懸命に、おしたい申して居りました。そのうちに、つい、ハムレットさまと、こんなになって喜びやら、くるしみやら、意外の思いやら、いろんな事がございましたが、あたしには、失礼ながら王妃さまを母上とお呼びして甘える事が出来るようになるのではないかしらという淡い期待が何にも増して、うれしかったのでございます。お信じ下さいませ。あたしは小さい時から王妃さまを、どんなに敬い、そうしてどんなに好きで好きでたまらなかったか、王妃さまには、おわかりになりますまい。あたしは今まで、身振りでも、ものの言い様でも、何でもかでも王妃さまの真似《まね》ばかりしてまいりました。ごめんなさい。王妃さまのお身分のせいでは無しに、ただ、女性として魅力あるおかた、いいおかた、すばらしいおかた、ああなんと申し上げたらいいのでしょう、王妃さま、あたしをお笑い下さいませ。あたしは、馬鹿な娘です。ハムレットさまが、もし、王妃さまのお子でなかったら、あたしだって、こんな間違いは起こさなかったろうと思います。あたしは、みだらな女ではございませぬ。王妃さまの大事な大事なお子さまですから、あたしも、大事におあずかりしようと思ったのです。」

王妃。「可愛い冗談ばかりおっしゃる。あなた達は、ふいと思いついた言葉を、そのまま、まことしやかに言い出すので、いつも私たちは閉口します。あなたが私を、少しでも好きだとしたら、それは、やっぱり私の身分のせいです。身分がきらきらしているので、それに眼がくらんで、のぼせ気味になって何でもかでも矢鱈に素晴らしく見えるようになったのでしょう。私は、つまらないお婆《ばあ》さんです。あなたが、ハムレットを拒み得なかったのも、ハムレットの身分のせいです。王妃の大事な子供だから、あたしも大事にしようと思いました等という突飛な意見は、私ひとりは笑って聞き流して、許してもあげますが、他《ほか》のひとにそんな事を言ったら、あなたは白痴か気違い扱いにされてしまいます。あなたが私を母と呼んで甘えたい、それが一ばんの喜びだと無邪気そうにおっしゃっていましたが、わかり切った事です。それは、あなたがデンマーク国の王子の妃になる事の喜びを、申し述べているのに過ぎません。王子の妃になって、王妃を母と呼べる身分になるのは、デンマーク国の女の子と生れて最上のよろこびの筈《はず》です。あたり前の話です。あなた達は、自分の俗な野心を無邪気な甘えた言いかたで、巧みに塗りかえるから油断がなりません。うっかり、だまされます。今の若い人たちは、なんにも知らぬ振りをして子供っぽい口をきいて私たちを笑わせながら、実は、どうして、ちゃっかり俗な打算をしているのだから、いやになります。ほんとうに、抜け目がなくて、ずるいんだから。」

オフ。「ちがいます、王妃さま。どうしてそんなに意地わるく、どこまでもお疑いになるのでしょう。あたしには、そんな大それた浅墓な野心などは、ございません。あたしは、ただ王妃さまを、本当に、好きなのでございます。泣くほど好きです。あたしの生みの母は、あたしの小さい時になくなりましたけれど、いま生きていても、王妃さまほどではないだろうと思います。王妃さまには、あたしのなくなった母よりも、もっと優しく、そうして素晴らしい魅力がございます。あたしは、王妃さまのためには、いつ死んでもいいと思っています。王妃さまのようなおかたを、母上とお呼びして一生つつましく暮したいと、いつも空想して居《お》りました。ご身分の事などは、いちども考えたことがございません。不忠の娘でございます。やっぱり、あたしには母が無いので一そう、お慕いする気持が強いのかも知れません。本当に、あたしには、なんの野心もございません。なさけ無い事をおっしゃいます。あたしは、ハムレットさまのご身分をさえ忘れていました。ただ、王妃さまのお乳の匂いが、ハムレットさまのおからだのどこかに感ぜられて、それゆえ、たまらなくおいとしく思われ、とうとう、こんな恥ずかしい身になりました。あたしは、ちっとも打算をしませんでした。

それは、神さまの前ではっきり誓うことが出来ます。王子さまの妃になって出世しようなどと、そんな大それた野心は、本当に、夢に見たことさえございません。あたしは、ただ、王妃さまの遠いつながりを、わが身に感じている事が出来れば、それで幸福なのでございます。あたしは、もうみんな、あきらめて居ります。いまは、王妃さまのお孫を無事に産み、お丈夫に育てる事だけが、たのしみでございます。あたしは、自分を仕合せな女だと思って居ります。ハムレットさまに捨てられても、あたしは、子供と二人で毎日たのしく暮して行けます。王妃さま。オフィリヤには、オフィリヤの誇りがございます。ポローニヤスの娘として、恥ずかしからぬ智慧《ちえ》も、きかぬ気もございます。あたしは、なんでも存じて居ります。ハムレットさまに、ただわくわく夢中になって、あのおかたこそ、世界中で一ばん美しい、完璧《かんぺき》な勇士だ等とは、決して思って居りません。失礼ながら、お鼻が長過ぎます。お眼が小さく、眉《まゆ》も、太すぎます。お歯も、ひどく悪いようですし、ちっともお綺麗《きれい》なおかたではございません。お脚だって、少し曲って居りますし、それに、お可哀そうなほどのひどい猫脊《ねこぜ》です。性格だって、決して御立派ではございません。めめしいとでも申しましょうか、ひとの陰口ばかりを気にして、いつも、いらいらなさって居ります。いつかの夜など、信じられるのはお前だけだ、僕は人にだまされ利用されてばかりいる、僕は可哀想な子なのだからお前だけでも僕を捨てないでおくれ、と聞いていて浅間しくなるほど気弱い事をおっしゃって、両手で顔を覆《おお》い、泣く真似をなさいました。どうして、あんな、気障なお芝居をなさるのでしょう。そうしてちょっとでもあたしが慰めの言葉を躊躇《ちゅうちょ》している時には、たちまち声を荒くして、ああ僕は不幸だ、誰も僕のくるしみをわかってくれない、僕は世界中で一ばん不幸だ、孤独だ等とおっしゃって、髪の毛をむしり、せつなそうに呻《うめ》くのでございます。ご自分を、むりやり悲劇の主人公になさらなければ、気がすまないらしい御様子でありました。突然立ち上って、壁にはっしとコーヒー茶碗《ぢゃわん》をぶっつけて、みじんにしてしまう事もございます。そうかと思うと、たいへんな御機嫌《ごきげん》で、世の中に僕以上に頭脳の鋭敏な男は無いのだ、僕は稲妻のような男だ、僕には、なんでもわかっているのだ、悪魔だって僕を欺《あざむ》く事が出来ない、僕がその気にさえなれば、どんな事だって出来る、どんな恐ろしい冒険にでも僕は必ず成功する、僕は天才だ等とおっしゃって、あたしが微笑《ほほえ》んで首肯《うなず》くと、いやお前は僕を馬鹿にしている、お前は僕を法螺《ほら》吹きだと思っているのに違いない、お前は僕を信じないからだめだ、お前なんかにはわからない、と急に不機嫌におなりになって、あたしがどんなに誓言しても、こんどは、ひどく調子づいて御自分の事を滅茶苦茶に悪くおっしゃいます。僕は、実は法螺吹きなんだ。山師だよ。いんちきだ。みんなに見破られて、笑われているのだ。知らないのはお前だけだよ。お前は、なんて馬鹿な奴だ。だまされているのだよ。僕に、まんまと、だまされているのさ。ああ、僕も、みじめな男だ。世の中の皆から相手にされなくなって、たったひとり、お前みたいな馬鹿だけをつかまえて威張っている。だらしがないねえ等と、それはもう、とめどもなく、聞いているあたしのほうで泣きたくなる程、御自分の事を平気で、あざ笑いつづけるのです。そうかと思うと一時間も鏡の前に立って、御自分のお顔をさまざまにゆがめて眺めていらっしゃる事もございます。長いお鼻が気になるらしく、鏡をごらんになりながら、ちょいちょい、つまみ上げてみたり等なさるので、あたしも噴き出してしまいます。けれども、あたしは、あのお方を好きです。あんなお方は、世界中に居りません。どこやら、とても、すぐれたところがあるように、あたしには思われます。いろいろな可笑しな欠点があるにしても、どこやらに、神の御子《みこ》のような匂いが致します。あたしだって、誇りの高い女です。ただ、やたらに男のかたを買い被《かぶ》り有頂天になるような事はございません。たとい御身分が王子さまであっても、むやみに御胸におすがりするような事は致しません。ハムレットさまは、此の世で一ばんお情の深いおかたです。お情が深いから、御自分を、もてあましてしまって、お心もお言葉も乱れるのです。きっとそうです。王妃さまだって、ハムレットさまのいいところは、ちゃんとご存じの癖に。」

王妃。「何が何やら、あなた達の言う事は、まるで筋道《すじみち》がとおっていません。私を慕っているからハムレットをも好きになった等とへんな理窟を言うかと思うと、こんどは、ひどくハムレットの悪口をおっしゃって、すぐにまたその口の下から、ハムレット程いいひとは世の中にはいない、神の御子だ、なんて浅間しい勿体《もったい》ない事をおっしゃる。私のようなお婆さんをつかまえて、素晴らしい魅力があるのなんのと、馬鹿らしい事を口走るかと思えば、いいえ、ちっとも夢中になっていない、もう諦《あきら》めている等と殊勝な事をおっしゃる。いったい、どこを、どう聞けばいいのか、私は困ってしまいます。あなたも、ハムレットの影響を受けたのでしょう。第一の高弟《こうてい》とでもいうところでしょうか。ホレーショーだけかと思ったら、あなたも、なかなか優秀なお弟子《でし》のようです。」

オフ。「王妃さまから、そんなに言われると、あたしも、しょげてしまいます。あたしは感じた事を、いつわらず、そのまんま申し上げた筈でございます。あたしの申し上げた事は、皆ほんとうなのです。あれこれと食いちがうのは、きっと、あたしの言いかたが下手なせいでしょう。あたしは王妃さまにだけは嘘《うそ》をつくまいと思っていますし、また、嘘をついても、それにだまされるような王妃さまでもございませんから、あたしは感じた事、思っている事を、のこらず全部申し上げようと、あせるのですが、申し上げたいと思う心ばかりが、さきに走っていって、言葉が愚図愚図して、のろくさくて、なかなか、心の中のものを、そっくり言い現わす事が出来ません。あたしは、神さまに誓って申し上げますが、あたしは正直でございます。あたしは、愛しているおかたにだけは正直になろうと思います。あたしは王妃さまを好きなので、一言も嘘を申し上げまいと努めているのでございますが、努力すればする程あたしの言葉が、下手になります。人間の正直な言葉ほど、滑稽《こっけい》で、とぎれとぎれで、出鱈目に聞えるものはない、と思えば、なんだか無性《むしょう》に悲しくなります。あたしの言葉は、しどろもどろで、ちっとも筋道がとおらないかも知れませんが、でも、心の中のものは、ちゃんと筋道が立っているのです。その、心の中の、まんまるいものが、なんだかむずかしくて、なかなか言葉で簡単には言い切れないのです。だから、いろいろ断片的に申し上げて、その断片をつなぎ合せて全部の感じをお目にかけようと、あせるのですけれども、なんだか、言えば言う程へまになって困ります。あたしは、愛しすぎているのかも知れません。常識を知らないのかも知れません。」

王妃。「みんなハムレットから教えられた理窟でしょう。いまの若い人たちは自己弁解の理窟ばかり達者で、いやになります。そんな、気取った言いかたをなさらず、いっそ、こう言ったらどうですか。あたしは、わからなくなりました、胸が一ぱいです、とだけおっしゃれば、私たちには、かえってよくわかります。あなたは、他の事だと、悪びれず大胆にはきはきおっしゃって、いい子なのに、ハムレットの事になると、へんな理窟ばかりおっしゃって、ご自分の恥ずかしさを隠そうとなさる。あなたは、まだ私に、すみませんというお詫《わ》びをさえ言っていません。」

オフ。「王妃さま。心から、すみませんと思って居れば、なぜだか、その言葉が口から出ないものでございます。あたしたちの今度の行いが、すみませんという一言で、ゆるされるものとは思われませぬ。あたしのからだ一めんに、すみませんという文字が青いインキで隙間《すきま》も無く書き詰められているような気がしているのですけれど、なぜだか、王妃さまに、すみませんと申し上げる事が出来ないのです。白々しい気がするのです。ずいぶんいけない事をしていながら、ただ、すみませんと一言だけ言って、それで許してもらおうなんて考えるのは、自分の罪をそんな意識していない図々《ずうずう》しい人のするわざです。あたしにはとても出来ません。ハムレットさまだって、やはり同じ事で、いまお苦しみなさっていらっしゃるのだと思います。何かで、つぐないをしなければいけない、とあせっていらっしゃるのだと思います。ハムレットさまも、あたしも、このごろ考えている事は、どうして王妃さまにお詫びをしようかという苦しみだけでございます。王妃さまは、いま、お淋《さび》しい御境遇なのですから、あたしたちは、お慰めしなければならないのに、ついこんな具合になってしまって、かえって、御心配をおかけして、こんな事は、悪いとか馬鹿とかそんな簡単な言葉では、とても間に合いません。死ぬる以上に、つらい思いがございます。あたしは、王妃さまを、ずっと昔から、本当に、お慕い申していたのです。それは、本当でございます。一生に一ぺんでも、王妃さまに、褒《ほ》められたいと念じて、お行儀にも学問にも努めてまいりましたのに、まあ、あたしは何というお馬鹿でしょう。つい狂って、王妃さまに、一ばんすまない事を致《いた》しました。ハムレットさまだって、あたしに負けずに、いいえ、あたし以上に王妃さまを敬い、なつかしがっていらっしゃいます。あたしたちは、王妃さまが、いつまでもお達者で、お元気で居られるように祈っています。生きておいでのうちには、きっと、つぐないをしてお目にかけましょうと、あたしはハムレットさまに、しみじみお話申し上げた夜もございました。王妃さま、王妃さま、あら！」

王妃。「ごめんなさい。泣くまいと、さっきから我慢して心にも無い意地悪い事ばかり言っていました。オフィリヤ、私はあなたから、そんなに優しく言われ、慕われると、せつなくなります。この胸が、張り裂けるようでした。オフィリヤ、あなたは、いい子だね。あなたは、きっと正直な子です。おずるいところもあるようだけど、でもまあ、無邪気な、意識しない嘘は、とがめだてするものでない。そんな嘘こそ、かえって美しいのだからね。オフィリヤ、この世の中で、無邪気な娘の言葉ほど、綺麗で楽しいものはないねえ。それに較べると、私たちは、きたない。いやらしい。疲れている。あなたたちが、それでも私を、しんから愛してくれて、いつまでも生きていてくれと祈っている、という言葉を聞いて、私は、たまらなくなりました。ああ、あなたたちの為《ため》にだけでも、私は生きていなければ、ならないのに、オフィリヤ、ゆるしておくれ。」

オフ。「王妃さま、何をおっしゃいます。まるで、あべこべでございます。王妃さまは、何か他の悲しい事を思い出されたのでございましょう。おお、ちょうどよい。ここに腰掛がございます。さ、お坐《すわ》りなさって、お心を落ちつけて下さいませ。王妃さまが、そんなにお泣きなさると、あたし迄《まで》が泣きたくなります。さ、こう並んで腰かけましょう。おや、王妃さま。これは先王さまの御臨終の時の腰掛でございましたね。先王さまが、お庭の此の腰掛にお坐りになって日向《ひなた》ぼっこをなされていると、急に御様子がお悪くなり、あたしたちの駈《か》けつけた時には、もう悲しいお姿になって居られました。あれは、あたしが、新調の赤いドレスをその朝はじめて着てみた日の事でございましたが、あたしは、悲しいやら、くやしいやらで、自分の赤いドレスが緑色に見えてなりませんでした。うんと悲しい時には、赤い色が緑色に見えるようでございます。」

王妃。「オフィリヤ、もう、およし。私は、間違った！　私には、もう、なんにも希望が無いのです。何もかも、つまらない。オフィリヤ、あなたは、これからは気を附けて生きて行くのですよ。」

オフ。「王妃さま、お言葉が、よくわかりませぬ。でも、オフィリヤの事なら、もう御心配いりません。あたしは、ハムレットさまのお子を育てます。」

七　城内の一室

ハムレットひとり。

ハム。「馬鹿だ！　馬鹿だ、馬鹿だ。僕は、大馬鹿野郎だ。いったい、なんの為に生きているのか。朝、起きて、食事をして、うろうろして、夜になれば、寝る。そうして、いつも、遊ぶ事ばかり考えている。三種類の外国語に熟達したが、それも、ただ、外国の好色淫猥《いんわい》の詩を読みたい為であった。僕の空想の胃袋は、他のひとの五倍も広くて、十倍も貪慾《どんよく》だ。満腹という事を知らぬ。もっと、もっと強い刺戟《しげき》を求めるのだ。けれども僕は臆病《おくびょう》で、なまけものだから、たいていは刺戟へのあこがれだけで終るのだ。形而上《けいじじょう》の山師。心の内だけの冒険家。書斎の中の航海者。つまり、僕は、とるにも足らぬ夢想家だ。あれこれと刺戟を求めて歩いて、結局は、オフィリヤなどにひっかかり、そうして、それっきりだ。どうやら僕はオフィリヤに、まいってしまっているらしい。だらしの無い話だ。ドンファンを気取って修行の旅に出かけて、まず手はじめにと、ひとりの小娘を、やっとの事で口説き落したが、その娘さんと別れるのが、くるしくて一生そこに住み込んで、身を固めたという笑い話。まず、小手しらべに田舎娘をだましてみて、女ごころというものを研究し、それからおもむろにドンファン修行に旅立とうという所存でいたのに、その田舎娘ひとりの研究に人生七十年を使ってしまったという笑い話。僕は、深刻な表情をしていながら、喜劇のヒロオだ。案外、道化役者の才能があるのかも知れぬ。このごろの僕の周囲は、笑い話で一ぱいだ。たわむれに邪推してみて、ふざけていたら、たしかな証拠があります等と興覚めの恐ろしい事を真顔で言われて、総毛立った。冗談から駒《こま》が出たとは、この事だ。入歯のおふくろが、横恋慕されたというのも相当の喜劇だ。ポローニヤスが、急に仔《し》細《さい》らしく正義の士に早変りしたというのも噴飯ものだ。僕が、やがてパパになるというのも奇想天外、いや、それよりも何よりも、今夜の此《こ》の朗読劇こそ圧巻だ。ポローニヤスは、たしかに少し気が変になっているのだ。一挙に三十年も四十年も若返り、異様にはしゃぎ出して、朗読劇をやろうなんて言い出すのだから呆《あき》れる。イギリスの女流詩人のなんだか、ひどく甘ったるい大時代の作品を、ポローニヤスが見つけて来て、これを台本にして三人で朗読劇をやろうと言い出す始末なのだから恐れいる。しかもポローニヤスの役は、花嫁というのだから滅茶だ。なるほどその詩の内容は、いまの叔父上と母にとっては、ちょっと手痛いかも知れない。ポローニヤスは、此の朗読劇に、王と王妃を招待して、劇の進行中にお二人が、どんな顔をなさるか、ためしてみようという魂胆なのだが、馬鹿な事を考えたものだ。たとい真蒼《まっさお》な顔をなさったところで、それが、どんな証拠になるものか。また、平気で笑っていたとて、それが無罪の証拠になるとは限らぬ。お二人の感覚の、鋭敏遅鈍の判定は出来るだろうが、有罪、無罪の判定にはなりやしない。全く、ポローニヤスは、どうかしている。馬鹿らしいとは思っていながら、僕も又だらし無い。オフィリヤの親爺《おやじ》のご機嫌をそこねたくないばかりに、それはいい考えだなんてお追従《ついしょう》を言って、ホレーショーにも賛成を強要し、三人で朗読の稽古《けいこ》をはじめたのは、きょうの昼過ぎだ。ホレーショーは、最初あんなに気がすすまないような事を言っていながら、稽古がはじまると急に活気づいて来て、ウイッタンバーグの劇研究会仕込みとかいう奇妙な台詞《せりふ》まわしで黄色い声を張りあげていた。あいつは、本当に正直な男だ。自分の感情を、ちっとも加工しないで言動にあらわす。どんな、へまを演じても何だか綺麗だ。いやらしいところが無い。しんから謙譲な、あきらめを知っている男だ。それに較《くら》べて此の僕は、ああ、馬鹿だ。大馬鹿野郎だ。僕は、あきらめる事を知らない。僕の慾には限りが無い。世界中の女を、ひとり残らず一度は自分のものにしてみたい等と途方も無い事を、のほほん顔で空想しているような馬鹿なのだ。世界中の人間に、しんから敬服されたいものだ、僕の俊敏の頭脳と、卓抜の手腕と、厳酷の人格を時折ちらと見せて、あらゆる人間に瞠目《どうもく》させたい等と頬杖《ほおづえ》ついて、うっとり思案してもみるのだが、さて、僕には、何も出来ない。世界中の女どころか、お隣りの娘さんひとりを持てあまして死ぬほど苦しい思いをしている。卓抜の手腕どころか、僕には国の政治は、なんにもわからぬ。瞠目されるどころか、人に、だまされてばかりいる。人を、こわがってばかりいる。人を、畏敬《いけい》してばかりいる。人が、僕にかたちばかりのお辞儀をしても、僕は、そのお辞儀を、まごころからのものだと思い込んで、たちまち有頂天、発狂気味にさえなって、その人の御期待にお報いせずんばあるべからずと、心にも無い英雄の身振りを示し、取りかえしのつかぬ事になったりして、みんなに嘲笑《ちょうしょう》せられるくらいが落ちさ。

人に悪口を言われても、その人の敵意には気が附かず、みんな僕の為を思って、言いにくい悪口でも無理に言ってくれるのだ、ありがたい、この御厚情には、いつの日かお報いせずんばあるべからずと、心の中の手帳にその人の名を恩人として明記して置くという始末なのだ。人から軽蔑《けいべつ》せられても、かえってそれを敬意か愛情と勘違い恐悦がったりして五、六年経《た》って一夜ふっとその軽蔑だった事に気附いて、畜生！と思うのだが、いや、実に、めでたい！　かと思うとその反面に、打算の強いところもあって、友人達に優しくしてやって心の隅《すみ》では、かならずひそかに、情《なさけ》は人のためならず等と考えているんだから、やりきれない男さ。底の知れない馬鹿とは、僕の事だ。どだい僕には、どんな人が偉いんだか、どんな人が悪いんだかその区別さえ、はっきりしない。淋しい顔をしている人が、なんだか偉そうに見えて仕様が無い。ああ、可哀想《かわいそう》だ。人間が可哀想だ。僕も、ホレーショーも可哀想。ポローニヤスも、オフィリヤも、叔父さんもお母さんも、みんな、みんな可哀想だ。僕には、昔から、軽蔑感も憎悪《ぞうお》も、怒りも嫉妬《しっと》も何も無かった。人の真似《まね》をして、憎むの軽蔑するのと騒ぎ立てていただけなんだ。実感としては、何もわからない。人を憎むとは、どういう気持のものか、人を軽蔑する、嫉妬するとは、どんな感じか、何もわからない。ただ一つ、僕が実感として、此の胸が浪打《なみう》つほどによくわかる情緒《じょうちょ》は、おう可哀想という思いだけだ。僕は、この感情一つだけで、二十三年間を生きて来たんだ。他《ほか》には何もわからない。けれども、可哀想だと思っていながら、僕には何も出来ないんだ。ただ、そう思ってそれを言葉で上手に言いあらわす事さえ出来ず、まして行動に於《おい》ては、その胸の内の思いと逆な現象ばかりがあらわれる。なんの事は無い、僕は、なまけ者の大馬鹿なんだ。何の役にも立ちやしない。ああ、可哀想だ。まったく、笑い事じゃない。ホレーショーも、叔父さんも母も、ポローニヤスも、みんな可哀想だ。僕のいのちが役に立つなら、誰にでも差し上げます。このごろ僕には人間がいよいよ可哀想に思われて仕様がないんだ。無い智慧《ちえ》をしぼって懸命に努めても、みんな、悪くなる一方じゃないか。」

ポローニヤス。ハムレット。

ポロ。「ああ、いそがしい。おや、ハムレットさまは、もうこちらへおいでになっていたのですか。どうです、これは、ちょっとした舞台でしょう？　わしが先刻《さっき》、毛《もう》氈《せん》やら空箱《あきばこ》やらを此の部屋に持ち込んで、こんな舞台を作ったのです。なあに、これくらいの舞台で充分に間に合いますよ。朗読劇でございますから、幕も、背景も要りません。そうでしょう？　でも、何も無いというのも淋しいので、ここへ、蘇鉄《そてつ》の鉢《はち》を一つ置いてみました。どうです、この植木鉢一つで舞台が、ぐんと引き立って見えるじゃありませんか。」

ハム。「可哀想に。」

ポロ。「なんですって？　何が可哀想なんです。蘇鉄の鉢を、ここへ置いちゃ、いけないとおっしゃるのですか？　それじゃ、もっと、舞台の奥のほうに飾りましょうか。なるほど、そう言われてみると、この舞台の端に置かれたんじゃ、蘇鉄の鉢も可哀想だ。いまにも舞台から落っこちそうですものね。」

ハム。「ポローニヤス、可哀想なのは、あなただよ。いや、あなただけでは無く、叔父さんも、母も、みんな可哀想だ。生きている人間みんなが可哀想だ。精一ぱいに堪えて、生きているのに、たのしく笑える一夜さえ無いじゃないか。」

ポロ。「いまさら、また、何をおっしゃる。可哀想だなんて縁起でも無い。あなたは、ひとの折角の計画に水を差して、興覚めさせるような事ばかりおっしゃる。わしは、ただ、あなたのお為を思って、此の度のこんな子供だましのような事をも計画してみたのですよ。わしは、あなた達の正義潔癖の心に共鳴を感じ、真理探求の仲間に参加させてもらったのです。他には、なんの野心もないのです。此の度の、あの怪《け》しからぬ噂《うわさ》が、いったいどこ迄、事実なのか、此の朗読劇を御覧にいれて、ためしてみようという、――」

ハム。「わかった、わかった。ポローニヤス、あなたは、いかにも正義の士だよ。見上げたものです。けれども、自分ひとりの正義感が、他人の平穏な家庭生活を滅茶《めちゃ》滅茶《めちゃ》にぶちこわす事もあります。どちらが、どう悪いというのでは無い。はじめから、人間は、そんな具合に間《ま》がわるく出来ているのだ。叔父さんが、何か悪い事をしているという証拠を得たとて、どうなろう。僕たちみんなが、以前より一そう可哀想になるだけじゃないか。」

ポロ。「いや、ハムレットさま、失礼ながら、まだお若い。もし此のこころみに依《よ》って、王さまに何のうしろ暗いところも無かったという事が、わかったら、わしたちは申す迄も無くデンマークの国民ひとしく、ほっと安堵《あんど》の吐息をもらし、幸福な笑顔が城中に満ちるでしょう。正義は必ずしも、人の非を挙げて責めるものではなく、ある時には、無実の罪を証明してその人を救ってやるものです。ポローニヤスは、その万一の幸福な結果をも期待しているのです。万一！　万一、そんな結果になったら、ああ、それは奇蹟《きせき》に近い、いや、しかし、まあ、とにかく、やってみましょう。その後の事は、ポローニヤスに任せて下さい。決して悪いようには致しません。」

ハム。「ポローニヤス、一生懸命だね。可哀想に。僕には、みんなわかっているよ。ああ、いやだ。叔父さんが、たといどんな事をしていたって、かまわないじゃないか。叔父さんは、叔父さんの流儀で精一ぱいに生き伸びているだけなんだ。僕の気持は、どうやら、くるりと変ったようだ。けさまで、あんなに叔父さんを悪く言い、あの、いまわしい噂の根元を突きとめなければなんて騒ぎ立てていたのだが、ポローニヤス、あれは、あなたに見事ぐさりと突かれたように、醜聞の風向きを変えるためだったのかも知れぬ。やっぱりてれ隠しの道具に使っているだけの事だったのかも知れぬ。先刻、あなたから、たしかな証拠が、残念ながらありますと言われて、急に叔父さんを可哀想になってしまった。可哀想だ。叔父さんは精一ぱいなのだ。叔父さんは、そんな、馬鹿な、悪い事の出来る人じゃない。叔父さんは、僕以上に弱い人なんだ。一生懸命に努めているのだ。ああ、僕は馬鹿だ。叔父さんを冗談にも一時、疑っていたなんて、僕はおっちょこちょいの、恥知らずだ。ポローニヤス、もう正義ごっこは、やめにしようよ。この軽薄な遊戯が、どんな恐ろしい結果になるか、ああ、その恐ろしい結果を考えると、生きて居られない気持がする。」

ポロ。「どうも、あなたは大袈裟《おおげさ》でいけません。けさほどは、くるしいという言葉の連続、ただいまは、可哀想の連発。どこで教えられて来たのか、ひとつ覚えみたいに、連発していらっしゃる。世の中は、情緒だけのものじゃありません。正義と、意志です。立派に生き果すためには、憐憫《れんびん》や反省は大の禁物。あなたは、オフィリヤの事だけを考えて居れば、それでいいのです。ハムレットさまに較べると、ホレーショーどのなんかは、淡泊で無邪気で、本当に青年らしい単純な夢の中で生きています。少しは見習いなさいよ。ホレーショーどのは、もう、此の朗読劇の底の魂胆を忘れてしまったかのように、ただただ、芝居をするという事の嬉《うれ》しさに浮かれ、あんなに熱心に稽古をしていたじゃありませんか。あれでいいのです。あなたは、台詞の稽古は充分ですか。間もなくお客さまたちが、ここへお見えになりますよ。ホレーショーどのが、いま皆さまをお誘い申しにあがったのです。あのひとは、たいへんな張りきりかたですね。内心は、花嫁の役のほうをやりたかったらしいんですけど、あの役は、わしでなければ、うまく出来ない。おや、もうお客さまたちが、やって来たようです。」

王。王妃。侍者数名。ホレーショー。ポローニヤス。ハムレット。

王。「やあ、今夜はお招きを有難う。ホレーショーが、ウイッタンバーグ仕込みの名調子を聞かせてくれるというので、皆を連れて拝聴にまいりました。ほんの近親の者たちばかりで、こういう催しをするのは、実にたのしいものですね。一家団欒《だんらん》というものが、やっぱり人生の最高の幸福なのかも知れない。わしには、このごろ、たのしい事がなくなりました。人生は、どうも重苦しい事ばかりです。本当に、今夜は有難う。ハムレットも、きょうは元気のようですね。親友のホレーショーと遊んでいると機嫌《きげん》もなおるものと見える。これからは時々こんな催し事をするがよい。ハムレットの気も晴れるでしょう。」

ポロ「はい、実は、わしもその積りで、としを忘れて青年の劇団に加入させてもらいました。まず、此のたびの御即位と御婚儀のお祝いのため、つぎには、ハムレットさまのお気晴し、最後に、ホレーショーどのの外国仕込みの発声法御披露《ごひろう》のため、この発声法は又、格別に見事なもので。」

ホレ。「ひやかしちゃ困ります。発声法などと言われては、かえって声が出なくなります。さあ、王妃さま、どうぞ。観客席はそちらでございます。どうぞ、お坐《すわ》り下さいまし。」

王妃。「足もとから鳥が飛び立つように、朗読劇なんか、どうしてはじめる事にしたのでしょう。ハムレットの気まぐれか、ポローニヤスの悪智慧か、ホレーショーは、いい加減におだてられて使われているようですし、何にしても合点のゆかぬ事ですね。」

王。「ガーツルード。芝居の通人《つうじん》は、そんなわかり切った事は言わぬものです。さあ、皆もお坐り。うむ、なかなか舞台もよく出来た。ポローニヤスの装置ですか。意外にも器用ですね。人は、それでも、どこかに取柄《とりえ》があるものだ。」

ポロ。「たしかに。いまに、もっと器用なところを御覧にいれます。さて、それでは、ハムレットさま、舞台へあがりましょう。ホレーショーどのも、どうぞ。」

ハム。「アルプスの山よりも、高いような気がする。断頭台に、のぼるか、よいしょ。」

ホレ。「初演の時は、どなたでも舞台が高くて目まいがします。僕は、三度目だから大丈夫。あ！　足が滑った。」

ポロ。「ホレーショーどの、気を附けて下さい。空箱《あきばこ》を寄せ集めて作ったのですから、でこぼこがあるのです。では、皆さま。わたしたち三人、これこそは正義の劇団。こよいは、イギリスの或《あ》る女流作家の傑作、『迎え火』という劇詩を演出して御覧にいれまする。不馴《ふな》れの老爺《ろうや》もまじっている劇団ゆえ、むさくるしいところもございましょうが御海容《ごかいよう》のほど願い上げます。ホレーショーどのは、外国仕込みの人気俳優、まず、御挨拶《ごあいさつ》は、そちらから。」

ホレ。「え？　僕は、その、何も、いや、困ります。僕は、ただ、花聟《はなむこ》の役を演じてみたいと思っているだけなのです。」

ポロ。「かく申す拙者は、花嫁の役を演じ上げます。」

王妃。「気味が悪い。ポローニヤスどのは、お酒に酔っているらしい。」

王。「酒どころか。もっと、ひどい。あの眼《め》つきを見なさい。」

ハム。「僕は、亡霊の役だそうです。ポローニヤス、早くはじめたら、どうですか。観客が、酔っぱらい劇団だと言っていますよ。」

ポロ。「なに、酔ってないのは、わしだけさ。ばかばかしいが、はじめましょう。では、皆さま。」

花嫁。（ポローニヤス。）

恋人よ。やさしいおかた。しっかり抱いて下さいませ。

あの人が、あたしを連れて行こうとします。

ああ、寒い。

松かぜの音のおそろしさ。この冷い北風は、あたしのからだを凍らせます。
遠い向うの、
遠い向うの、
森のかげから、ちらちら出て来た小さいともし火。
あれは、あたしの迎え火です。

花聟。（ホレーショー。）
おお、抱いてやるとも、私の小鳩《こばと》。
向うの森のあたりには、星がまばたいているだけだ。
あやしい者は、どこにもいない。
朔風《きたかぜ》の勁《つよ》い夜には、星の光も、するどいものです。

亡霊。（ハムレット。）
もし、

もし。
花嫁さん。
一緒においで。よもや、わしを、見忘れた筈《はず》はあるまい。
わしの声は、こがらし。わしの新居は泥《どろ》の底。
わしと一緒に来ておくれ。
氷の寝床に来ておくれ。
呼んでいるのは、私だよ。忘れた筈は、よもや、あるまい。
おいで、と昔ひとこと言えば、はじらいながら寄り添った咲きかけの薔薇《ばら》。
いまは、重く咲き誇るアネモネ。
綺麗《きれい》な嘘《うそ》つき。
おいで。

花嫁。（ポローニヤス。）
あなた。もっと強く抱いて！
あの人は、昔の影で、あたしを苦しめに来ています。

あの人は、冷い指で、あたしの手頸《てくび》を摑《つか》んでいます。
ああ、あなた。しっかり抱いて下さいませ。あたしのからだが、あなたの腕から、
するりと抜けて、あの森の墓地までふわふわ飛んで行きそうです。
あの松籟《まつかぜ》は、人の声。
ふとした迷いから、結んだ昔の約束を、絶えず囁《ささや》く。ひそひそ語る。
あなたもっと強く抱いて！
ああ、おろかしい過去のあやまち。
あたしは、だめだわ。

花聟。（ホレーショー。）

私が、ついている。
なくなった人のことを今更おそれるのは、不要の良心。
私が、ついている。
あやしい者は、どこにもいない。
風の音がこわかったら、しばらく耳をふさいでいなさい。

亡霊。（ハムレット。）

　おいで。

耳をふさいでも、目をつぶっても、わしの声は聞える筈、わしの姿も見える筈。

行こう。

さあ、行こう。

むかしの約束のとおりに、わしはお前を大事に守ってあげるつもりだ。

お前の寝床の用意もしてある。醒《さ》めることの無い、おいしい眠りを与えてくれる佳《よ》い寝床だ。

さあ、おいで。

わしの新居は泥の底。ともかくも、ひたむきに一心不乱に歩いて、行きついた道の終りだ。

さあ、行こう。わし達の昔の誓いを果すのだ。

花嫁。（ポローニヤス。）

あなた。

もう、抱いてくださるには及びませぬ。だめなの。

こがらしの声のあの人は、無理矢理あたしを連れて行きます。

左様なら。

あたしがいなくなっても気を落さず、お酒もたんと召し上れ。ひなたぼっこも、なさいませ。

ああ、もう少し。もう一言《ひとこと》。

わかれの言葉も髪もキスも、なにも、あなたに残さずに、あたしは連れてゆかれます。

もう、だめなの。

あたしを忘れないで下さいませ。


亡霊。（ハムレット。）

むだな事だ。

そんな、いじらしい言葉は、むだです。

お前は、その花聟の心を知らぬ。

お前の愛するその騎士は、お前が去って三日目に、きっとお前を忘れます。

うつくしい、それゆえ脆《もろ》い罪のおんなよ。

お前は、やがてあの世で、わしがきょう迄《まで》くるしんだ同じ苦しみを嘗《な》めるのだ。

嫉妬《しっと》。

それがお前の、愛されたいと念じた揚句の収穫だ。

実に、見事な収穫だ。

いまに、その花嫁の椅子《いす》には、お前よりもっと若く、もっと恥じらいの深い小さい女が、お前とそっくりの姿勢で腰かけて、花聟にさまざまの新しい誓いを立てさせ、やがて子供を産むだろう。

この世では、軽薄な者ほど、いつまでも皆に愛されて、仕合せだ。

さあ、行こう。

わしとお前だけは、
雨風にたたかれながら、
飛び廻り、泣き叫び、駈《か》けめぐる！

王妃。「よして下さい！　ハムレット、いい加減に、およしなさい。これは一体、誰の猿智慧《さるぢえ》なんです？　ばかばかしくて、見て居られません。どうせ、いやがらせをなさる積りなら、も少し気のきいた事でやって下さい。あなたがたは卑怯《ひきょう》です。陋劣《ろうれつ》です。私は、おさきに失礼します。なんだか、吐きそうになりました。」

王。「ちっとも怒る事は、ありません。面白いじゃないか。まだ、此《こ》のつづきもあるようです。ポローニヤスの花嫁は、お手柄《てがら》でした。もっと強く抱いて、と息《いき》をつめて哀願するところもよかったし、あたしは、だめだわと言って、がくりと項垂《うなだ》れるところなど、実に乙女の感じが出ていました。うまいものですね。」

ポロ。「お褒《ほ》めにあずかって、おそれいります。」

王。「ポローニヤス、あとで、わしの居間にちょっとおいでを願います。ハムレットは、台本に無い台詞《せりふ》まで言っていましたね。でも、なんだか熱が無かった。表情が投げやりでした。」

王妃。「私は、失礼いたします。こんな下手くその芝居は、ごめんです。ポローニヤスの花嫁には、海坊主の花聟でなければ釣合《つりあい》がとれません。では、おさきに。」

王。「まあ、お待ちなさい。ハムレット、もう此の芝居は、すんだのですか？」

ハム。「ああ、すみました。もっと、つづきもあるんですけど、どうだっていいんです。もうよしましょう。芝居を演ずるのが、真の目的ではなかったのですから。さあ、みなさん、お帰り下さい。どうも今夜は、お退屈さまでした。」

王。「そんなところだろうと思っていました。さあ、ガーツルード、それでは、わしも一緒に失礼しましょう。いや、なかなか面白かった。ホレーショー。ウイッタンバーグ仕込みの名調子は、どもりどもり言うところに特色があるようですね。」

ホレ。「いやしい声を、お耳にいれました。どうも、此の朗読劇に於《お》いては、僕は少し役不足でありました。」

王。「ポローニヤスは、あとでちょっと、わしの居間に。では、失礼。」

ポローニヤス。ハムレット。ホレーショー。

ポロ。「一筋縄《ひとすじなわ》では、行かぬわい。」

ホレ。「なにほどの事も、無かったようですねえ。」

ハム。「当り前さ。王妃は怒り、王は笑った。それだけの事がわかったとて、それが、何の鍵《かぎ》になるのだ。ポローニヤス、あなたは、馬鹿だよ。オフィリヤ可愛《かわい》さに、少し、やきがまわったようですね。わしとお前だけは、雨風にたたかれながら、飛び廻り、泣き叫び、駈けめぐる！」

ポロ。「なに、事件は、これから急転直下です。まあ、見ていて下さい。」

八 王の居間

王。ポローニヤス。

王。「裏切りましたね、ポローニヤス。子供たちを、そそのかして、あんな愚にも附かぬ朗読劇なんかをはじめて、いったい、どうしたのです。気が、へんになったんじゃないですか？ 自重して下さい。わしには、たいていわかっています。君は、あんなふざけた事をしてわしたちを、おどかし、自分の娘の失態を、容赦させようとたくらんでいるのでしょう？ ポローニヤス、やっぱり、あなたも親馬鹿ですね。なぜ直接に、わしに相談しないのですか。うらみがあるなら、からりとそのまま打ち明けてみたらいいのだ。君は、不正直です。陰険です。それも、つまらぬ小細工ばかり弄《ろう》して、男らしい乾坤一擲《けんこんいってき》の大陰謀などは、まるで出来ない。ポローニヤス、少しは恥ずかしく思いなさい。あんな、嘴《くちばし》の青い、ハムレットだのホレーショーだのと一緒になって、歯の浮くような、きざな文句を読みあげて、いったい君は、どうしたのです。なにが朗読劇だ。遠い向うの、遠い向うの、とおちょぼ口して二度くりかえして読みあげた時には、わしは、全身、鳥肌《とりはだ》になりました。ひどかったねえ。見ているほうが恥ずかしく、わしは涙が出ました。君は、もとから神経が繊細で、それはまた君の美点でもあり、四方八方に、こまかく気をくばってくれて、遠い将来の事まで何かと心配し、わしに進言してくれるので、わしは大変たすかり、君でなくてはならぬと、心から感謝し、たのもしくも思っていたのですが、それが同時に君の欠点でもあって、豪放磊落《らいらく》の気風に乏しく、物事にこせこせして、愚痴っぽく、思っていることをそのまま言わず、へんに紳士ふうに言い繕う癖があります。詩人肌とでもいうのでしょうかね。どうも陰気でいけません。胸の中に、いつも、うらみを抱いているように見えるものですから、城中の者どもにも、けむったがられ、あまり好かれないようじゃありませんか。たいして悪い事も出来ない癖に、どこやら陰険に見えるのです。性格が、めめしいのです。濁っているのです。」

ポロ。「この王にして、この臣ありとでも言うところなのでしょう。ポローニヤスのめめしいところは、王さまからの有難い影響でございましょう。」

王。「血迷って、何を言うのです。無礼です。何を言うのです。その、ふくれた顔つきは、まるで別人のように見えます。ポローニヤス、君は、本当に、どうかしているのではないですか。さきほどは、あんな薄気味のわるい黄色い声を出して花嫁とやらの、いやらしい役を演じ、もともと神経が羸弱《るいじゃく》で、しょげたり喜んだり気分のむらの激しい人だから、何かちょっとした事件に興奮して地位も年齢も忘れて、おどり出したというわけか、でも、それにも程度がある、ポローニヤスとわしとは、三十年間、謂《い》わばまあ同じ屋根の下で暮して来たようなものですが、今夜のように程度を越えた醜態は、はじめてだ、これには、或《ある》いは深いわけがあるのかも知れぬ、ゆっくり問いただしてみましょう、と思ってわしは君をここへお呼びしたのですが、なんという事です。一言のお詫《わ》びどころか、顔つきを変えて、このわしに食ってかかる。ポローニヤス！　さ、落ちついて、はっきり答えて下さい。君は、いったい、なんだってあんな子守っ子だって笑ってしまうような甘ったるい芝居を、年甲斐《としがい》もなくはじめる気になったのですか。とにかくあの芝居は、いや、朗読劇か、とにかくあの、くだらない朗読劇は、君の発案ではじめたものに違いない。わしには、ちゃんとわかっています。ハムレットだって、ホレーショーだって、もっと気のきいた台本を択《えら》びます。あんな大仰な、身震いせざるを得ないくらいの古くさい台本は、君でなくては、択べません。

何もかも、君の仕業です。さ、ポローニヤス。答えて下さい。なんだってあんな、無礼な、馬鹿な真似《まね》をするのです。」

ポロ。「王さまは御聡明《ごそうめい》でいらっしゃるのですから、べつにポローニヤスがお答え申さずとも、すべて御洞察《ごどうさつ》のことと存じます。」

王。「こんどは又、ばか丁寧に、いや味を言う。すねたのですか？　ポローニヤス、そんな気取った表情は、およしなさい。ハムレットそっくりですよ。君も、ハムレットのお弟子《でし》になったのですか？　さっき王妃から聞いた事ですが、このごろあちこちにハムレットのお弟子があらわれているそうですね。ホレーショーは、あれは前からハムレットには夢中で、口の曲げかたまでハムレットの真似をしているのですが、このごろはまた、わかい女のお弟子も出来たそうです。それからまた、ただいまは、おじいさんのお弟子も出来たようです。ハムレットも、こんなにどしどし立派な後継者が出来て、心丈夫の事でしょう。ポローニヤス、いいとしをして、そんなにすねるものではありません。不満があるなら、からりと打ち明けてみたら、どうですか。オフィリヤの事なら、わしはもう覚悟をきめています。」

ポロ。「おそれながら、問題は、オフィリヤではございません。あれの運命は、もうきまって居《お》ります。田舎のお城に忍んで行って、ひそかにおなかを小さくするだけの事です。そうしてわしは、職を辞し、レヤチーズの遊学は中止。わしたち一家は没落です。それはもう、きまっている事です。ポローニヤスは、あきらめて居ります。一国ハムレットさまは、やはりイギリスから姫をお迎えなさらなければなりませぬ。一国の安危にかかわる事です。オフィリヤも不憫《ふびん》ではありますが、国の運命には、かえられませぬ。ポローニヤス一家は、いかなる不幸にも堪え忍んで生きて行くつもりでございますから、その点は御安心下さい。さて、問題は、オフィリヤではございませぬ。問題は、正義です。」

王。「正義？　不思議な事を言いますね。」

ポロ。「正義。青年の正義です。ポローニヤスは、それに共鳴したという形になっているのでございます。王さま、いまこそポローニヤスは、つつまず全部を申し上げます。」

王。「なんだか、朗読劇のつづきでも聞かされているような気がします。へんに芝居くさく、調子づいて来たじゃありませんか。」

ポロ。「王さま、ポローニヤスは真面目《まじめ》です。王さまこそ、そんなに茶化さずに、真剣にお聞きとりを願います。まず第一に、わしから王さまにお伺い申し上げたい事がございます。王さまは、このごろの城中の、実に不愉快千万の噂《うわさ》に就いて、どうお考えになって居られますか。」

王。「なんですか、君の言う事は、よくわからないのですが、オフィリヤの噂だったら、わしは、けさはじめて君から聞いて知ったので、それまでには夢にも思い設けなかった事でした。」

ポロ。「おとぼけなさっては、いけません。オフィリヤの事など、いまは問題でございません。それはもう、解決したも同然であります。わしのいまお伺い申しているものは、もっと大きく、おそろしく、なかなか解決のむずかしい問題でございます。王さまは、本当に何もご存じないのですか。お心当りが無いのでしょうか。そんな筈《はず》はない。そんな筈は、──」

王。「知っている。みな知っています。先王の死因に就いて、けしからぬ臆測《おくそく》が囁《ささや》き交されているという事は、わしも承知して居ります。怒るよりも、わしは、自分の不徳を恥ずかしく思いました。そんな途方も無い滅茶な噂が、まことしやかに言い伝えられるのも、わしの人徳のいたらぬせいです。わしは、たまらなく淋《さび》しく思っています。けれども、噂は、ひろがるばかりで、このごろは外国の人の耳にもはいっている様子でありますから、このまま、わしが自らを責めて不徳を嘆いているだけでは、いよいよ噂も勢いを得て、とりかえしのつかぬ事態に立ちいたるかも知れぬと思い、この噂の取締りに就いて、君と相談してみたいと考えていたところでした。わしは、まあ、平気ですが、王妃は、やはり女ですから、ずいぶん此の噂には気を病んで、このごろは夜もよく眠っていない様子であります。このまま荏苒《じんぜん》、時を過ごしていたなら、王妃は死んでしまいます。わしたちの、つらい立場を知りもせぬ癖に、わかい者たちは何かと軽薄な当てこすりやら、厭味《いやみ》やらを言って、ひとの懸命の生きかたを遊戯の道具に使っています。なさけ無い事と思っていたら、こんどは君まで、どんな理由か、わかりませんが、わかい者の先に立って躍り狂っているのだから、本当に世の中がいやになります。ポローニヤス、まさか君まで、あの噂を信じているわけじゃないだろうね。」

ポロ。「信じて居ります。」

王。「なに？」

ポロ。「いいえ、信じて居りません。けれども、わしは信じている振りをしていようと思っています。ポローニヤスの、これが置土産の忠誠でございます。王さま、いや、クローヂヤスさま。三十余年間、臣ポローニヤスのみならず、家族の者まで、御《ご》寵愛《ちょうあい》と御庇護《ごひご》を得てまいりました。此度《このたび》オフィリヤの残念なる失態に依《よ》り、おいとましなければならなくなって、ポローニヤスの胸中には、さまざまの感慨が去来いたして居ります。つらい別離の御挨拶《ごあいさつ》を申し上げる前に、一つ、忠誠の置き土産、御高恩の万分の一をお報いしたくて、けさほどから、わかい人たちに対して、最善と思われる手段を講じて置きました。わかい人たちは、あの噂を、はじめは冗談みたいに扱って、たわむれに大袈裟《おおげさ》に騒ぎまわっていたのですが、わしはその騒ぎを否定せず、かえって、あの噂には根拠がある、あの噂は本当だと教えてあげました。」

王。「ポローニヤス！　それが、なんの忠誠です。若い者をそそのかし、蜚語《ひご》を撒《ま》きちらして、忠誠も御恩報じもないものだ。ポローニヤス、君の罪は、単に辞職くらいでは、すまされません。わしは、君を見そこなった。こんな、くだらぬ男だとは思わなかった。」

ポロ。「お怒りは、あと廻しにしていただきたく思います。もし、ポローニヤスの此度の手段が間違って居りましたら、どんな御処刑でも甘んじてお受け致《いた》します。クローヂヤスさま、おそれながら此度の奇怪の噂は、意外なほど広く諸方に伝えられ、もみ消そうとすればするほど、噂の火の手はさかんになり尋常一様の手段では、とても防ぐ事の出来ぬと見てとりましたので、死中に活を求める手段、すなわち、わしが頗《すこぶ》る軽率に騒ぎ出して、若い人たちに興覚めさせ、王に同情の集るように仕組んだものでございますが、果して、もうハムレットさまも、ホレーショーも、いまでは、わしが正義、正義と連呼して熱狂する有様に閉口し、王さまの弁護をさえ言い出している始末でございます。この風潮が、城中の奥から起って、やがて、ざわざわ四方に流れていって、噂の火焔《かえん》を全部消しとめてくれるのも、遠い将来ではございますまい。すべてが、うまく行ったようです。噂というものは、こちらで、もみ消そうとするとかえって拡《ひろ》がり、こちらから逆に大いに扇《あお》いでやると興覚めして自然と消えてしまうものでございます。わしだって、いいとしをして、若い人たちにまじって、やれ正義だの、理想だのと歯の浮くような気障《きざ》な事を言って、とうとう、あの花嫁の役まで演じなければならなくなり、ずいぶんつらい思いをしました。いま考えても、冷汗《ひやあせ》が湧《わ》きます。微衷をお汲《く》み取り願い上げます。」

王。「よく言った。見事な申し開きでありました。けれども、ポローニヤス、わしは子供ではありません。そんな、馬鹿げた弁解を、どうして信じる事が出来ましょう。信じたくても、馬鹿らしくて、つい失笑してしまいます。噂の火の手を消すために、逆に大いに扇いだ、なんて、そんな、馬鹿な、子供だましの言い繕いは、ハムレットあたりに聞かせてあげると、或いは感服させる事が出来るかも知れんが、わしには、ただ滑稽《こっけい》に聞えますよ。たいへんな忠臣も、あったものだ。ポローニヤス、もう何も言うな！　ばからしくて聞いて居られぬ。わしから言ってあげます。君は、ガーツルードに、昔から或る特種な感情を抱いて居った筈でした。この度、先王が急になくなって、ガーツルードが悲嘆の涙にくれていた時、君の慰めの言葉には、異様な真情がこもっていたので、わしには、はっきりわかったのです。不埒《ふらち》なやつだ。あわれな男だ、とその時から、わしは君を、ひそかに警戒していたのです。ポローニヤス、君は、ご自分では気が附かず、ただもう、いらいらして、オフィリヤの失態に極度に恐縮してみたり、かと思うと唐突に、正義だの潔癖だのと言い出して子供たちのお先棒をかついで、わしたちに当り散らしたり、または、遽《にわ》かに忠臣を気取ってみたり、このたびのオフィリヤの事件を転機として、しどろもどろに乱れていますが、それは君のきようまで堪えに堪えて来た或る種の感情が、いま頗る滑稽な形で爆発したというだけの事です。君は、ご自分では気がつくまい。ただもう、いらいらして、老いのかんしゃく玉を誰かれの区別なくぶっつけてやりたいような気持なのでしょうが、ポローニヤス、その気持は、昔から或る名前で呼ばれて、ちゃんと規定されてあります。さっきの朗読劇でハムレットの読み上げた言葉の中にもありましたね。気がつきましたか。嫉妬《しっと》、と呼ばれているようですね。」

ポロ。「ぷ！　自惚《うぬぼ》れもたいがいになさいまし。恋ゆえ人は、盲目にもなるようです。王さまこそ、どうかなさって居られます。ご自分が恋していらっしゃると、人も皆、恋しているもののように見えるらしい。とにかく、その、嫉妬とやらいうお言葉だけは、お返し申し上げます。ポローニヤスは、男やもめの生活こそ永く致してまいりましたが、不面目の色沙汰《いろざた》ばかりは致しませぬ。王さまこそ、へんな嫉妬をなさって居られる。本当に、王さまの只今《ただいま》の御心情こそ、嫉妬とお呼びして然《しか》るべきものと存じます。永い間の秘めたる思いが先方にとどいて、王さまも、お喜びなさって居られるのが当然のところ、こんな、わしみたいな野暮ったい老人にまで嫉妬なさるとは、さては、お内の首尾があまり上乗でないと、ポローニヤス拝察つかまつりますが、いかがなものでありましょう。」

王。「だまれ！　ポローニヤス、気が狂ったか。誰に向って言っているのだ。娘の失態から、もはや、破れかぶれになっているものと見える。いまの無礼の雑言《ぞうごん》だけでも充分に、免職、入牢《にゅうろう》の罪に価《あた》いします。けがらわしい下賤《げせん》の臆測は、わしの最も憎むところのものだ。ポローニヤス、建設は永く、崩壊は一瞬だね。君の三十年間の忠勤も、今宵《こよい》の無礼で、あとかたも無く消失した。はかないものだね。人の運命なんて、一寸《いっすん》さきも予測出来ないものだね。どんな事になるものか、まるっきり、わからない。宿命を、意志でもって左右できると、わしは之《これ》まで信じていたが、やっぱり、どこかに神のお思召《ぼしめ》しというものもあるらしい。ポローニヤス。わしは、ついさきまで君を、ゆるして上げるつもりで居りました。オフィリヤの事も、わしは最悪の場合を覚悟していたのです。ハムレットが、真実、オフィリヤにまいっていて、わしたちの忠告に耳を傾けてくれそうも無い時には、仕方がありません、イギリスの姫の事は断念して、オフィリヤとの結婚を、ゆるしてあげるつもりでした。王妃は、もはや、オフィリヤの味方になっています。王妃は、きょうの夕刻このわしに、泣いて跪《ひざまず》いてたのみました。きょう迄《まで》わしを冷笑して来たガーツルードが、はじめて誇りを捨ててたのみました。わしとしても、覚悟せざるを得なかった。イギリスから姫を迎える事は、重大な政策の一つではあったが、わが家を不和にして迄、それを敢行する勇気は、わしには無いのだ。わしは、弱い！　良い政治家ではないようだ。デンマーク国の運命よりも、一家の平和を愛している。よい夫、よい父にさえなれたら、それで満足なのです。わしには、国王の資格が無いのかも知れぬ。わしは君たちを、ゆるしてやろうと思っていました。みんな、弱い者同志だ。助け合って、これからも仲良くやって行こうと覚悟をきめた矢先に、ポローニヤス、君はなんという馬鹿な男だろう。ひとりで、ひがんで、君たち一家が、もう没落するものとばかり思い込み、自暴自棄になってしまって、王妃には、かなわぬ恋の意趣返し、つまらぬ朗読劇などで、あてこすりを言い、また、此《こ》のわしには、はじめは忠臣の苦肉の策だ等と言いくるめようとして、見破られると今度は居直って、無礼千万の恐喝《きようかつ》めいた悪口雑言をわめき立てる。ポローニヤス、わしは、もう君たちを許すのが、いやになった。君は、おろかだ。見え透いている。わしは、人間の悪《あく》を許す事は出来ますが、人間のおろかさは、許す事が出来ない。愚鈍は、最大の罪悪だ。ポローニヤス、此度は、職を辞するくらいでは、済みませんよ。わかっているでしょうね。」

ポロ。「嘘《うそ》だ！　嘘だ。王さまの、おっしゃる事は、みな嘘だ。ハムレットさまとオフィリヤとの結婚を、ゆるす気でいらっしゃったなんて、嘘も嘘、大嘘だ。お弱い？　よい政治家ではない？　デンマーク国よりも、一家の平和のほうを愛していらっしゃる？　何もかも嘘だ。王さまほどのお強い、卓抜の手腕をお持ちの政治家は、欧洲《おうしゆう》にも数が少うございます。ポローニヤスは、かねてより、ひそかに舌を巻いて居ります。王さま、おかくしになってはいけません。此の部屋には、王さまと、ポローニヤスと二人きり、他《ほか》には誰も居りません。時刻も、もはや丑満時《うしみつどき》です。城内の者は、もとより、軒端《のきば》に宿る小鳥たち、天井裏に巣くう鼠《ねずみ》、のこらずぐっすり眠って居ります。聞いている者は、誰も無い。さあ、おっしゃって下さい。ポローニヤスは何もかも、よく存じ上げて居るのです。王さまは、此の二箇月間、ポローニヤスの失脚の機会を、ひそかにねらって居られた筈です。」

王。「つまらぬ譫語《うわごと》ばかり言っている。丑満時が、どうしたというのです。恥ずかしげもなく、芝居がかった形容詞を並べたて、いったい、何をそんなに、いきまいているのですか？　みっともない。ポローニヤス、もう、おさがりなさい。追って、申し渡す事があります。」

ポロ。「いますぐ、お沙汰を承りましょう。ポローニヤスは、覚悟をしています。とても、のがれられぬと、あきらめて居ります。此の二箇月間、わしは王さまに、つけねらわれて居りました。何か失態は無いものかと鵜《う》の目、鷹《たか》の目で、さぐられていたのです。わしはそれを知っていたので、何事も、王さまの御意向にさからわぬよう充分に気をつけて、きのう迄は、どうやら大過なく勤めて来たつもりで居りました。わが子のレヤチーズを、フランスへ遊学にやったのも、一つには、王さまの恐しい穿《せん》鑿《さく》の眼から、のがれさせてやる為《ため》でもありました。わしに失態が無くとも、レヤチーズが若い粗暴の振舞いから何かしくじりを、しでかさぬものでもない。レヤチーズに多少の落度《おちど》でもあったなら、待っていたとばかりに王さまは、わしの一家を罰して葬《ほうむ》り去るのは、火を見るより明かな事ゆえ、わしは万全を期してレヤチーズをフランスへ逃がしてやり、やれ安心と思うまもなく、意外、残念、わしの一ばん信頼していたオフィリヤが、とんでも無い間違いをやらかしているのを、きのう知って、足もとの土が、ざあっと崩れて、もう駄目《だめ》だと観念いたしました。いまは、せめてオフィリヤの幸福だけでもと、藁《わら》一すじに縋《すが》る気持で、けさほどハムレットさまに御相談申し上げたところ、失礼ながらハムレットさまは未だお若く、黒雲がもくもく湧き立ったとか、乱雲が覆《おお》いかぶさったとか、とりとめのない事を口走るばかりで一向に、たよりにも何もなりませぬ。よくおたずねしてみたら、ハムレットさまは只今、オフィリヤの事よりも、先王の死因に就いてのあの恐ろしい噂の事ばかり気にして居られて、必ず噂の根元《こんげん》を突きとめてみたい、と意気込んでおっしゃるような始末なので、こんな無分別なお若い人たちのなさる事を黙って傍観していると、藪《やぶ》から蛇《へび》みたいな、たいへんな結果が惹起《じゃっき》するかも知れぬ、ここはポローニヤス、一世一代《か》の策略、または忠誠の置土産、躊躇《ちゅうちょ》せずに若い人たちの疑惑を支持し、まっさき駈けて、正義を叫び、あのような甘ったるい朗読劇を提唱し、若い人たちのほうで呆《あき》れて、興覚めするように仕組んだのだという事は、まえにも申し上げましたが、王さまは、てんで信じて下さいませんでした。わしの心の奥隅《おくすみ》には、やはりオフィリヤがいじらしく、なんとかして、あの子だけでも仕合せになれるように祈っているところもあったのでございましょう。いやな疑惑を一刻も早く、ハムレットさまのお心から追い払ってあげて、そうしてあとはオフィリヤの事ばかりを考えて下さるよう、全力を挙げてオフィリヤの為にたたかって下さるよう、そのような、オフィリヤの為にもよかれ、と思って仕組んだところも無いわけではなかった。けれども、決してそればかりでは、ございません。王さま、お信じ下さい！　人間には、よい事をしたいという本能があります。ひとに感謝をされたいと思って生きているものです。ポローニヤスは、きょう一日、王さまのため、王妃さまのため、ハムレットさまのため、忠誠の立派な置土産をしたつもりで居ります。お褒《ほ》めにあずかって当然のところ、おろかな言い繕いだの、破れかぶれだのおっしゃって嘲笑《ちようしよう》なされ、はては、嫉妬なぞと思いも掛けぬ濡衣《ぬれぎぬ》を着せようとなさるので、ポローニヤスもつい我慢ならず、失礼な雑言を口走りました。ポローニヤスは、もはや観念して居ります。王さまは此の二箇月間、ポローニヤスがこのような窮地に落ちいるのを、待ちに待って居られたのです。さぞ、本懐でございましょう。ポローニヤスは、なるほど馬鹿でございます。デンマーク一ばんの、おろか者でございます。どうせこんな結果になるのが、はじめからわかっていたのに、忠誠の置土産などと要らざる義理立てをしたばかりに、かえって不利な立場に押し込まれました。御処罰も、数段と重くなった事でございましょう。自ら墓穴を掘りました。」

王。「ああ、わしは眠っていました。たくみな台詞《せりふ》まわしに、つい、うっとりしたのです。ポローニヤス、少し未練がましくないかね。いまさら愚痴を並べてみても、はじまらぬ。おさがりなさい。わしの心は、きまっています。」

ポロ。「わるいお方だ。王さま、あなたは、わるいお方です。わしは、あなたを憎みます。申しましょうか。あの事を、わしは知らないと思っているのですか。わしは、見たのです。此の眼で、ちゃんと見たのです。二箇月前、あれを、一目《ひとめ》見たばかりに、それ以来わしは不幸つづきなのだ。王さまは、わしに見られた事に気附いて、それからわしを失脚させようと鵜の目、鷹の目になられたのです。わしは、王さまから嫌《きら》われてしまった。そのうち必ず、わしは窮地におとされて、此の王城から追い払われるだろうとわしは覚悟をしていました。ああ、見なければよかった。何も、知らなければよかった。正義！　先刻《さっき》までは見せかけだけの正義の士であったが、もういまは、腹の底から、わしは正義のために叫びたくなりました。」

王。「さがれ！　聞き捨てならぬ事を言う。自分の過失を許してもらいたいばかりに、何やら脅迫がましい事まで口走る。不潔な老いぼれだ。さがれ！」

ポロ。「いや、さがらぬ。わしは見たのだ。ふたつき前の、あの日、忘れもせぬ、朝は凍えるように寒かったが、ひる少しまえから陽《ひ》がさして、ぽかぽか暖くなって先王は、お庭に、お出ましなさったが、その時だ、その時。」

王。「乱心したな！　処罰は、ただいま与えてやる。」

ポロ。「処罰、いただきましょう。わしは見たのだ。見たから、処罰をもらうのだ。あ！　畜生！　短剣の処罰とは！」

王。「ゆるせ。殺すつもりは無かったが、つい、鞘《さや》が走って、突き刺した。さきほどからの不埒の雑言、これも自分の娘可愛《かわい》さのあまりに逆上したのだ、不憫《ふびん》の老人と思い怺《こら》えて聞いていたのだが、いよいよ図に乗り、ついには全く気が狂ったか、奇怪な恐ろしい事までわめき散らすので、前後のわきまえも無く短剣引き抜き、突き刺した。ゆるせ。君の言葉も過ぎたのだ。オフィリヤの事なら心配するな。ポローニヤス、わしの言う事が、わかるか。わしの顔が、わかるか。」

ポロ。「正義のためだ。そうだ、正義のためだ。オフィリヤ、鎧《よろい》を出してくれ。お父さんは、いけないお父さんだったねえ。」

王。「涙。わしのような者の眼からでも、こんなに涙が湧いて出る。この涙で、わしの罪障が洗われてしまうといいのだが、ポローニヤス、君は一体なにを見たのだ。君の疑うのも、無理がないのだ。あっ！　誰だ！　そこに立っているのは誰だ！　逃げるな。待て！　おお、ガーツルード。」

九　城の大広間

ハムレット。オフィリヤ。

ハム。「そうか。ポローニヤスが、昨夜から姿を見せぬか。それは少し、へんだね。でも、まあ、たいした事は無かろう。大人には、おとなの世界があるんだ。見え透いた権謀術数を、見破られていると知りながらも、仔細《しさい》らしい顔つきをして、あっちでひそひそ、こっちでこそこそ、深く首肯《うなず》き合ったり、目くばせしたり、なあに、たいした事でも無い癖に、つまりその策略の身振りが楽しくて、こたえられないばかりに、矢鱈《やたら》に集っては打ち合せとかいう愚劣な芝居をしたがるものさ。叔父さんも、ポローニヤスも、こせこせした権謀術数を、なかなかお好きなようだから、二人でゆうべ打ち合せて、また何か小細工をはじめているのかも知れぬ。ゆうべの朗読劇にしたって、あれにもポローニヤスの深慮遠謀があったのさ。そうでも無ければ、あの人は気が狂ったのだ。何か、抜け目の無い、小ざかしい魂胆があったのさ。僕には、たいてい見当が附いている。あの人たちは、どうして、なかなかの曲者《くせもの》だよ。もっとも、曲者というものは、たいてい浅墓《あさはか》で興覚めな、けち臭い打算ばっかりやっている哀れな、賤《いや》しい存在だが、それを見破ったからとて、こちらでただ軽蔑《けいべつ》して、のほほん顔でいたならば、ひどい目に遭う。うっかりしていると、してやられる。黙殺したい、いや、蔑棄したい程、いやな存在だが、油断がならん。僕は、はじめ、ポローニヤスの朗読劇を、娘可愛さのあまり逆上して、王や王妃に、いや味を言うための計略、とばかり思っていたが、ゆうべまた、よく考えてみたら、どうもそればかりでも無いらしい。あの人たちのする事は、一から十まで心理の駈引《かけひ》き、巧妙卑劣の詐欺《さぎ》なのだから、いやになる。僕は、ゆうべ、やっと判《わか》って、判ったら、ぎょっとした。あの人たちは、おそろしい。一つも信用出来ない。此の世の中には、やっぱり悪い人というものがいたのだ。僕は、このとしになって、やっと、世の中に悪人というものが本当にいるのを発見した。手柄《てがら》にもなるまい。あたりまえの発見だ。僕は、よっぽど頭が悪い。おめでたい。いまごろ、やっと、そんな当然の事を発見して、おどろいている始末なのだから、たいしたものだよ。底の知れない、めでたい野郎だ。ゆうべの朗読劇は、あれは、もともと叔父さんとポローニヤスと、ひそかに、しめし合せてはじめた事だ。それは、たしかだ。間違っていたら、この眼《め》をくり抜いて差し上げてもよい。もう僕は、だまされない。叔父さんは、僕たちの疑惑の眼を避けたいばかりに、ポローニヤスと相談して、僕たちを瞞着《まんちゃく》する目的で、あんな不愉快千万の仕組みを案出したのだ。馬鹿にしていやがる。僕たちは、完全に、あの人たちの笛に踊らされたというわけだ。つまり、叔父さんは、自分のうしろ暗さを、ごまかそうとして先手を打ち、ポローニヤスに命じて、僕たちを使嗾《しそう》させ、あんな愚劣な朗読劇なんかで王をためさせて、それでも王は平気だから僕たちはがっかりして、あの恐ろしい疑いもおのずから僕たちの胸から消え去り、やがては城中の人たちにも、僕たちと同じ気持が、それからそれと伝って、すべての不吉な囁《ささや》きは消滅するようになるだろうという、浅墓な魂胆があったのだ。僕の見当には、狂いが無い。叔父さんとポローニヤスは、はじめから同じ穴の狢《むじな》だったのさ。どうして僕は、こんなわかり切った事に気がつかなかったのだろう。どうも、あの人たちのする事は、あくどくて、いけない。そんなにまでして僕たちを、だまさなければいけないのか。僕たちのほうでは、あの人たちを、たのみにもしているし、親しさも感じているし、尊敬さえもしているのだから、いつでも気をゆるして微笑《ほほえ》みかけているのに、あの人たちは、決して僕たちに打ち解けてくれず、絶えず警戒して何かと策略ばかりしているのだから、悲しくなる。なんという事だ。二人でしめし合せて、一人は検事に、一人は被告になっていい加減の嘘の言い争いをして見せて、ほどよいところで証拠不充分、無罪放免さ。僕とホレーショーは、その贋《にせ》の検事に、深刻な顔つきをしてお手伝いをして、いい気持でいたんだから、これは後世までの笑い草にもなるだろう。光栄極まる。けれども、あの人たちの策略は、たしかに一応は成功したのだ。ホレーショーは、もう、これで王さまも晴天白日、ハムレット王家万万歳、僕たちは、たとい一時期でもあの噂《うわさ》を信じ、王さまを疑っていたとは恥ずかしい、あんな失礼な朗読劇なんかをやって、後でお叱《しか》りがなければいいが等《など》と言って、全く叔父さんを信用し、かえって自分たちの疑惑に恐縮していたし、城中の人たちも、そろそろ叔父さんを尊敬し直して来たようだ。人の心は、実にたわいが無いものだ。風に吹かれる葦《あし》みたいに、右にでも左にでも、たやすく靡《なび》く。僕だって、あの朗読劇の直後には、ポローニヤスが逆上し錯乱しているものとばかり思って、叔父さんが気の毒でたまらず王の居間へ行ってお詫《わ》びしようかとさえ思ったものだが、あとで落ち附いて考えてみると、冗談じゃない、僕たちは、まんまと一杯くわされたのだという事がわかって、ぞっとした。何か、在るのだ。あの不吉な噂は、嘘でない！　叔父さんとポローニヤスは、悪の一味だ。いまは二人で、腹を合せて悪の露見を必死になって防いでいる。けれども僕には、わかるんだ。僕の眼は、ごまかせない。もう、こうなれば、僕も覚悟をきめなければならぬ。あの人たちは、悪い人だ。ポローニヤスだって、はじめから、何もかも知っていたのだ。それを、正義だの、青年の仲間だのと言って、僕たちを言いくるめて、いい加減に踊らせたのだから天晴《あっぱ》れな伎《ぎ》倆《りょう》だ。あの人が正義の仲間だったら、天国は満員の鮨詰《すしづ》めで、地獄のほうは、がらあきだ。いや、失敬。つい興奮し過ぎて、ポローニヤスが君のお父さんだという事を忘れていました。でも僕は、ことさらに君の父ひとりを悪く言っているんじゃないからね、叔父さんだって同じ事さ、僕は世の中のおとな一般に就《つ》いて怒っているのだ。そこは誤解のないように。おや、泣いているね。どうしたのです。お父さんの姿が見えないので、心細いというわけか。やっぱり心配なのかね。大丈夫ですよ。いまごろは、王さまの内密の御命令で、いそがしい仕事に没頭しているに違いない。どんな仕事だか、それは僕にもわからぬが、どうせ、ろくな事でない。」

オフ。「泣いてなんかいないわよ。眼にごみが、はいったので、ハンケチでこすっていたのよ。ほら、もう、ごみがとれました。泣いてなんかいないでしょう？　ハムレットさまは、いつでも、あたしの気持を、へんに大袈裟《おおげさ》に察して下さるので、あたしは時々、噴き出したくなる事があるの。あたしが、ただうっとりと夕焼けを眺《なが》めて、綺麗《きれい》だなあと思っているのに、ハムレットさまは、あたしの肩にそっとお手を置かれて、わかるよ、くるしいだろうねえ、けれども苦しいのは君だけじゃない、夕焼けの悲しさは、僕にだってよくわかる、けれども、怺えて生きて行こう、もうしばらく、僕ひとりの為にだけでも生きていておくれ、いっそ死にたいという思いを抱いて、それでも忍んで生きている人は、この世に何万人、何十万人もいるのだよ、なんて、まるであたしが、死ぬ事でも考えているかのように、ものものしい事をおっしゃるので、あたしは可笑《おか》しくて、くるしくなります。あたしには、いま、悲しい事なんか一つもありませんわ。いつも、あんたは、へんにお察しがよすぎて、ひとりで大騒ぎをなさるので、あたしは、まごついてしまいます。女なんて、そんなに、いつも深い事を考えているものではございません。ぼんやり生きているものです。父がゆうべから姿を見せぬので、少しは心配でございますが、でも、あたしは、父を信じて居《お》ります。父は、ハムレットさまのおっしゃるような、そんな悪い人ではございません。あなたは、気まぐれですから、きょうは、うんと悪くおっしゃっても、また明日は、ひどくお褒めになる事もございますので、あたしは、ハムレットさまのお言葉は、あまり気にかけない事にしているのですが、でも、ただいまのように、滅茶滅茶に父をお疑いになって、こわい事をおっしゃると、あたしだって泣きたくなります。父は、気の弱い人です。とても興奮し易《やす》いのです。ゆうべの朗読劇とやらは、あたしはこんなからだですから御遠慮して、拝見しませんでしたけれど、もし父が正義のためだと言ってはじめたものなら、きっと、そのとおり、それは、父の正義心から出た催し事だと思います。父は小さい冗談のような嘘《うそ》は、しょっちゅう言って、あたしたちをだましますが、決して大きな、おそろしい嘘は言いません。その点は、まじめな人です。潔癖です。責任感も強い人です。きのうは、きっと父が、ハムレットさまたちの情熱に感激して前後の弁《わきま》えも無く、朗読劇なんかをはじめたのだろうと思います。父を、もう少し信頼してやって下さいませ。」

ハム。「おや、おや、きょうは、どういう風の吹きまわしか、紅唇《こうしん》、火を吐くの盛観を呈している。いつも此《こ》の調子でいてくれると、僕も張り合いがあって、うれしいのだが。」

オフ。「すぐそんなに茶化してしまうので、なんにも言いたくなくなります。あたしは、まじめに申し上げているのよ。ハムレットさま。あたしは、きょうから、なんでも思っている事を、そのまま言ってしまうことにしたの。ハムレットさまだって褒めてくださると思うわ。いつも、あたしが愚図愚図ためらったり、言いかけてよしたりすると、ハムレットさまは、御機嫌がお悪くなって、お前は僕を信頼しないからいけない、愛情の打算が強すぎるから、そんなに、どもってしまうのだとお教えになりました。あたしは、此の二箇月間、まるで自信をなくしていたので、つい、めそめそして、言いたい事も言えずに溜息《ためいき》ばかりついていたのです。以前は、そんなでも無かったのですが、苦しい秘密を持つようになってから、めっきり駄目になりました。でも、きのう王妃さまからさまざま優しいお言葉をいただいて、すっかり元気になりました。からだの具合も、きのうから、別のひとのように、すっきりしてまいりました。もういままでは、ハムレットさまのお子さまを産んで、丈夫に育てるという希望だけで胸が一ぱいでございます。あたしは、いまは幸福です。とても、なんだか、うれしいの。これからは、昔のお転婆《てんば》なオフィリヤにかえって、誇りを高くもって、考えている事をなんでもぽんぽん言おうと思うの。ハムレットさま、あなたは少し詭弁家《きべんか》よ。ごめんなさい。だって、あなたのおっしゃる事は、みんな、なんだかお芝居みたいなんですもの。甘ったるいわ。ごめんなさい。あなたは、いつでも酔っぱらってるみたいだわ。ごめんなさい。しょってるわ。いやらしいわ。深刻癖というものじゃないかしら。あなたは、いつでも御自分を悲劇の主人公にしなければ気がすまないらしいのね。ごめんなさい。だって、そうなんですもの。王さまだって、また、あたしの父のポローニヤスだって、決してハムレットさまのおっしゃるような、そんな悪い、下劣な人じゃ無いわ。ハムレットさまが、ひとりでひがんで、すねて居られるものだから、王さまも、あたしの父も、また王妃さまも、とても弱っていらっしゃるのよ。それだけの事だと、あたしは思うの。このごろ、なんだか、いやな噂がお城にひろがっているようですけど、誰も本気に噂しているわけじゃなかったのよ。あたしのところの乳母や女中は、そんな芝居が外国で流行《はや》っているそうですね、面白く仕組まれた芝居ですね、なんてのんびり言って居りますよ。まさか、此のデンマークの王さまと王妃さまの事だ等とは、ゆめにも思っていない様子でございます。みんな、のどかに王さまと王妃さまをお慕い申して居ります。それでいいのだと思うわ。本気に疑って、くるしんでいなさるのは此のエルシノア王城で、ハムレットさま、あなたぐらいのものなのよ。父がゆうべ、正義の心から朗読劇をやったそうですが、それはまた、どうした事でしょう。ちょっと、あたしにも、わかりません。きっと父は、興奮したのよ。とても興奮し易い父ですから。あたしには、父のする事を、とやかく詮議《せんぎ》立てする資格も無し、また女の子は、父たちのなさることを詮議立てしたって何もわからないのが当り前の事ですから、あたしは、はっきりとは言えませんけれど、でも、あたしは父を信じています。また、王さまをも信じています。王妃さまは、もとからあたしの尊敬の的でした。なんでも無いのよ。ハムレットさまひとりが、計略だの曲者だの、駈引《かけひ》きだのとおっしゃって、いかにも周囲に、悪い人ばかりうようよいるような事をおっしゃって、たいへん緊張して居られますが、滑稽《こっけい》だわ。ごめんなさい。だって、あなたは、敵もいないのに敵の影を御自分の空想でこしらえて、油断がならん、うっかりするとだまされる等と、深刻がっていらっしゃるのですもの。王さまだって、王妃さまだって、とってもハムレットさまを愛していらっしゃるのに、どうして、おかりにならないのでしょう。悪いお方なんか、どこにもいないわ。ハムレットさま。あなただけが、悪いお方なのかも知れないわ。だって、みんな平和に、なごやかにお暮しなさっているところへ、あなたが、むずかしい理窟《りくつ》をおっしゃって、みなさんを攻撃して、くるしめて、そうしてこの世の中で、あなたの愛情だけが純粋で献身的で、――」

ハム。「オフィリヤ、ちょっと待った。めそめそ泣かれるのも困るが、そんな自信ありげな気焔《きえん》を、調子づいてあげられても閉口だ。オフィリヤ、君は、きょう、どうかしてるぞ。君には、ちっともわかっていない。そうかなあ。いままで、そんな具合に僕を解釈していたのかなあ。残念だね。女ってのは、いくら言って聞かせても、駄《だ》目《め》なものだ。ちっとも、わかっていやしないじゃないか。僕は、甘いさ。あるいは、酔っぱらっているかも知れない。いやらしい。芝居臭い。それも、よかろう。そう見えるんだったら仕方が無い。けれども、僕は、絶対に、いい気になっているわけではないし、自分の愛情だけを純粋で献身的だと思いこみ、人を矢鱈に攻撃してくるしめているわけでも無い。むしろ、その逆だ。僕は、つまらない男なのだ。だらしのない男なのだ。僕は、それが恥ずかしくて、てんてこ舞いをしているのだ。自分のいたらなさ、悪徳を、いやになるほど自分で知っているので、身の置きどころが無いのだ。僕は、絶対に詭弁家ではない。僕は、リアリストだ。なんでも、みな、正確に知っている。自分の馬鹿さ加減も、見っともなさも、全部、正確に知っている。それぱかりでは無い。僕は、ひとのうしろ暗さに対しても敏感だ。ひとの秘密を嗅《か》ぎつけるのが早いのだ。これは下劣な習性だ。悪徳が悪徳を発見するという諺《ことわざ》もあるけれど、まさしくそのとおり、ひとの悪徳を素早く指摘できるのは、その悪徳と同じ悪徳を自分も持っているからだ。自分が不義をはたらいている時は、ひとの不義にも敏感だ。誇りになるどころか、実に恥ずべき嗅覚《きゅうかく》だ。僕は、不幸にして、そのいやらしい嗅覚を持っている。僕の疑惑は、いまだ一度も、はずれた事が無いのだ。オフィリヤ、僕は不仕合せな子なんだよ。君には、わかるまい。僕には高邁《こうまい》なところが何も無い。のらくらの、臆病者《おくびょうもの》の、そうして過度の感覚の氾濫《はんらん》だけだ。こんな子は、これから一体、どうして生きて行ったらいいのだ。オフィリヤ、僕が叔父さんや、お母さんや、また、ポローニヤスの悪口を言うのは、何もあの人たちを軽蔑し、嫌悪《けんお》しているからでは無いのだ。僕には、そんな資格が無い。僕は、うらめしいのだ。いつも、あの人たちに裏切られ、捨てられるのが、うらめしいのだ。僕は、あの人たちを信頼し、心の隅《すみ》では尊敬さえしているのに、あの人たちは、へんに僕を警戒し、薄汚いものにでも触るような、おっかなびっくりの苦笑の態度で僕に接して、ああ、あの人たちは、そんなに上品な人たちばかりなのかねえ、いつでも見事に僕を裏切る。打ち明けて僕に相談してくれた事が一度も無い。大声あげて、僕をどやしつけてくれた事もかつて無い。どうして僕を、そんなに、いやがるのだろう。僕は、いつでもあの人たちを愛している。愛して、愛して、愛している。いつでも命をあげるのだ。けれども、あの人たちは僕を避けて、かげでこそこそ僕を批判し、こまったものさ、お坊ちゃんには、等と溜息をついて上品ぶっていやがるのだ。僕には、ちゃんとわかっている。僕は、ひがんでなんかいやしない。僕は、ただ正確なところを知っているだけだ。オフィリヤ、少しは、わかったか。君まで、おとなの仲間入りをして、僕に何やら忠告めいた事を言うとは、情ないぞ。孤独を知りたかったら恋愛せよ、と言った哲学者があったけど、本当だなあ。ああ、僕は、愛情に飢えている。素朴《そぼく》な愛の言葉が欲しい。ハムレット、お前を好きだ！　と大声で、きっぱり言ってくれる人がないものか。」

オフ。「いいえ。オフィリヤも、こんどは、なかなか負けませぬ。ハムレットさま、あなたは本当に言いのがれが、お上手です。ああ言えば、こうおっしゃる。しょっているると申し上げると、こんどは逆に、僕ほど、みじめな生きかたをしている男は無いとおっしゃる。本当に、御自分の悪いところが、そんなにはっきり、おわかりなら、ただ、御自分を嘲《あざけ》って、やっつけてばかりいないで、いっそ黙ってその悪いところをお直しになるように努められたらどうかしら。ただ御自分を嘲笑《ちょうしょう》なさっていらっしゃるばかりでは、意味ないわ。ごめんなさい。きっと、あなたは、ひどい見栄坊《みえぼう》なのよ。ほんとうに、困ってしまいます。ハムレットさま、しっかりなさいませ。愛の言葉が欲しい等と、女の子のような甘い事も、これからは、おっしゃらないようにして下さい。みんな、あなたを愛しています。あなたは、少し慾《よく》ばりなのです。ごめんなさい。だって人は、本当に愛して居れば、かえって愛の言葉など、白々しくて言いたくなくなるものでございます。愛している人には、愛しているのだという誇りが少しずつあるものです。黙っていても、いつかは、わかってくれるだろうという、つつましい誇りを持っているものです。それを、あなたは、そのわずかな誇りを踏み躙《にじ》って、無理矢理、口を引き裂いても愛の大声を叫ばせようとしているのです。愛しているのは、恥ずかしい事です。また、愛されているのも何だか、きまりの悪い事です。だから、どんなに深く愛し合っていても、なかなか、好きだとは言えないものです。それを無理にも叫ばせようとするのは残酷です。わがままです。ハムレットさま、あたしの愛が信ぜられなくとも、せめて王妃さまの御愛情だけでも信じてあげて下さいませ。王妃さまは、お気の毒です。ハムレットさまおひとりを、たよりにしていらっしゃいます。きのうお庭で王妃さまは、あたしの手をお取りになって、ひどくお泣きになりました。」

ハム。「意外だね。君から愛の哲理を拝聴しようとは、意外だね。君は、いつから、そんな物知りになったのですか。いい加減に、やめるがよい。小理窟を覚えた女は、必ず男に捨てられますよ。パウロが言っていますよ。われ、女の、教うる事と、男の上に権を執る事を許さず、ただ静かにすべし、とね。そうして、女もし慎みと信仰と愛と潔《きよ》きとに居らば、子を生む事に因《よ》りて救わるべし、と言い結んである。人にものを教えようと思ったり、男の頭を押えようとしないで、ただ、静かに、生れる子供の事を考えていなさい、という意味だ。いい子だから、二度と再び、変な理窟は言わないでくれ。世界が暗くなってしまう。察するところ、お母さんから悪智慧《わるぢえ》を附けられて、妙に自信を得たのだろう。お母さんは、あれで、なかなか理論家だからね。いまに、パウロの罰を受けるぞ。こんど君が、お母さんに逢《あ》ったら、こう言ってやってくれ。言葉の無い愛情なんて、昔から一つも実例が無かった。本当に愛しているのだから黙っているというのは、たいへん頑固《がんこ》なひとりよがりだ。好きと口に出して言う事は、恥ずかしい。それは誰だって恥ずかしい。けれども、その恥ずかしさに眼をつぶって、怒濤《どとう》に飛び込む思いで愛の言葉を叫ぶところに、愛情の実体があるのだ。黙って居られるのは、結局、愛情が薄いからだ。エゴイズムだ。どこかに打算があるのだ。あとあとの責任に、おびえているのだ。そんなものが愛情と言えるか。てれくさくて言えないというのは、つまりは自分を大事にしているからだ。怒濤へ飛び込むのが、こわいのだ。本当に愛しているならば、無意識に愛の言葉も出るものだ。どもりながらでもよい。たった一言でもよい。せっぱつまった言葉が、出るものだ。猫《ねこ》だって、鳩《はと》だって、鳴いてるじゃないか。言葉の無い愛情なんて、古今東西、どこを捜してもございませんでした、とお母さんに、そう伝えてくれ。愛は言葉だ。言葉が無くなれや、同時にこの世の中に、愛情も無くなるんだ。愛が言葉以外に、実体として何かあると思っていたら、大間違いだ。聖書にも書いてあるよ。言葉は、神と共に在り、言葉は神なりき、之《これ》に生命《いのち》あり、この生命《いのち》は人の光なりき、と書いてあるからお母さんに読ませてあげるんだね。」

オフ。「いいえ、決して王妃さまから教えられて申し上げているのではございません。あたしは、あたしの思っていることを、精一ぱいに申し上げているだけなのです。ハムレットさま、あなたは、おそろしい事をおっしゃいます。もし愛情が、言葉以外に無いものだとしたなら、あたしは、愛情なんかつまらないものだと思います。そんなものは、いっそ無いほうがよい。ただ世の中を、わずらわしくするだけです。神さまが、あたしには、どうしても、ハムレットさまのおっしゃる事は、信じられません。神さまは、おまえ居ります。神さまは、黙っていて、そうして皆を愛して居ります。神さまは愛して居りまを好きだ！　なんて、決して叫びはいたしません。けれども、神さまは愛して居ります。みんなを、森を、草も、花も、河も、娘も、おとなも、悪い人も、みんなを一様に、黙って愛して下さいます。」

ハム。「おさない事を言っている。君の信仰しているものは、それは邪教の偶像だ。神さまは、ちゃんと言葉を持って居られる。考えてごらん。一ばんはじめ僕たちに、神さまの存在を、はっきり教えてくれたものは、なんだろう。言葉じゃないか。福音《ふくいん》じゃないか。キリストは、だから、――おや、叔父さんが、多勢の侍者を引きつれて、血相かえてやって来た。きょう、此の大広間で、何か儀式でもあるのかしら。ここは、ふだんめったに使わない部屋だから、オフィリヤとこっそり逢うのに適当だと思って、ちょいちょいオフィリヤを、ここへ呼び出す事にしていたのだが、こんな不意の事もあるから油断が出来ない。オフィリヤ、さあ、そこのドアから早く逃げ出せ。議論は、この次にまた、ゆっくりしよう。これからは、いろいろ教育してあげる。そうだ、そのドアだ。なんて素早い奴だ。風のように逃げちゃった。恋は女を軽業師にするらしい、とは、まずい洒落《しゃれ》だ。」

王。侍者多勢。ハムレット。

王。「ああ、ハムレット。はじまりましたよ。戦争が、はじまりましたよ。レヤチーズの船が、犠牲になりました。ただいま知らせが、はいりました。レヤチーズたちの乗って行った船が、カテガット海峡に、さしかかると、いずこからともなく、ノーウエーの軍艦が忽然《こつぜん》と姿をあらわし、矢庭《やにわ》に発砲したという。こちらは商船、たまったものでない。けれども、レヤチーズは勇敢であった。おびえる船員を叱咤《しった》し、激励し、みずからは上甲板に立って銃を構え、弾丸《たま》のあるかぎり撃ちまくったのです。敵の砲弾は、わがマストに命中し、たちまち帆がめらめら燃え上った。さらに一弾は船腹に命中し、鈍い音をたてて炸裂《さくれつ》し、ぐらりと船は傾いて、もはや窮した。この時、レヤチーズは、はじめてボートの支度《したく》を下知《げち》して、四、五の船客をまずボートに抱き乗せ、つぎに船員の、妻子のある者にも避難を命じ、自分は屈強のいのち知らずの若い船員五、六名と共に船に居残り、おのおの剣を抜いて敵兵の襲来を待機した。一兵といえども祖国の船に寄せつけじと、レヤチーズは死ぬる覚悟、ヘラクレスの如《ごと》く泰然自若たるものがあったという。敵艦の者も此の勇者の姿を望見し、おじ恐れて、ただ、わが帆船のまわりをうろつき、そのおのずから炎上し沈没するのを待つより他《ほか》はなかったのだ。レヤチーズは、悲壮にも船と運命を共にしたのです。惜しい男だ。父に似ぬ、まことの忠臣、いや、父の名を恥ずかしめぬ天晴《あっぱ》れの勇者です。わしたちは、レヤチーズの赤心に報いなければならぬ。いまは、デンマークも立つべき時です。ノーウエーとの永年の不和が、とうとう爆発したのです。わしは、けさその急報に接し、ただちに、決意しました。神は正義に味方をします。戦えば、わがデンマークは必ず勝ちます。なに、前から機会をねらっていたのだ。レヤチーズは、尊い犠牲になってくれました。父子《おやこ》そろって、いや、レヤチーズの霊は必ず手厚く祭ってやろう。それが国王としてのわしの義務だ。」

ハム。「レヤチーズ。僕と同じ、二十三歳。竹馬の友。少し頑固で怒りっぽく、僕には少し苦手だったが、でも、いい奴だった。死んだのか？　オフィリヤが聞いたら卒倒するだろう。ここにいなくて、さいわいだった。レヤチーズ。その身に箔《はく》をつけるため、将来のおのれの出世に備えるため、フランスに遊学の途端に、降って湧《わ》いた災難、その時とっさに自分の野望をかなぐり捨て、デンマーク国の名誉を守るために、一身を犠牲にして悔いる色が無かった。僕は、負けたよ。レヤチーズ。君は、僕をきらいだったね。僕だって、君を好いてはいなかった。オフィリヤの事が起ってからは、君を恐怖さえしていた。僕たちは、幼い時から、はげしい競争をして来た。好敵手だった。表面は微笑《ほほえ》み合いながらも、互いに憎んでいた。僕には、君が邪魔だったよ。けれども、君は、やっぱり、偉いやつだ。父上、――」

王。「はじめて、父上と呼んでくれましたね。さすがに、デンマーク国の王子です。国の運命のためには、すべての私情を捨てましょう。本日これから、この広間に群臣を集めて重大の布告をいたします。ハムレット、立派な将軍振りを見せて下さい。」

ハム。「いいえ、弱い一兵卒になりましょう。僕は、レヤチーズに負けました。ポローニヤスは、どうしていますか？　あの人の胸中にも、悲痛なものがあるでしょうね。」

王。「それは、もちろんの事です。わしは、充分になぐさめてやるつもりで居《お》ります。さて、王妃は、いったい、どうしたのでしょう。けさから姿が見えぬのです。いま、ホレーショーに捜させているのですが、君は、見かけませんでしたか？　きょうの布告の式には、王妃も列席してないと、具合がわるい。やっぱり、こんな時には、ポローニヤスがいないと不便ですね。」

ハム。「では、ポローニヤスは？　もう、此の城にいないのですか？　どこかへ出発したのですか？　叔父さん、そんなに顔色を変えてどうしたのです。」

王。「どうもしやしません。このデンマーク国、興廃の大事な朝に、ポローニヤス一個人の身の上などは、問題になりません。そうでしょう？　わしは、はっきり言いますが、ポローニヤスは、いまこの城にいないのです。あれは不忠の臣です。もっとくわしい事情は、いまは、言うべき時ではない。いずれ、よい機会に、堂々と、包みかくさず発表します。」

ハム。「何か、あったな？　ゆうべ、何かあったな？　叔父さんの、あわてかたは、戦争の興奮ばかりでも無いようだ。僕も、うっかり、レヤチーズの壮烈な最後に熱狂し、身辺の悶着《もんちゃく》を忘れていた。叔父さんは、御自分のうしろ暗さを、こんどの戦争で、ごまかそうとしているのかも知れぬ。案外、これは、――」

王。「何を、ひとりでぶつぶつ言っているのです。ハムレット！　君は、馬鹿だ！　大馬鹿だ！　ふざけるのも、いい加減にし給《たま》え。戦争は冗談や遊戯ではないのだ。このデンマークで、いま不真面目《ふまじめ》なのは君だけだ。君が、それほど疑うなら、わしも、むきになって答えてあげる。ハムレット、あの城中の噂《うわさ》は、事実です。いや、わしが、先王を毒殺したというのは、あやまり。わしには、ただ、それを決意した一夜があった、それだけだ。先王は、急に病気でなくなられた。ハムレット、君は、それでもわしを、罰する気ですか？ 恋のためだ。くやしいが、まさに、それだ。ハムレット、さあ、わしは全部を言いました。君は、わしを、罰するつもりですか？」

ハム。「神さまに、おたずねしたらいいでしょう。ああ、お父さん！ いいえ、叔父さん、あなたじゃない。僕には、僕のお父さんが、あったのだ。可哀想《かわいそう》なお父さん。きたない裏切者の中で、にこにこ笑って生きていたお父さん。裏切者は、この、とおり！」

王。「あ！ ハムレット、気が狂ったか。短剣引き抜き、振りかざすと見るより早く、自分自身の左の頰《ほお》を切り裂いた。馬鹿なやつだ。それ、血が流れて汚い。それは一体、なんの芝居だ。わしを切るのかと思ったら、くるりと切先《きっさき》をかえて自分自身の頰に傷をつけ居った。自殺の稽古《けいこ》か、新型の恐喝《きょうかつ》か。オフィリヤの事なら、心配せんでもよいのに、馬鹿な奴だ。君が凱旋《がいせん》した時には、必ず添わしてあげるつもりだ。泣く事はない。戦争がはじまれば、君も一方の指揮者なのです。それ、上衣《うわぎ》にまで血が流れて来た。そんなに泣いては、部下の信頼を失いますよ。ああ、それ、誰かハムレットを、向うへ連れて行って、手当をしてあげなさい。戦争の興奮で、気がへんになったのかも知れぬ。意気地《いくじ》の無い奴だ。おお、ホレーショー、何事です。」

ホレーショー。王。ハムレット。侍者多勢。

ホレ。「取り乱した姿で、ごめん！　ああ、王妃さまが、あの、庭園の小川に、――」

王。「飛び込んだか！」

ホレ。「手おくれでございました。覚悟の御最後と見受けられます。喪服を召され、小さい銀の十字架を右の手のひらの中に、固く握って居られました。」

王。「気が弱い。わしを助けてくれる筈《はず》の人が、この大事の時に、馬鹿な身勝手の振舞いをしてくれた。わしが悪いのではない！　あの人が、弱かったのだ。他人の思惑に負けたのだ。気の毒な。ええっ！　汚辱の中にいながらも、堪え忍んで生きている男もいるのだ。死ぬ人は、わがままだ。わしは、死なぬ。生きて、わしの宿命を全《まっと》うするのだ。神は、必ずや、わしのような孤独の男を愛してくれる。強くなれ！　クローヂヤス。恋を忘れよ。虚栄を忘れよ。デンマーク国の名誉、という最高の旗じるし一つのために戦え！　ハムレット、腹の中では、君以上に泣いている男がいますよ。」

ハム。「信じられない。僕の疑惑は、僕が死ぬまで持ちつづける。」

（昭和十六年七月文藝春秋社刊）

待つ

省線のその小さい駅に、私は毎日、人をお迎えにまいります。誰とも、わからぬ人を迎えに。

市場で買い物をして、その帰りには、かならず駅に立ち寄って駅の冷たいベンチに腰をおろし、買い物籠《かご》を膝《ひざ》に乗せ、ぼんやり改札口を見ているのです。上り下りの電車がホームに到着する毎《ごと》に、たくさんの人が電車の戸口から吐き出され、どやどや改札口にやって来て、一様に怒っているような顔をして、パスを出したり、切符を手渡したり、それから、そそくさと脇目《わきめ》も振らず歩いて、私の坐《すわ》っているベンチの前を通り駅前の広場に出て、そうして思い思いの方向に散って行く。私は、ぼんやり坐っています。誰か、ひとり、笑って私に声を掛ける。おお、こわい。ああ、困る。胸が、どきどきする。考えただけでも、背中に冷水をかけられたように、ぞっとして、息がつまる。けれども私は、やっぱり誰かを待っているのです。いったい私は、毎日ここに坐って、誰を待っているのでしょう。どんな人を？　いいえ、私の待っているものは、人間でないかも知れない。私は、人間をきらいです。いいえ、こわいのです。人と顔を合せて、お変りありませんか、寒くなりました、などと言いたくもない挨拶《あいさつ》を、いい加減に言っていると、なんだか、自分ほどの嘘《うそ》つきが世界中にいないような苦しい気持になって、死にたくなります。そうしてまた、相手の人も、むやみに私を警戒して、当らずさわらずのお世辞やら、もったいぶった嘘の感想などを述べて、私はそれを聞いて、相手の人のけちな用心深さが悲しく、いよいよ世の中がいやでいやでたまらなくなります。世の中の人というものは、お互い、こわばった挨拶をして、用心して、そうしてお互いに疲れて、一生を送るものなのでしょうか。私は、人に逢《あ》うのが、いやなのです。だから私は、よほどの事でもない限り、私のほうからお友達の所へ遊びに行く事などは致《いた》しませんでした。家にいて、母と二人きりで黙って縫物をしていると、一ばん楽な気持でした。けれども、いよいよ大戦争がはじまって、周囲がひどく緊張してまいりましてからは、私だけが家で毎日ぼんやりしているのが大変わるい事のような気がして来て、何だか不安で、ちっとも落ちつかなくなりました。身を粉《こ》にして働いて、直接に、お役に立ちたい気持なのです。私は、私の今までの生活に、自信を失ってしまったのです。

家に黙って坐って居られない思いで、けれども、外に出てみたところで、私には行くところが、どこにもありません。買い物をして、その帰りには、駅に立ち寄って、ぼんやり駅の冷たいベンチに腰かけているのです。どなたか、ひょいと現れたら！　という期待と、ああ、現われたら困る、どうしようという恐怖と、でも現われた時には仕方が無い、その人に私のいのちを差し上げよう、私の運がその時きまってしまうのだというような、あきらめに似た覚悟と、その他さまざまのけしからぬ空想などが、異様にからみ合って、胸が一ぱいになり窒息する程くるしくなります。生きているのか、死んでいるのか、わからぬような、白昼の夢を見ているような、なんだか頼りない気持になって、眼前の、人の往来の有様も、望遠鏡を逆に覗《のぞ》いたみたいに、小さく遠く思われて、世界がシンとなってしまうのです。ああ、私は一体、何を待っているのでしょう。ひょっとしたら、私は大変みだらな女なのかも知れない。大戦争がはじまって、何だか不安で、身を粉にして働いて、お役に立ちたいというのは嘘で、本当は、そんな立派そうな口実を設けて、自身の軽はずみな空想を実現しようと、何かしら、よい機会をねらっているのかも知れない。ここに、こうして坐って、ぼんやりした顔をしているけれども、胸の中では、不埒《ふらち》な計画がちろちろ燃えているような気もする。

一体、私は、誰を待っているのだろう。はっきりした形のものは何も無い。ただ、もやもやしている。けれども、私は待っている。大戦争がはじまってからは、毎日、毎日、お買い物の帰りには駅に立ち寄り、この冷たいベンチに腰をかけて、待っている。誰か、ひとり、笑って私に声を掛ける。おお、こわい。ああ、困る。私の待っているのは、あなたでない。それでは一体、私は誰を待っているのだろう。旦那《だんな》さま。ちがう。恋人。ちがいます。お友達。いやだ。お金。まさか。亡霊。おお、いやだ。もっとなごやかな、ぱっと明るい、素晴らしいもの。なんだか、わからない。たとえば、春のようなもの。いや、ちがう。青葉。五月。麦畑を流れる清水。やっぱり、ちがう。ああ、けれども私は待っているのです。胸を躍らせて待っているのだ。眼《め》の前を、ぞろぞろ人が通って行く。あれでもない、これでもない。私は買い物籠をかかえて、こまかく震えながら一心に一心に待っているのだ。私を忘れないで下さいませ。毎日、毎日、駅へお迎えに行っては、むなしく家へ帰って来る二十《はたち》の娘を笑わずに、どうか覚えて置いて下さいませ。その小さい駅の名は、わざとお教え申しません。お教えせずとも、あなたは、いつか私を見掛ける。

（昭和十七年六月『女性』収録）

解説

奥野健男

ここに収められた『新ハムレット』をはじめとする五編はいずれも、太宰治の中期の作品である。自ら「排除と反抗の時代」と称し、疾風怒濤《しっぷうどとう》の生活を送った前期にくらべ、昭和十三年の後半、太宰の三十歳からはじまる中期は、生活も安定し、健康もすぐれ、太宰の生涯《しょうがい》の中でもっとも平穏な落着いた時期であった。井伏鱒二《いぶせますじ》氏の媒酌《ばいしゃく》で結婚した美知子夫人と三鷹下連雀《みたかしもれんじゃく》に新居を構え、シナ事変の非常時のさなかであるが、一市民としてつつましく、サラリーマンのごとく規則正しく、創作に打込んでいる。太宰治は前期の自己をふりかえり、ただ主観的真実に忠実であろうとし、懸命に芸術と人生とを一致させようという生き方は実社会では通用しない、周囲を傷つけ、性格破綻者《はたんしや》、狂人として病院か牢獄《ろうごく》に収容されてしまうだけだ、自分の中の怪物性を押しかくし、まずきちんと小市民生活を送り、その上でフィクションの中に、文学表現の中に、自己の内的真実を描くよりほかはない。作品の中だけに人々への愛、時代の苦悩、己れの傷、罪意識、そして祈りを、反抗を表現しよう、そういう微笑の能面を被《かぶ》り、職業作家として生きて行こうと考える。もちろんその底には、前期と、いや生涯変らぬ強烈な下降意識が、自己破滅への願望が秘められている。しかしフィクションの中に自己の真実や願望を表現する以外に方法はない、そのためには実生活では小市民の仮面を被らねばならぬという痛切な認識と生き方、創作方法は期せずして近代西洋の小説家のそれと同じである。と同時に現代においては、フィクションや仮面を通じてだけでは、ぎりぎりの微妙な真実の表現は不可能ではないかという不安と衝動に太宰は中期においてもたえず動かされていた。

それはともあれ、過度の倫理感や、人生と芸術とを一致させようという生き方を、一応遠ざけることにより、中期の太宰文学はその文学的才能が大きく開花し、豊饒《ほうじょう》な実りをもたらした。中期の作風としては日常生活に取材し私小説のパロディのような『富嶽百景《ふがくひやっけい》』『畜犬談』『東京八景』などの系列、『佐渡』『みみずく通信』『帰去来』『津軽』などの紀行文的小説の系列もあるが、主として東西の古典、フォークロア、歴史、そして知人、友人の日記や手紙をもとにして、その物語の枠組《わくぐみ》の中で現代人的な発想を自由大胆にかつ微妙繊細に表現した作品が主流になっている。

既に本文庫に、日本や中国の古典やフォークロアを換骨奪胎した、『新釈諸国噺《しょこくばなし》』

『お伽草紙《とぎぞうし》』『竹青』『清貧譚《せいひんたん》』『右大臣実朝《うだいじんさねとも》』などが収められているし、また友人の日記、手紙をもとにした『正義と微笑』『パンドラの匣《はこ》』『女生徒』なども収められている。

だが太宰治が中期において彼の知的才能や文学的教養をもっとも自由奔放に発揮したのは、西洋の古典、に取材した作品である。近代という小説の黄金時代が終り、作者が神の如《ごと》き地位に居て近代的合理主義から登場人物の運命を定めるフィクション、物語中心の本格的ロマンの成立が不可能になったことを認識した文学者たちは、洋の東西を問わず、自らフィクションや物語の筋をつくるより、しっかりした枠組のできた古典や歴史やフォークロアの構造を借りて、それを現代的に自由に空想し、解釈し、作者の主観的真実を織り込んだパロディ的小説も書くことを好む。好むというよりそれ以外に現代人としての自己の心理や感覚を表現することができなかった。ジョイスの『ユリシーズ』はじめアンチ・ロマンにいたるまで、古典や神話を下敷きにした小説が多い。

太宰治も昭和十五年二月に聖書から『駈込《かけこ》み訴え』五月に古伝説とシラーの詩から『走れメロス』を書いている。続けて六月にローマ史のネロ伝説を用いた『古典風』一月から六月まではドイツの作家の作品から『女の決闘』七月から十二月までは『アルトハイデルベルヒ』などを用いた『乞食《こじき》学生』そして十六年には長編『新ハムレット』などたて続けに、西洋の古典や小説に材を得、それを換骨奪胎した小説を書いている。読者は太宰治がいかに西洋の古典や文学を、自家薬籠《やくろう》中のものとして、完全に消化し、それらの文学とたのしく戯《たわむ》れながら、自分の空想を大きくはばたかせ、巧みに自己の作品と化さしめていることに驚きを感じるに違いない。と同時にそういう太宰に自分と同じ現代人のいきづかいを一層身近に感じるに違いない。実際、『女の決闘』や『新ハムレット』の太宰は、第一等の批評家と言ってもよい。

昭和十五年二月に『駈込み訴え』五月に『走れメロス』そして一月から六月まで『女の決闘』を連載した太宰は同年六月号の「知性」に『古典風』を発表している。昭和十五年というと既に第二次世界大戦が起り、ナチスドイツはフランスを占領し、イタリーも参戦し、また日本は皇紀二千六百年の祭典を行い、大政翼賛会ができた。太平洋戦争開始の前年である。国粋運動、皇道主義が権力を握り、自由主義、西洋的文芸が排撃されていた時、太宰治はその風潮に反抗するように、西洋の古典、文学、聖書などに目を向ける。ここにぼくは太宰治の芸術至上主義的な誇りと反逆を見る。

『古典風』は『走れメロス』の翌月に書かれた作品で、「――こんな小説も、私は読みたい。(作者)」というエピグラフが付せられている。ここでは美濃《みの》十郎という伯爵《はくしゃく》の御曹子《おんぞうし》が登場する。書出しの文章は太宰には珍しく『火の鳥』などと通じる客観的な文学体風であるが、身についてなく、また貴族の家の雰囲気《ふんいき》もつくりものめいている。放蕩《ほうとう》ものの御曹子が、女中に来ている手くせの悪い少女を母からかばう。そのあと関係ができ、彼は夢中になるが、女は悩み、去ってしまい、親の定めた男と一緒になるというだけの話だ。はたして美濃十郎の尾上《おのえ》てるへの愛はほんものであったか、実は主観的な愛、センチメンタルなナロードニキであり、てるを傷つけただけではなかったか。そんなことは百も知っていながらこのテーマは太宰にとって繰返し出てくる、強い願望であった。あたかも三島由紀夫の筋骨たくましい粗野な美青年に対するごとく。この作品は意識的に乱され、断片化されている。美濃十郎の日記のアフォリズムは、前期の太宰の作品やエッセイに、また後期の『斜陽』の直治の「夕顔日記」に通じるものであり、太宰のニヒリズムがもっとも直截《ちょくせつ》にあらわれている。アグリパイナというもっとも誇り高い美女が、ブラゼンバートという男により、さらに運命によりはずかしめられ、一子ドミチウスのために苦難の道を生きる、ドミチウスがやがてローマの暴君ネロになる挿話《そうわ》は『走れメロス』の裏返しとして不気味だ。『古典風』は必死に小市民生活を続けている太宰の抑えられた内心の激情、ニヒリズムが間歇泉的《かんけつせんてき》に噴きあがるのを、必死に知的に抑制した奇妙な作品と言えるだろう。ぼくは同じ時期の室生《むろう》犀星《さいせい》の『女の図』『聖処女』などの影響を見出《みいだ》す。

『女の決闘』は「月刊文章」に昭和十五年一月から六月号まで連載された。太宰治の小説の中でも、もっとも技巧の限りをこらした知的な作品と言ってよい。冒頭に〝勉強する〟という態度に対する太宰の下降指向的な批判が鋭く述べられ、森鷗外《おうがい》全集、飜訳《ほんやく》編第十六巻の名訳ぶりが紹介され、ヘルベルト・オイレンベルグ（一八七六年〜一九四九年）という日本の篤学《とくがく》の独文学者でも知らない余り有名でない小説家の『女の決闘』という作品から得た不思議な、おそろしい感銘について述べる。太宰はこの十三ページの小説を追いながら、この作品の背後にある凶々《まがまが》しいもの、小説家という不思議な生物が持っている宿命的な非人間性――それは私小説にもかかわる――を、恋に狂った女の盲目的な愛の怖《おそ》ろしさ、リラダンの小説を引用しつつ、素材はそのままでは決して芸術には成り得ぬ秘密などを、つまり芸術と人生のわれ目、芸術家と実人生の矛盾を、まことに見事に語りながら、オイレンベルグとは異なるひとつの小説を形成している。しかもロシアの医科大学の女子学生とドイツの主婦との、冷え冷えした風土も表現されている。太宰の批評精神と創造精神とがないまざって渾然《こんぜん》たる世界をつくっている。これほど知的で批評的でしかもリアリティあるたのしく、かつおそろしい小説はない。太宰を単なる私小説家、感覚的ロマン主義作家と規定する俗説がいかに間違っているか、太宰は小説の秘密をここで余すところなく解明して見せてくれる。こんな小説を書いたあと、どういう小説が書けるのかと心配になるほどだ。

『乞食学生』は、『女の決闘』に続いて、昭和十五年七月から十二月号まで「若草」に連載された中編だが、知的に張りつめた『女の決闘』のしこりをほぐすような浪曼《ろうまん》的で奔放なたのしい作品である。冒頭に売文業者、職業作家のかなしみが痛切な感慨で描かれる。また意にそわない小説を投函《とうかん》してしまった、その悔恨は春先の玉川上水を素裸で泳ぐ少年と出会い、たちまちかつての放縦の中に生命を賭《と》し、純粋と生とを謳歌《おうか》した青春時代の夢に彼を誘う。恥ずかしめられる少年への友情から身替りになろうとするが、少年の告白は嘘《うそ》のつみ重ねであり、その中になおも真実を見つけ、酔おうとする中年男、しかし一瞬の感激もすべて夢であり、侘《わび》しい現実だけ苦く残る。アルトハイデルベルヒはどこへ行ったのか。『愛と美について』に続いて、数学者ガウス、アーベル、ガロアなどの話が出てくるのは、当時太宰が高木貞治の『解析概論』や小倉金之助の『近世数学史談』などを読み、夭折《ようせつ》の天才数学者に関心を抱《いだ》いていたらしく興味深い。

『新ハムレット』は、太宰治の最初の書下ろし長編小説で、昭和十六年七月、文藝春秋社より刊行された。シェイクスピアの戯曲、特に『ハムレット』をもとにした文学作品は多く、日本でも、志賀直哉《なおや》、小林秀雄《ひでお》、福田恆存《つねあり》、大岡昇平などの文学者が、新しい観点、解釈、によって、それぞれ魅力ある作品を書いている。『新ハムレット』はそういう中で、原典にもっとも忠実で戯曲のかたちをとりながら、もっとも奔放に自己の、そして現代人の心理を描いている。古典の換骨奪胎の手本とも言うべき作品である。太宰治は井伏鱒二への書簡で「私の過去の生活感情を、すっかり整理して書き残して置きたい気持がありました。その意味では、私小説かも知れません。それから、形式は戯曲に似ていますけれど、芝居ではなく、新しい型の小説のつもりで書きました。」というなみなみならぬ決意を語っている。

ハムレット、オフィリヤ、ポローニヤス、あるいはクローヂヤス、ガーツルードを通じて、太宰の過去の体験や、現在の人生観を自在に、やや饒舌《じょうぜつ》過ぎるほど展開している。父や母への愛と不信、生家の葛藤《かっとう》、他人との生ける接触感を断たれているかなしみ、愛とエゴイズム、行為ではなく「愛は言葉だ」というあきらめをこめた認識など、太宰が永年考え抜いて来たモチーフが、ここに網羅《もうら》されている感がある。特に

「僕には、昔から、軽蔑感《けいべつかん》も憎悪《ぞうお》も、怒りも嫉妬《しっと》も何も無かった。人の真似《まね》をして、憎むの軽蔑するのと騒ぎ立てていただけなんだ。実感としては、何もわからない。……ただ一つ、僕が実感として、此《こ》の胸が浪打《なみう》つほどによくわかる情緒は、おう可哀《かわい》想《そう》という思いだけだ。僕は、この感情一つだけで、二十三年間を生きて来たんだ。」

というハムレットの台辞《せりふ》は、そのまま太宰治の心の底からの述懐であり、『人間失格』に通じる太宰文学を解く重要な鍵《かぎ》と言えよう。

また戦後版の「あとがき」で、「『新ハムレット』は新しいハムレット型の創造と、さらにもう一つ、クローヂヤスに依《よ》って近代悪というものの描写をもくろんだ。ここに出て来るクローヂヤスは、昔の悪人の典型とは大いに異なり、ひょっとすると気の弱い善人のようにさえ見えながら、先王を殺し、不潔の恋に成功し、そうして、てれ隠しの戦争などはじめている。私たちを苦しめて来た悪人は、この型のおとなに多かった」と述べているが、このクローヂヤスに代表される近代の悪人は、太宰治が終生の敵として憎み、わが身を滅しても撃とうとした、偽善的社会人、サロンの芸術家、卑《いや》しい俗物であった。しかしここではまだクローヂヤスを太宰的心情に近づけ過ぎ、十分に他者として突放して造型されていないうらみがある。これが絶対の悪として表現されるのは、『人間失格』のヒラメや堀木などを待たねばならない。

作者自身も言っているようにシェイクスピアに「天才の巨腕を感じ」いささか原典に引きずりまわされた感がないでもないが、それがかえって原典の太い宿命の骨組を失わず、その中でいかにも太宰らしいこまかい微妙な心理、現代人の鋭い感覚、不安を十全に表現し、自在に遊びたのしむという結果になっている。太宰は自ら物語の筋をつくるよりも古典やフォークロアの下敷があった方が、より奔放な空想力を駆使し、自意識や羞恥《しゅうち》に抗して自己を深く語ることができるようだ。ポローニヤスが息子のレヤチーズ遊学に際して与える、たとえばカンニングしても落第するなどのこまかい訓話などは、太宰の学生時代のにがい体験が巧みに戯画化されているし、劇中劇の稽《けい》古《こ》の場面のドタバタに似たファルスは津軽人らしい笑いやこっけいさがあらわれているし、読んでいて思わず吹き出すようなユーモアに満ちている。そして一方幕切れの「国の名誉、という最高の旗じるし一つのために戦え！」という王の命令に対し、「信じられない。僕の疑惑は、僕が死ぬまで持ちつづける」というハムレットの台辞は、当時国をあげて太平洋戦争に向おうとしている時代、聖戦という大義名分のもと一切の疑いや反戦思想が禁じられていた時、こういう明らかに太宰の戦争反対の考えをこめた台辞を敢《あ》えて書いたというのは稀有《けう》の例であり、太宰の勇気ある反骨精神に脱帽するよりない。石川淳の『マルスの歌』と共に、文学史上に残る反戦的作品と言えるだろう。

戯曲ではなくレーゼドラマ、戯曲のかたちをした小説として書いたと作者は述べているが、戦後何度となく舞台で上演され、最近もテアトル・エコーが学校を対象に日本各地でこの作品を上演し、若い観客に圧倒的な支持と人気をはくしている。今日にもいきいきとした切実な感銘を与える作品なのだ。

『待つ』は、昭和十七年六月博文館から刊行された作品集『女性』に収録された作品で、執筆年時は不明だが、昭和十七年の春頃《ごろ》書かれたものと推定される。掌編《しようへん》と言ってよいような短い作品だが、読めば読むほど深い意味をもって、魂に迫ってくるような、おそろしい傑作である。待つということに、作者は人生のすべてを、その本質的な意味を凝縮、結晶させている。この女性は、そして太宰治は、毎日何を待っているのであろうか。ぼくはベケットの戯曲『ゴドーを待ちながら』を連想するがそれより本質的な怖れ、祈りに似た人生をこの短い『待つ』に感じる。何を待ちのぞんでいるのか。それは、神、救い、罰、死……と軽々しく口には出してはならぬ、もっと深い、何かなのだ。

（文芸評論家、昭和四十八年十二月）

新《しん》ハムレット

新潮文庫　た－2－12

昭和四十九年三月三十日　発　行
平成二十一年四月二十日　四十刷改版
令和　五　年一月　十　日　四十五刷

著　者　太《だ》　宰《ざい》　治《おさむ》

発行者　佐　藤　隆　信

発行所　株式会社　新　潮　社

郵便番号　一六二—八七一一
東京都新宿区矢来町七
電話　編集部(〇三)三二六六—五四四〇
　　　読者係(〇三)三二六六—五一一一
http://www.shinchosha.co.jp

価格はカバーに表示してあります。

印刷・東洋印刷株式会社　製本・加藤製本株式会社
Printed in Japan

ISBN978-4-10-100612-3　C0193

表記について

新潮文庫の文字表記については、原文を尊重するという見地に立ち、次のように方針を定めました。

一、旧仮名づかいで書かれた口語文の作品は、新仮名づかいに改める。
二、文語文の作品は旧仮名づかいのままとする。
三、旧字体で書かれているものは、原則として新字体に改める。
四、難読と思われる語には振仮名をつける。

なお本作品集中には、今日の観点からみると差別的表現ととられかねない箇所が散見しますが、著者自身に差別的意図はなく、作品自体のもつ文学性ならびに芸術性、また著者がすでに故人である等の事情に鑑み、原文どおりとしました。

（新潮文庫編集部）